CONFIANCE DÉTRUITE
HAWTHORNE UNIVERSITÉ

EVA ASHWOOD

Copyright © 2022 par Eva Ashwood

Il s'agit d'une œuvre de fiction. Les noms, les personnages, les organisations, les lieux, les évènements et les incidents sont le fruit de l'imagination de l'auteur ou sont utilisés dans un but fictionnel. Toute ressemblance avec des personnes réelles, vivantes ou mortes, serait purement fortuite.
Tous droits réservés.

Inscrivez-vous à ma newsletter !

CHAPITRE 1

Je me suis toujours demandé si le sommeil ne se situait pas quelque part entre la vie et la mort.

C'est en tout cas ce que je ressens à présent.

Suis-je en vie ?

Suis-je morte ?

Mes pensées dérivent entre l'éveil et le rêve. Des visions étranges et des images flottent dans mon esprit, dans une confusion de couleurs et de visages que je n'arrive pas à comprendre. Tout ce dont j'ai conscience, c'est l'air qui entre et sort de mes poumons. Me maintenant en vie. Et du sang qui coule toujours dans mes veines.

Je ne suis donc pas morte. Du moins, pas encore.

Mais quelque chose ne va pas. Une sensation étrange, à la limite de ma conscience, me titille désagréablement comme du fil de fer barbelé. Mais je ne suis pas certaine d'être prête à y faire face. Je préfère rester ici encore un peu, dans cet endroit paisible et vide, plutôt que de retourner dans ce monde rempli de saints et de pécheurs.

Les Pécheurs.

Mon souffle se bloque dans ma gorge. Des pulsations douloureuses envahissent tout mon corps alors que j'essaie de faire le point sur une pièce qui m'est inconnue. La tête lourde, nageant en pleine confusion, je cligne des yeux pour chasser les étoiles envahissant la périphérie de mon champ de vision. Des formes sombres se penchent au-dessus de moi, éclairées par derrière par la lampe au plafond. Je cligne de nouveau des yeux et les visages devant moi deviennent de plus en plus nets.

Je les connais. Je connais ces visages.

Gray, Elias et Declan.

Les Pécheurs.

Ma vision est encore floue et j'ai du mal à faire la mise au point, mais je les distingue clairement tous les trois. Leurs têtes sont collées les unes aux autres au-dessus de moi, ils me regardent avec la même expression d'inquiétude sur le visage.

— Moineau, dieu merci !

La tension quitte peu à peu le visage de Gray. La ligne entre ses sourcils se détend, alors qu'il me prend la main et la pose sur son visage. Il ne s'est pas rasé et son menton est couvert d'une barbe courte. De l'autre côté du lit, Elias repousse mes cheveux méchés de bleu de mon visage. Declan se saisit de ma main libre et la serre entre les siennes en me regardant intensément de ses yeux bruns.

Ils semblent tous retenir leurs respirations, attendant probablement que je parle ou en étant eux-mêmes incapables.

C'est presque comme si... quelque chose n'allait pas. Quelque chose ne va pas avec moi ?

Mes yeux lâchent leurs visages et je réalise que je ne suis pas dans mon lit. Je suis couchée dans un lit légèrement relevé dans sa partie haute et je suis entourée par des tas de fils et de moniteurs variés. Une perfusion est plantée dans le creux de mon bras et je suis vêtue d'une sorte de fine chemise et recouverte d'un drap. La pièce dans laquelle je suis est illuminée par un grand soleil, ce qui signifie que l'horloge sur le mur doit bien indiquer sept heures du matin et non pas du soir.

Je suis dans une chambre d'hôpital.

J'aurais dû m'en rendre compte plus tôt. J'en ai connu un sacré paquet déjà. Mais celle-ci est plus chic que toutes celles que j'ai pu fréquenter dans ma vie. J'ai l'impression d'être dans l'une de ces cliniques luxueuses que l'on voit dans les télé-réalités médicales, et pas du tout dans l'un de ces établissements miteux et sans moyen dans lesquels je me suis si souvent retrouvée après mes nombreuses blessures. Ceux dans lesquels vous ne savez pas si quelqu'un est mort dans la blouse que vous venez d'enfiler.

Je m'arrache à la contemplation de la pièce et reporte mon regard sur les garçons.

Pourquoi suis-je ici ?

J'ouvre la bouche pour poser la question à haute voix, mais aucun son ne sort de ma gorge. Ma bouche est sèche et mes lèvres sont gercées. J'ai l'impression d'avoir avalé du papier de verre et mes mots restent coincés quelque part entre mes poumons et mes lèvres. Cette sensation de ne plus pouvoir parler, provoque un éclair de panique en moi. Je ne supporte pas l'idée d'être réduite au silence.

— Que… que s'est-il passé ? arrivé-je finalement à articuler, forçant difficilement les mots à franchir mes lèvres. Ma voix est à peine plus audible qu'un murmure. Pourquoi suis-je… ici ?

Gray est le premier à prendre la parole et sa voix est grave et sérieuse. Douce. Ça me rappelle la manière qu'il avait eu de me dire qu'ils n'avaient rien à voir dans la destruction de mes peintures.

— Tu es tombée dans les escaliers, dit-il. À la fête de la fin de semestre. Tu te souviens ?

Est-ce que je m'en souviens ?

Je me creuse la cervelle pour réussir à en tirer un

souvenir, *quelque chose*, mais je ne trouve rien. La seule fête dont je me souvienne, c'est celle où j'ai mis un terme au petit jeu débile de Gray en faisant un strip-tease devant toute l'école, mais ça ne doit pas être de cette fête dont il parle, elle a eu lieu il y a des semaines.

Parle-t-il de la soirée à durant laquelle j'ai embrassé Elias, après le match ?

Mais je ne suis pas tombée dans les escaliers cette fois-là non plus. J'ai des souvenirs postérieurs.

Bordel. Mais de quoi parle-t-il donc ? Pourquoi est-ce que je ne m'en souviens pas ?

— Non, croassé-je. Je suis… tombée ?

Quelque chose change dans l'expression de Gray et sa mâchoire se contracte. Declan me serre si fort la main que j'ai l'impression qu'il va me couper la circulation.

Elias ouvre la bouche pour dire quelque chose, mais il est interrompu par le bruit de quelqu'un qui frappe à la porte. Un homme entre deux âges, vêtu d'une blouse blanche entre une seconde plus tard dans la pièce. Il a une apparence très soignée et porte une rolex argentée qui brille au soleil, envoyant des orbes de lumière danser sur le plafond.

— Ah. Je suis ravi de vous voir réveillée, mademoiselle Wright.

Le médecin pose un petit ordinateur portable sur une console le long du mur et s'approche du lit.

Les garçons reculent d'un pas pour le laisser passer,

mais ils se tiennent toujours autour de moi de manière protectrice pendant qu'il vérifie mes constantes. Il retourne vers son ordinateur, vérifie quelque chose sur l'écran et tape quelques notes. Puis il lève la tête vers moi.

— Comment vous sentez-vous ?

Comment je me sens ? Putain, mais c'est quoi cette question ?

J'ai envie de l'injurier. J'ai envie de lui demander s'il croit qu'on se sent bien après être tombé dans les escaliers et ne plus se souvenir de rien.

L'homme, dont le badge dit qu'il s'appelle *Docteur Cohen*, serre les lèvres devant mon absence de réponse.

— Vous avez fait une chute dans les escaliers, Sophie, dit-il, me disant ce que je sais déjà. Il est probable que vous souffriez d'une perte de mémoire à court terme à cause du traumatisme crânien que vous avez subi. Nous vous avons fait un scanner cérébral et nous avons pu voir les traces de traumatismes précédents. Donc franchement, je suis ravi de voir que vous n'avez pas d'autres effets secondaires. Comment vous sentez-vous, répète-t-il.

— Je suis... Ma voix est encore éraillée. Grave et rauque. Je me sens... bien. J'ai juste quelques douleurs.

Le médecin semble satisfait par ma réponse. Pour l'instant. Il m'adresse un petit sourire par-dessus l'écran de son ordinateur.

— Bien. Vous avez également une cheville foulée, sans parler des nombreux autres hématomes. Le choc le plus important se situe au niveau de votre crâne, mais fort heureusement, vous semblez l'avoir encaissé comme une championne. Il baisse à nouveau les yeux sur son écran. Ce qui n'est pas surprenant étant donné les blessures auxquelles vous avez déjà dû faire face, ajoute-t-il dans un souffle.

Une sensation familière d'irritation mêlée de gêne commence à remonter le long de ma colonne vertébrale, alors qu'il lit mon dossier médical, comme si j'avais pu jusque-là faire abstraction de tout ce que j'avais subi. Comme si je pouvais oublier l'autre traumatisme crânien ou toutes les cicatrices que j'ai collectionnées au fil des années et qui ornent mon corps aux côtés de mes tatouages.

Je repousse ce sentiment d'inconfort, refusant de le laisser me monter à la tête. Je sais très bien que j'ai eu une enfance très difficile. Je n'ai absolument pas besoin que ce connard me le rappelle.

Si je pouvais l'oublier, je le ferais, fais-moi confiance là-dessus.

Enfin non, ce n'est pas tout à fait vrai, car je ne me rappelle déjà pas grand-chose de ma vie avant l'âge de onze ans et je me suis toujours beaucoup interrogée sur ce passé manquant. Ce qu'ont pu réussir à imaginer les assistants sociaux, était que ma mère était une droguée, ce qui expliquerait mes multiples cicatrices et mon premier traumatisme crânien. Ils pensent qu'elle a dû me faire tomber sur la tête, puis qu'elle m'a probablement abandonnée, ou qu'elle s'est enfuie quelque part.

Super. Merci beaucoup, maman.

Le médecin continue de parler, mais je ne l'écoute plus, m'enfonçant dans une bulle d'indifférence dans laquelle je me force à entrer.

Perte de mémoire à court terme, a-t-il dit.

Franchement ! Est-ce que j'avais besoin d'en perdre encore un peu plus ?

Comme si je n'avais pas déjà perdu suffisamment de choses. C'est bien ma veine d'être tombée dans les escaliers et d'avoir perdu un morceau de plus de souvenirs. Ça me fout en rogne, bien plus qu'il ne le faudrait, de savoir que mon cerveau a enfermé ces souvenirs hors de ma portée, pour me protéger de tout ce que j'ai pu subir.

Mais je ne suis pas du genre à baisser les bras. Je n'ai pas besoin qu'on me protège. Je préférerais savoir tout ce que j'ai enduré et y faire face, comme une *championne*, comme il m'a si généreusement appelée, plutôt que d'avoir à faire face à ces vides, ces trous dans ma mémoire.

— La bonne nouvelle est que cette mémoire va probablement finir par vous revenir, conclut le docteur

Cohen, juste au moment où je m'extrais de mes pensées. Le cerveau est capable de choses incroyables, Sophie. Il est possible que ça se produise à n'importe quel moment, peut-être sur votre trajet pour vous rendre en cours, en entendant ou en voyant quelque chose en particulier. Parfois même en sentant une odeur, tout revient et se remet en place. Il faudra juste un petit déclencheur et tout vous reviendra d'un coup. La mémoire à court terme est bien plus facile à récupérer que la mémoire à long terme, ne perdez donc pas espoir, elle devrait vous revenir.

Je me mords la lèvre inférieure en fixant la couverture posée sur mes pieds.

Merci pour le beau discours, docteur.

Je me fous bien de ce qu'il peut penser ou dire. Il ne sait pas ce que ça fait de ne plus se *souvenir*. *Il ne sait pas ce que ça fait d'avoir des trous dans sa mémoire, des blocs de noirceurs qui sont si insaisissables que je ne sais pas où ils commencent et où ils finissent.*

— Vous pourrez rentrer chez vous dans quelques jours, me rassure-t-il. Nous avons besoin de vous garder en observation encore un peu, d'accord ?

Chez moi. Je me mords la lèvre pour ne pas lui rire au nez.

Ça fait des années que je n'ai pas eu de *chez moi*. Peut-être pourrais-je considérer ma dernière famille d'accueil comme un vrai foyer ? Du moins pendant la période où Jared vivait sous le même toit que moi. Ma poitrine se contracte douloureusement à l'évocation de son nom, au souvenir de son sourire, puis à l'image de son corps étendu sur la table en inox de la morgue. Je repousse rapidement ces émotions.

Vu que je ne lui réponds rien, le docteur Cohen regarde les trois garçons, pour savoir s'ils ont quelque chose à ajouter. Un silence inconfortable s'abat sur nous pendant une bonne dizaine de secondes avant qu'il ne rassemble ses affaires et me dise qu'il reviendra me voir bientôt pour suivre mon évolution. Il hoche la tête et quitte la pièce, la porte se referme doucement derrière lui. Nous sommes enfin seuls.

— Que s'est-il vraiment passé ? demandé-je, sentant qu'il y a probablement quelque chose qu'ils ne me disent pas.

Qu'est-ce que je n'ai pas compris ?

Je ne suis pas vraiment certaine de ce qu'ils peuvent bien vouloir me cacher, mais je ne peux pas me défaire du sentiment insistant qui me dit qu'avant cette... *chute*, dont je ne me souviens pas, quelque chose d'autre d'important s'est produit.

Mais je ne me rappelle plus quoi.

Qu'est-ce que mon cerveau essaie de me dire ? C'est quelque chose d'important, je passe à côté de quelque chose de crucial.

— Bon, commence Elias en frottant ses mains sur

son jean. La dernière fois que je t'ai vue de la soirée, c'était dans la cuisine. Declan et moi sommes allés parler à Taylor et on t'a perdue de vue. On était tranquillement posés dans un salon quand il y a eu un énorme bruit.

Declan hoche la tête, s'avançant pour me prendre à nouveau la main, qu'il avait lâchée lorsque le médecin est entré.

— Nous avons accouru pour voir ce qui se passait et on nous a dit que tu étais tombée dans les escaliers. Une première année nous a dit qu'elle s'était perdue en cherchant les toilettes et qu'elle t'a trouvée. Heureusement qu'elle l'a fait d'ailleurs, merde. Il grimace. Personne n'a rien vu. Ou du moins personne ne veut l'admettre.

— Est-ce... est-ce que j'aurais été poussée ? me demandé-je à voix haute, mais ils ne répondent rien.

Est-ce que quelqu'un aurait délibérément cherché à me faire du mal ?

— J'étais au téléphone. J'ai dû sortir un moment de la maison pour prendre un appel, ajoute Gray. Quelque chose passe sur son visage, une émotion que je ne réussis pas à déchiffrer. Nous avons aussi demandé à Max, mais elle n'a rien vu elle non plus. La dernière fois que je t'ai vue, tu étais en train de danser avec elle, mais elle a dit que tu avais disparu à un moment donné.

Je dansais... Gray... Max...

J'essaye de remplir les blancs, mais plus j'y réfléchis, plus ma tête tourne et se met à me faire souffrir. Le mal de tête pulsant que j'avais en me réveillant est en train de se transformer en véritable migraine et les médicaments qui passent dans mon sang compliquent tous mes efforts de réflexion.

— Je suis tellement crevée. Quand je me... réveillerai... marmonné-je, désormais plus sûre de rien. Les mots se perdent quelque part entre mon cerveau et ma bouche en une bouillie de pensées évanescentes et malformées. Peut-être que je m'en souviendrai...

M'en souviendrai-je ?

C'est bien peu probable.

Ce sera encore une autre chose avec laquelle je devrai vivre. Sophie, l'étudiante boursière spéciale d'Hawthorne, dont le dossier médical a été dévoilé à toute la fac. Sophie, celle qui a fait un strip-tease devant une pièce remplie d'étudiants pour couper court à un pari stupide. Sophie, dont la vie est devenue une vraie pièce de théâtre que toute la fac regarde avec une fascination malsaine.

Je repousse ces pensées dès qu'elles commencent à envahir mon cerveau douloureux, refusant de m'y attarder pour le moment. Il sera toujours temps de les analyser plus tard. Pour l'instant, il faut avant tout que je guérisse.

— Tu as besoin de dormir, dit Gray de sa voix ferme

en faisant écho à mes pensées. Tu as enduré beaucoup de choses et tu n'es pas encore remise. Tu dois te reposer et tu ne peux pas le faire si nous te tenons éveillée.

C'est le signal qui déclenche le départ de tous les garçons, même si j'aurais préféré qu'ils restent auprès de moi. J'ai envie qu'ils restent à mes côtés et qu'ils me protègent pendant mon sommeil, comme s'ils pouvaient me préserver de mon propre esprit et me défendre de mes rêves.

— On reviendra, d'accord ? dit Gray d'une voix radoucie. Heureusement qu'il ne peut pas lire dans mes pensées, parce que je n'aime pas du tout me sentir ainsi dépendante de ces trois hommes et encore moins qu'ils le sachent. Je te le promets.

Je te le promets.

Ces mots semblent s'incruster dans mon esprit et je les laisse faire. Je m'autorise à en tirer un peu de réconfort.

Declan serre de nouveau ma main, me rappelant qu'il la tient toujours, et Elias pose sa main sur ma cuisse par-dessus la couverture. Quand mes yeux accrochent ceux de Gray, je vois la tempête qui fait rage dans les profondeurs bleu-vert de ses iris, alors qu'il se tient debout à côté du lit, ses yeux plantés dans les miens.

Il se penche vers moi, son odeur riche et familière

envahissant mes sens. Elle me rappelle sa peau nue, nos souffles haletants, nos membres emmêlés et les baisers profonds que nous avons échangés.

Je ne me rappelle peut-être pas être tombée dans les escaliers, mais alors que Gray se penche sur moi et presse ses lèvres contre les miennes, je me remémore avec une violente intensité tous les moments que nous avons partagés. C'en est presque douloureux.

Mon souffle quitte mes poumons sur une lente expiration, alors qu'il prolonge son baiser, refusant de se reculer. Franchement, je n'ai qu'une envie, l'attirer dans le lit avec moi, enrouler mon corps autour du sien et me perdre dans son baiser, mais je suis épuisée et ma tête me fait vraiment souffrir. Je suis tout à fait du genre à baiser pour oublier la douleur, c'est d'ailleurs de cette façon que nous nous sommes rencontrés Gray et moi, mais aujourd'hui, je ne crois pas que cela fonctionnerait.

— Dors bien, murmure-t-il contre ma bouche. Nos nez se touchent alors qu'il rompt le baiser. C'est un contact doux et tendre qui ne devrait pas m'exciter à ce point, mais pourtant c'est le cas. Nous reviendrons.

Nous reviendrons.

Je le crois.

Elias et Declan ne détournent plus la tête désormais et ne font plus semblant de ne pas être affectés en voyant Gray m'embrasser. Je les ai déjà embrassés tous les deux, à plusieurs reprises, sans parler de la fois où je me suis retrouvée sur le lit de Gray entourée par eux trois et qu'ils m'ont fait jouir plus fort que jamais auparavant.

Je ne sais pas vraiment ce qu'ils ont pu en dire après, ni même s'ils ont reparlé entre eux, de cette relation étrange qui semble exister entre nous quatre. Mais en tout cas, je n'ai pas l'impression qu'ils se battent pour moi. Ils ne semblent pas non plus jaloux les uns des autres comme c'était le cas au début. Le fait qu'ils soient tous les trois à mon chevet aujourd'hui en dit long.

C'est une situation compliquée et déconcertante, mais je ne suis pas en état d'y réfléchir maintenant et encore moins d'en parler. Ma tête pulse de douleur et je sens que je vais bientôt sombrer dans le sommeil. Je ne vais plus pouvoir rester consciente bien longtemps.

Gray lance un dernier regard par-dessus son épaule alors qu'il quitte la pièce en compagnie des deux autres et j'aperçois un éclair d'inquiétude passer sur son visage. Je lui souris faiblement pour essayer de le rassurer, mais je ne crois pas que cela ait l'effet désiré. Au contraire, il a l'air encore plus inquiet quand il referme doucement la porte derrière lui.

Dès que la porte se referme et que plus rien ne retient mon attention, la pièce autour de moi commence à s'assombrir. L'horloge fixée au-dessus de la porte se met à tourner furieusement jusqu'à ce qu'il ne reste plus qu'une bouillie d'aiguilles et de chiffres et que j'aie la sensation que la pièce tout entière est en train de basculer. Avec un grand soupir, je glisse à nouveau dans le monde noir et silencieux du sommeil.

Peut-être que je me souviendrai de ce qu'il s'est passé à mon réveil.

CHAPITRE 2

Je me réveille en poussant un cri.

Mes mains sont agrippées au drap et mes jambes sont emmêlées dans le tissu, me donnant l'impression d'être emprisonnée. Mon corps est couvert d'un voile de sueur qui commence à refroidir sur ma peau, alors que j'émerge d'un rêve dont je ne me souviens déjà plus, les muscles secoués de spasmes.

La pièce est plongée dans l'obscurité. Une faible lumière filtre par la fenêtre, mais ce n'est pas assez.

Merde.

Je n'ai pas peur du noir qui m'entoure, mais j'ai peur de ça : ce sentiment que je sens bouillonner en moi. J'étais en train de rêver, mais comme un tas d'autres choses dans ma vie, je n'arrive pas à m'en *souvenir*. Tout ce que je sais, c'est que c'était un cauchemar et soit mon corps a tenté de me protéger des démons tentant de m'attaquer dans mon sommeil en repoussant le souvenir de cette attaque dans un recoin inaccessible de mon subconscient, soit je commence vraiment à perdre tout ce qui me restait de mémoire.

Merde, Sophie, reprends-toi !

Je repousse les draps enroulés autour de mes jambes et les fais tomber hors du lit. La terreur s'est emparée de mon corps tout entier, même si je sais que je n'ai aucune raison valable d'être effrayée. Je déteste cette sensation plus que tout.

Pourquoi ne puis-je pas être un être humain normal ?

Pourtant les choses étaient parties pour s'améliorer, du moins c'était le cas ces dernières semaines. Une fois que les Pécheurs avaient clairement pris mon parti, le harcèlement et les provocations stupides s'étaient calmés. Gray m'avait enfin parlé de sa sœur, il avait admis qu'il s'était comporté comme un vrai connard et quelque chose digne d'un séisme s'était produit entre nous. Je peux comprendre ce qu'il a ressenti, sa douleur, son deuil. Jared n'était pas mon frère, mais c'était la personne qui s'en rapprochait le plus dans l'adolescence chaotique que j'ai vécue.

Il y avait aussi Declan et Elias. Les choses étaient en train de changer entre nous également. S'intensifiant, devenant... quelque chose de *plus*.

Puis c'était arrivé. J'étais tombée dans un putain

d'escalier et je ne me rappelais plus de rien. Je n'arrive même plus à me souvenir du cauchemar dans lequel je me débattais quelques minutes auparavant. Je ne me souviens plus des images qui ont causé cette frayeur intense dont je n'arrive pas à me défaire, et qui coule dans mes veines comme de l'adrénaline.

J'ai besoin de mes peintures.

Mon corps entier se met à trembler alors que je tente de pendre de grandes inspirations pour me calmer.

J'ai besoin de peindre.

L'art a toujours été mon exutoire et j'en ai un besoin impérieux, là, tout de suite. J'ai besoin d'exprimer mes peurs et ce trop-plein d'énergie à travers mes peintures en les matérialisant en couleurs, en obscurités en formes et en ombres. J'ai besoin de les extérioriser sur une toile ou sur une feuille de papier, avant tout pour me prouver que c'est bien *réel* et pour me souvenir de ce que mon subconscient essaie de réprimer avec tant d'efforts.

J'ai besoin de mes peintures pour fixer ces souvenirs volatils et les transformer en quelque chose de réel et de tangible. J'ai besoin que la toile me débarrasse de toute cette merde qui me pollue le cerveau et la condense sur un support où je pourrai vraiment l'examiner, la voir. La ressentir.

Déglutissant, je pose une main sur mon cœur

battant à toute allure. Ce simple contact, même si c'est ma propre main, calme quelque chose en moi.

Je ne peux pas continuer comme ça. J'ai besoin de Gray près de moi, tout de suite. Ou d'Elias, ou de Declan. Ou même de tous les trois, peu importe. J'ai besoin de quelqu'un.

Mais tu n'as personne, me rappelé-je à moi-même, donc prends sur toi.

Je ne pouvais compter sur personne avant et j'ai vécu la majorité de ma vie comme ça. Cela signifie donc que je n'ai besoin de personne aujourd'hui. Peu importe ce qui se passe entre les Pécheurs et moi, je ne peux pas me reposer sur eux. Je ne veux pas m'autoriser à avoir besoin d'eux.

Parce que de ce que je sais, avoir besoin de quelque chose est le meilleur moyen de le perdre.

Me repositionnant sur le petit matelas incliné, je me redirige doucement et en conscience vers l'état d'insensibilité qui a été mon refuge et mon réconfort pendant toutes ces années.

Le seul problème est qu'une fois que vous avez commencé à *ressentir*, il est bien difficile de se contenter de vivre dans l'insensibilité.

Il est tard et même si j'ai conscience que mon corps est vidé de toute énergie, je ne suis pas fatiguée. La pièce ne tourne plus autour de moi comme lorsque les garçons sont partis tout à l'heure et je n'arrive pas à replonger dans le sommeil. Je ne distingue pas l'horloge dans les ténèbres de la chambre, mais je peux l'entendre.

Tic-tac, tic-tac, tic-tac.

Il ne se passe rien.

Je ne peux pas m'endormir, pas alors que je sais que les ténèbres tapies dans mon inconscient, sont bien plus dangereuses que mes pensées.

Du moins celles que je peux contrôler.

Je ne sais pas si c'est à cause des médicaments ou de l'épuisement, mais je finis pourtant par me rendormir. Je ne me souviens pas avoir sombré, mais quand je rouvre les yeux, la pièce est baignée par le soleil chaud et généreux de Californie.

Je me passe une main sur le visage et perçois des signes étouffés d'activité à l'extérieur de ma chambre. Le silence étrange de la nuit noire a disparu. Nous sommes le matin et l'hôpital est réveillé et bourdonne d'activité à nouveau, plein de gens qui vont et viennent.

Plusieurs infirmières passent à tour de rôle dans ma chambre, m'apportent le petit déjeuner et viennent contrôler mes constantes.

Je choisis d'ignorer leurs regards insistants. Je comprends bien : elles n'ont probablement pas l'habitude de soigner des patientes couvertes de tatouages et les cheveux méchés de bleu. Mais c'est leur problème, pas le mien. Si elles veulent utiliser leur diplôme seulement pour aider les nantis. C'est leur choix.

Je ne dis pas qu'elles feraient mieux de travailler ailleurs, car tout le monde a besoin d'être soigné, mais quand même. Je n'arrive pas à m'imaginer tous ces riches ayant besoin d'une intervention chirurgicale d'urgence après une fusillade, de soins spéciaux après une overdose ou d'une césarienne d'urgence pour une femme ayant été agressée n'ayant pas les moyens de se payer des soins prénataux.

Les riches vivent dans une bulle où ils n'ont pas à se soucier de ce genre de choses.

Je fais peut-être temporairement partie moi aussi de ce monde de richesse et de privilèges, mais je suis pourtant une étrangère et voir l'élégance de cette chambre d'hôpital ne fait que le confirmer.

Mon cœur fait un bond dans ma poitrine, alors que je prends soudain conscience de quelque chose.

Oh, merde.

Comment je vais faire pour payer la facture ?

Je regarde à nouveau la chambre dans laquelle je me trouve et au lieu de voir une pièce très bien entretenue avec une jolie vue sur un jardin en contrebas, je ne vois désormais plus que le prix de toutes ces installations.

Les perfusions. La nuit – *ou les nuits* ? – que j'ai passées ici en observation dans cette chambre privée. Les médicaments. La nourriture. L'équipe médicale qui vient vérifier mes constantes toutes les cinq minutes.

Merde.

Tout ça va me coûter bien plus que la maigre bourse que je reçois de l'université d'Hawthorne et probablement aussi bien plus que les quelques milliers de dollars que j'ai cachés sous mon lit après avoir gagné le pari de Gray.

Ouais, ça craint vraiment.

Il faut que je me tire d'ici avant qu'ils ne me facturent encore quelque chose d'autre. Si ça continue, je vais devoir payer la note de ce séjour pendant le reste de ma vie.

Ne voulant pas perdre une seconde de plus, je me glisse hors du lit. Je trouve une paire de chaussons au pied du lit et je les enfile. Je ne vois mes vêtements nulle part, mais je suis bien décidée à me barrer d'ici, en tenue d'hôpital s'il le faut.

Je suis toujours connectée à une perfusion et même si les poches sont fixées à une petite potence à roulette qui me permet de me déplacer aisément pour aller aux toilettes par exemple, je ne peux pas quitter l'hôpital avec.

Je baisse les yeux et je frissonne. J'ai toujours détesté les aiguilles, heureusement que j'étais inconsciente quand ils m'ont planté ça dans le bras. Mais là, je n'ai plus le choix.

Je prends une grande inspiration et commence à décoller le sparadrap qui maintient le cathéter correctement positionné sur ma peau, puis je ferme les yeux…

— Mais qu'est-ce que tu fous, Blue ?

La porte s'ouvre en grand et je vois Elias entrer. Il me fixe, les yeux écarquillés.

— Je ne peux pas payer pour tout ça. Ma voix est encore rauque, mais j'arrive mieux à parler qu'hier. Il y a une note de panique dans ma voix lorsque je me saisis de l'aiguille. Il faut que j'enlève tout ça avant que ça ne dégénère…

Merde. Je déteste vraiment les aiguilles. Je n'arrive même pas à regarder l'endroit où cette saleté plonge dans ma peau et une vague de nausée me submerge à la simple idée de devoir la retirer.

— Blue. Elias s'avance rapidement vers moi, me saisit par les bras et me secoue doucement. Il me force à le regarder et quand je parviens enfin à détacher mon regard de l'aiguille, je le vois m'adresser un sourire plus chaud et plus désarmant que le soleil illuminant ma chambre.

— Tout va bien. Tu ne vas rien payer de tout ça, je te promets. Nous avons tous accès à l'argent de nos familles et nous prenons ton séjour en charge. Nous trois. Tu n'auras rien à payer.

Il insiste sur les derniers mots, comme s'il essayait de désamorcer mes arguments avant même que je ne les formule.

Ma bouche s'ouvre toute seule. Je la referme, mais elle s'ouvre à nouveau, comme si les muscles de mon visage avaient perdu tout tonus. Mon cœur bat à tout rompre contre ma cage thoracique et mon estomac est en train de faire des nœuds, mais pour une raison totalement différente désormais.

Pourquoi... pourquoi feraient-ils ça pour moi ?

Je suis reconnaissante, vraiment. J'ai envie de le lui dire, de le lui montrer, mais je n'y arrive pas. Ma gorge est nouée et la gratitude que je ressens se dispute soudain à la panique. Je n'ai pas l'habitude qu'on prenne ainsi soin de moi. Je n'ai pas l'habitude qu'on s'intéresse à moi.

À ma grande surprise, Elias se met à rire en voyant l'expression de panique passer sur mon visage.

— Tu croyais quoi, Blue ? dit-il en me repoussant vers le lit. Il me soulève aisément et me repose sur les draps. Tu croyais vraiment qu'on allait te laisser payer ça toute seule ? Te laisser rembourser une dette de ce genre toute ta vie à cause d'un simple accident ? Nous faisons ça parce que nous voulons t'aider.

Il se penche au bord du lit et me regarde

attentivement. Mon cœur accélère, tambourinant dans ma poitrine alors que j'essaie de comprendre les événements des cinq dernières minutes et les montagnes russes d'émotions que je viens de traverser.

Un vrai manège à sensations. C'est ce que je vis, non seulement aujourd'hui, mais depuis plusieurs *mois* maintenant, depuis ma rencontre avec les Pécheurs.

— Tu peux dire merci si tu veux, me dit-il avec un sourire taquin.

— Merci, marmonné-je. Je sais que je ne dois pas sembler reconnaissante, mais je crois qu'il comprend. Il me connaît suffisamment pour savoir que je ne suis pas très à l'aise avec ce genre de choses, et le simple fait qu'il sache ça de moi est en soi un peu effrayant.

Le silence s'étire entre nous pendant un long moment et j'ai l'impression qu'il voit que je suis toujours au bord de la crise de nerfs car il s'approche un peu plus de moi.

— Tu sais, dit-il doucement en caressant le dos de ma main du bout des doigts, la dernière fois que je me suis retrouvé à l'hôpital, c'était lors de mon accident.

Ses yeux remontent pour se planter dans les miens et j'ai l'impression de vraiment comprendre ce qu'il est en train de me révéler. J'ai déjà entendu son histoire, mais ce n'est pas *lui* qui me l'a racontée. De plus, je n'ai pas eu les détails, seulement le récit de ce qu'il s'est passé dans les grandes lignes.

— Ah oui ? dis-je en soutenant son regard. Me concentrer ainsi sur lui m'aide à remettre mes idées en ordre et j'ai la nette impression qu'il ne doit pas discuter de cet évènement bien souvent. Qu'il décide d'en parler aujourd'hui, signifie beaucoup.

— Oui, je me suis méchamment blessé lors d'un match en terminale. Il pousse un long soupir et incline la tête sur le côté. Le soleil se reflète sur ses cheveux blonds, les faisant briller comme de l'or. J'ai cru que j'allais y rester. Pas à cause de ma blessure, mais du fait que je savais que je n'allais plus pouvoir jouer.

— Ça craint. Je grimace. C'était très sérieux comme blessure ?

— Ouais. Je me suis déchiré les ligaments croisés antérieurs. Il a fallu deux opérations et une longue rééducation pour me remettre sur pieds. Je peux encore marcher normalement, merci mon dieu, mais je ne pourrai plus jamais jouer comme avant.

Je n'y connais rien en football américain, mais je me rappelle l'avoir regardé *lui*, pendant le match : le sérieux avec lequel il observait la rencontre, l'intensité dans sa posture, supérieure même à celle de certains des joueurs sur le terrain. Et même si sa voix reste calme et neutre, je parviens à y discerner une grande frustration.

C'était vraiment important pour lui, ce sport. Ce qui veut dire qu'en me révélant cette information, en me laissant voir ce qu'il a subi... il me fait confiance, un peu. Il partage une part de lui-même avec moi.

— Je sais que ce n'est pas la même chose que ce qui t'es arrivé, finit-il en secouant la tête. Mais je peux comprendre une partie de ce que tu traverses et je sais que ça craint vraiment un max. Au moins dans le cas de ma jambe, l'assurance de mes parents à couvert pratiquement tous les frais. Et sachant qu'aucun de nous trois n'a envie que tu t'inquiètes d'avoir à rembourser tes frais médicaux en plus de devoir de concentrer sur ta guérison, nous avons décidé de tout prendre en charge. C'était inimaginable pour nous de te laisser faire face à un truc pareil.

Je tourne ma main pour présenter ma paume à ses caresses et glisse mes doigts entre les siens. Même ce simple contact physique envoie des étincelles danser le long de mon bras.

— Merci, murmuré-je. Cette fois, ma voix semble plus franche, un peu plus naturelle. Je suis sincère.

C'est difficile pour moi d'accepter une telle générosité. Je n'aime pas qu'on me fasse l'aumône. J'ai toujours détesté ça. J'ai grandi en famille d'accueil et j'ai très vite appris à ne pas accepter les faveurs de qui que ce soit. Car généralement, ces faveurs étaient loin d'être désintéressées : une autre des leçons que j'ai apprises à la dure.

Et même dans le cas où elles étaient offertes sans

arrière-pensées, accepter de telles faveurs vous rendait faible et dépendant de quelqu'un d'autre, alors que vous ne devriez dépendre que de vous-même. Car de cette manière, la seule personne qui peut vous laisser tomber, c'est vous-même. On contrôle mieux sa vie comme ça.

Mais je serais tout de même stupide de ne pas laisser les Pécheurs m'aider, puisqu'ils en ont envie. Je ravale ma fierté juste assez pour accepter, juste une fois, une telle faveur.

Elias hoche la tête, ses yeux bruns se remettent à pétiller. Il semble ravi, pas tant que je l'aie remercié, mais plutôt que je ne refuse pas l'aide qu'il m'offre. Que je ne le repousse pas.

Il ouvre la bouche pour ajouter quelque chose, mais la referme aussitôt. La chambre est silencieuse et j'ai l'impression de ne presque plus entendre les signes d'activité dans le couloir. Tout semble s'atténuer.

Soudain, je suis intensément consciente de sa proximité, je vois son corps penché vers moi sur le bord du lit, alors qu'il me tient la main. La manière qu'ont ses doigts de s'entrelacer dans les miens et la chaleur emprisonnée entre nos paumes.

Je n'ai pas embrassé Elias depuis le soir où mes peintures ont été détruites, mais c'est une sensation que je ne pourrai jamais oublier. Je me souviens de sa bouche sur la mienne et à quel point son baiser était différent de ceux de Gray ou de Declan. Je me souviens aussi de la manière dont il m'a touchée et dont il m'a regardée et à quel point tout était parfait.

Je sais que j'avais pris mes distances après ce qui s'était passé. J'avais fait ça en conscience, ne sachant pas vraiment comment gérer les sentiments que je commençais à développer pour chacun d'entre eux. Je me disais que c'était seulement mon imagination et que je me faisais des idées à penser qu'ils pouvaient ressentir la même chose à mon sujet. Que l'intensité de la connexion entre Gray et moi se reflétait en miroir dans ce que je ressentais pour Elias et Declan.

Mais au fil du temps et alors qu'ils font ce genre de choses, comme venir me voir à l'hôpital, offrir de payer mes frais médicaux et me regarder de la manière dont Elias me regarde aujourd'hui, il est de plus en plus difficile de nier l'évidence.

Il se passe quelque chose.

C'est réel.

Et ça ne va pas s'arrêter comme ça.

C'est peut-être Gray qui m'a trouvée en premier, mais je commence à prendre conscience que j'ai des sentiments pour les *trois*. Peu importe ce que ces sentiments signifient vraiment : que ce soit une attirance physique ou émotionnelle, je ressens *quelque chose* pour eux qui va bien au-delà d'une amitié amoureuse.

Elias se penche en avant et me regarde sans flancher, écartant des mèches de cheveux blonds et bleus de mon visage. Ses mains sont douces, incroyablement tendres, il m'effleure à peine la peau de ses doigts, mais éveille un vrai volcan en moi.

Je ne me souviens peut-être pas de la fête où j'ai été blessée, mais je me souviens très bien ce que j'ai ressenti en l'embrassant et je crois bien qu'il s'en souvient également.

Son regard descend sur mes lèvres et son souffle me caresse la joue, alors qu'il frôle mon menton de ses doigts.

Juste au moment où j'incline la tête vers lui et que ses lèvres sont sur le point de toucher les miennes, la porte s'ouvre à la volée. Elias et moi nous séparons, la tension présente entre nous s'évapore alors que nous regardons tous les deux vers la porte. Je ne sais pas si je suis triste ou soulagée que nous ayons été interrompus avant d'avoir pu aller plus loin.

Ah, non mais franchement, de qui je me moque ?

Mon corps est toujours tendu, désirant encore ardemment ce qui vient de lui être refusé. Peut-être la meilleure chose à faire serait de prendre mes distances avec les Pécheurs, mais c'est de plus en plus difficile à faire. Et plus le temps passe, plus j'ai l'impression que ça me deviendra bientôt *impossible*.

Mais au moins, la personne qui nous interrompt est quelqu'un que je suis ravie de revoir.

— Oh, salut, Max. Elias sourit à ma meilleure amie, la deuxième étudiante boursière admise à Hawthorne cette année. Tu vas bien ?

Max reporte son regard sur Elias, puis à nouveau sur moi. Je ne sais pas si elle a vu à quel point nos visages étaient proches quand elle est entrée dans la pièce, mais en tout cas si c'est le cas, ça ne semble pas la surprendre outre mesure. Elle incline la tête en direction d'Elias et fait passer ses longs cheveux noirs par-dessus son épaule.

— T'es un lève-tôt, sourit-elle. Avec quoi tu as drogué Gray et Declan pour pouvoir venir tout seul ici ?

— Hé, s'ils ne sont pas capables de se lever à l'heure, ce n'est pas mon problème, plaisante-t-il.

Je les regarde à tour de rôle, un peu surprise par leur camaraderie. Ce n'est pas que Max ne les apprécie pas, du moins plus maintenant. Elle les a détestés quand ils m'ont fait des crasses, mais les choses s'étant améliorées entre les Pécheurs et moi, elle semble elle aussi s'être détendue à leur sujet.

Désormais, je dirais même qu'ils semblent plutôt proches.

— De toute manière, c'est à mon tour de passer du temps seule avec elle. Max entre dans ma chambre et laisse la porte se refermer derrière elle. Vous étiez là quand elle s'est réveillée hier et pas moi. J'en appelle donc à mes privilèges de meilleure amie.

— Ok, d'accord, très bien. Elias lève les yeux au ciel et lâche ma main avant de déposer un baiser sur ma tempe. On se voit plus tard, Blue.

Il me lance un petit clin d'œil en quittant la pièce.

Max ne perd pas une seconde et se précipite à mon chevet dès que la place se libère.

— Oh que c'est bon de te voir réveillée, Sophie. Je suis déjà venue plusieurs fois, mais tu étais toujours endormie. Et hier, j'ai raté ton réveil. J'aurais bien aimé venir, mais Gray m'a envoyé un message disant que tu t'étais déjà rendormie et que tu avais besoin de repos.

— Ça fait combien de temps que je suis là ? demandé-je en essayant de m'asseoir dans le lit. Je me sens plus forte qu'hier, plus alerte mentalement. Plus moi-même.

— Ça fait seulement quelques jours. Elle me dévisage. Gray m'a fait un compte rendu sommaire de ce qu'a dit le médecin. Il semblerait que tu te remettes bien physiquement. Je suis vraiment soulagée. J'étais vraiment très inquiète. Tu te rends compte à quel point j'ai été nulle comme amie ? J'aurais dû faire plus attention à toi.

— Max, dis-je d'un ton ferme. Ce n'est pas ta faute.

Elle détourne les yeux et regarde par la fenêtre.

— J'aurais tout de même pu aider. Je n'ai

absolument pas pensé qu'il aurait pu se passer ce genre de choses quand tu as quitté la piste de danse. Ses yeux reviennent vers moi. Je me rappelle t'avoir vue monter vers le premier étage, mais je n'ai absolument aucune idée de comment tu as pu te retrouver au bas des escaliers menant au sous-sol. C'est trop affreux. T'as vraiment de la chance d'être toujours en vie.

— J'imagine, oui. Peut-être que ce n'est pas plus mal que je ne me rappelle de rien, alors. J'essaie de prendre un ton léger, comme si je plaisantais, mais ça tombe à plat.

Max m'adresse un sourire rassurant.

— Tu retrouveras tes souvenirs bientôt, Sophie, j'en suis sûre.

Putain, j'espère aussi.

CHAPITRE 3

❦

Le reste de la journée passe sans évènements notables et les deux jours suivant également. Les médecins et les infirmières défilent dans ma chambre toutes les deux heures pour contrôler mes constantes en dépit du fait que je leur assure que je vais bien. Les gars et Max viennent me rendre visite dès qu'ils en ont l'occasion. Je ne sais pas du tout ce qui se passe sur le campus sachant que ce sont les vacances d'hiver, mais tout le monde semble être occupé.

Merde. Il me tarde de rentrer chez moi.

Peu importe ce que ça signifie vraiment.

Dans ma résidence universitaire ? Chez les McAlister ?

Je ne sais pas où est mon chez moi désormais.

J'observe le petit déjeuner que vient de m'apporter une infirmière, je me saisis d'une fourchette et pique dedans avec circonspection. La nourriture qu'ils servent ici est vraiment incroyable et elle est présentée dans de vraies assiettes et non pas dans des plateaux à compartiments en plastique comme j'ai pu voir dans les autres hôpitaux.

Mais désormais, et sans parler du fait de savoir qui paiera pour les frais, je suis prête à quitter cet endroit. Je n'ai rien contre l'équipe soignante qui s'emploie à me faire récupérer aussi vite et parfaitement que possible, seulement je me sens déjà suffisamment bien et je ne comprends d'ailleurs pas ce qui justifie mon maintien dans cette chambre, si ce n'est pour financer la nouvelle voiture du docteur Cohen.

J'essaie de ne pas trop penser au coût de ce petit déjeuner, parce que je n'ai toujours pas réalisé que ce sont vraiment les garçons qui vont payer pour tout ça.

Je sais très bien que la facture ne fait que grimper. Cette clinique est manifestement conçue pour prendre soin des riches et je ne peux qu'imaginer le chiffre astronomique de la note totale qu'ils devront payer à ma place.

Je leur fais confiance, vraiment. Mais leur accorder ainsi ma confiance va à l'encontre de tout ce que j'ai connu pendant les dix-huit premières années de ma vie, ou du moins les sept dont je me souviens vraiment.

Donc j'imagine que même si je sais qu'ils vont tenir parole et payer ma facture d'hôpital, je ne peux pas m'empêcher d'attendre un éventuel retour de bâton. Peut-être que ce sont mes expériences passées qui me font penser de cette manière, peut-être est-ce mon côté réaliste, je ne sais pas vraiment. J'ai seulement l'impression que je suis perpétuellement en train de retenir ma respiration en attendant que la prochaine merde me tombe sur le coin de la gueule. Rien de bon ne dure.

À moins que… juste une fois, ce serait possible ?

Aux environs de midi, le docteur Cohen entre dans ma chambre son ordinateur portable à la main. Il me rend généralement visite deux fois par jour, une fois dans la matinée et une fois dans l'après-midi, mais il est un peu en retard aujourd'hui. Je ne m'en plains pas, vu que je sais exactement les questions qu'il s'apprête à me poser et les réponses, identiques à celles des jours précédents, que je vais lui donner.

Il s'assoit sur le tabouret à côté du bureau et utilise ses pieds pour s'avancer près de moi, tenant son ordinateur portable d'une main.

— Bonjour Sophie, dit-il en baissant les yeux vers son écran et en tapant sur quelques touches. Comment vous sentez-vous aujourd'hui ?

— Ça va, dis-je, car j'ai appris que plus vite je répondrai à ses questions, plus vite il me laissera tranquille. J'ai encore un peu mal à la cheville.

— Elle va vous faire souffrir encore un moment. Il

tape quelque chose d'autre. Voulez-vous que je vous envoie un kinésithérapeute pour vous aider à faire quelques exercices ?

— Je vous remercie, mais ce n'est pas la peine. Ça va aller.

Je résiste à l'envie de lever les yeux au ciel. Je sais qu'il ne veut que mon bien, mais il m'a déjà dit que ce n'était qu'une foulure sans gravité et que tout devrait rentrer dans l'ordre dans quelques jours. Me faire faire de la rééducation me semble un peu disproportionné.

— Dites-moi si vous changez d'avis, dit-il en levant les yeux de son écran. Y a-t-il du nouveau depuis la dernière fois que nous avons parlé hier soir ? D'autres symptômes ou d'autres douleurs ?

— Non.

— D'accord. Très bien. Bon, vos constantes sont parfaites, ajoute-t-il en levant un peu son ordinateur pour m'indiquer ce qu'il vient de lire sur mon dossier. Vous allez probablement pouvoir sortir d'ici demain matin si rien ne change pendant la nuit.

— Demain matin ? répété-je, en sentant mon cœur accélérer. C'est dans moins de vingt-quatre heures.

Merci mon dieu.

Ça ne devrait pas m'atteindre autant, mais j'ai beaucoup de mal à rester coincée ainsi au même endroit sans pouvoir me déplacer à ma guise. Je suis plus que prête à quitter ce putain d'hôpital où je fais perdre du temps et de l'argent à tout le monde. Je veux retourner à ma vie, à mon art.

Pourrai-je retourner dans ma chambre, à la résidence universitaire ?

J'imagine que tout reste ouvert pendant les vacances pour ceux qui ne veulent pas quitter le campus. C'était d'ailleurs ce que je comptais faire avant mon accident, vu que je n'avais nulle part où aller pour Noël et aucune famille à qui rendre visite pendant les vacances.

— Avez-vous des questions ? demande ensuite le docteur et mon attention se reporte sur lui.

Je suis sur le point de lui répondre *non*, pour écourter sa visite au plus vite. Mais au lieu de le rembarrer, je m'entends lui demander :

— Y a-t-il quoi que ce soit que je puisse faire pour aider mes souvenir à revenir ?

Il hausse un peu les sourcils. Au lieu de me répondre du tac-au-tac, il fait rouler le tabouret vers l'arrière et pose son ordinateur sur le petit bureau en faisant la moue.

— Vous m'avez dit que mes souvenirs reviendraient avec le temps, dis-je déglutissant nerveusement. Je n'aime pas le ton désespéré que prend ma voix malgré moi. Mais y a-t-il quelque chose que je puisse faire pour accélérer les choses ?

Je dois savoir ce qui m'est arrivé, je ne peux pas

simplement me contenter de ce que les *autres* m'ont raconté. Je fais confiance aux garçons et à Max, mais aucun d'entre eux ne m'a réellement vue tomber et donc, même avec leurs récits des évènements, je n'ai toujours qu'une version parcellaire de ce qui m'est arrivé. Je veux savoir ce qu'il s'est passé, en totalité, et la seule façon d'y parvenir, c'est de m'en *souvenir*.

— Il y a bien certaines choses que vous pourriez essayer. Il met ses doigts en cloche et se tapote le menton. Mais rien n'est garanti. Nous avons des thérapeutes qui pourraient vous aider, mais je n'oriente généralement pas mes patients vers eux, à moins qu'ils n'aient subi des blessures cérébrales vraiment graves et d'importantes pertes d'informations. Il me fixe et je ne sais pas ce qu'il peut bien voir en moi. Le cerveau est un organe complexe, Sophie. Parfois les souvenirs ressurgissent dans des moments totalement inattendus. Donnez-vous du temps, puis revenez me voir si vous êtes toujours inquiète à ce sujet.

Il y a comme de l'indifférence dans sa réponse et il emploie un ton qui sous-entend qu'il n'y a pas de quoi en faire tout un plat. Je me sens soudain presque ridicule d'avoir posé la question, mais pourquoi devrais-je m'excuser, hein ? Il s'agit tout de même de ma putain de mémoire ! Je me demande bien comme réagirait ce bon docteur dont je finance la nouvelle bagnole, s'il se réveillait sans se souvenir de ce qu'il avait fait la veille.

Je suis persuadée que lui aussi voudrait retrouver ses souvenirs au plus vite.

— Je suis vraiment satisfait de vos progrès Sophie, me dit-il. Je vous vois cet après-midi. N'hésitez pas à demander aux infirmières de me contacter si vous avez d'autres questions.

Je hoche la tête, mes doigts tambourinant la couverture. Toute cette épreuve a été frustrante et j'en ai vraiment assez. Je n'ai qu'une envie, rentrer chez moi et mettre en peinture toutes mes frustrations, fumer et prier pour que les morceaux brisés des souvenirs de cette nuit finissent par me revenir.

Il y a seulement quelques instants, la perspective de sortir d'ici dans vingt-quatre heures avait été réjouissante, désormais, je n'arrive plus à penser qu'à ces vingt-trois heures et cinquante- neuf minutes d'attente.

Demain matin, me dis-je en prenant une grande inspiration. Tu seras sortie d'ici demain matin. Fini les médecins, les aiguilles, les examens en tout genre et les questions.

Alors que le médecin quitte ma chambre, Declan y entre, les mains dans les poches. Mon cœur fait un petit bond dans ma poitrine quand son regard sombre que je connais si bien croise le mien. Il s'approche du lit, un petit sourire sur les lèvres.

— Salut Soph, comment tu te sens ?

Pour je ne sais quelle raison, posée par Declan, cette question me fait un tout autre effet. De la part du docteur Cohen, c'était juste de la routine, mais de la part de Declan... j'ai l'impression qu'il se soucie sincèrement de ma réponse.

Mais est-ce vraiment le cas ? Je déteste que mon cerveau soit ainsi perpétuellement en guerre avec lui-même, cherchant toujours à repousser les choses qui pourraient me faire ressentir des émotions. Guettant toujours le moment où je serai déçue, trahie ou blessée.

— Je hausse les épaules. Ça va. J'en ai marre, mais qu'est-ce que je peux y faire, hein ?

Je ne peux pas quitter ce putain de lit tant que je n'en ai pas l'autorisation et le gentil docteur Cohen m'a bien fait comprendre qu'il n'y avait pas grand-chose que je puisse faire pour récupérer mes souvenirs, même s'il m'a assuré qu'ils finiraient par me revenir.

Au bout d'un moment.

Declan plisse les yeux. Mais au lieu de me sortir des paroles vides pour essayer de me rassurer, ou de me dire que tout va bientôt s'arranger, il dit quelque chose qui me fait sincèrement sourire :

— Tu veux aller fumer un pétard ?

— Oh que oui !

Je lui ai répondu si vite qu'il éclate de rire, ses lèvres pleines s'étirant autour du son.

— Je me doutais que tu en aurais envie.

Fumer avec Declan me semble une idée absolument parfaite. Nos sessions de fumette dans les escaliers de différents bâtiments du campus et les discussions à cœur ouvert qui s'en suivaient me feront retrouver un sentiment de normalité qui me manque affreusement ces temps-ci.

Ses yeux pétillent lorsqu'il m'aide à me lever du lit. Ils m'ont enfin retiré la perfusion la nuit dernière et je suis donc libre de me promener, mais après être restée plusieurs jours sans marcher, mes jambes flageolent un peu.

— Ça va ? demande-t-il en m'attrapant l'avant-bras pour me stabiliser.

Je m'agrippe à lui et hoche légèrement la tête.

— Tout ira bien une fois qu'on aura commencé à marcher, dis-je en dépit du fait que ma tête se met soudain à tourner.

— Tu es sûre ?

— Ouais, t'inquiète. Je ne veux pas qu'il change d'avis où qu'il cherche à me protéger, alors pour lui prouver ce que j'avance, je me dirige droit vers la porte.

Bon, c'est vrai que je suis un peu plus lente qu'à l'accoutumée. Mais ça n'a rien d'étonnant après l'accident que je viens de vivre et qui m'a forcée à rester une semaine entière alitée. Alors que nous sortons de la chambre et commençons à marcher dans le couloir, ma démarche redevient peu à peu normale, mais Declan reste toujours tout près de moi. Ma cheville foulée se remet vite et bien et je boîte à peine un peu.

Je peux sentir la chaleur de son corps quand il m'effleure et ça déclenche un frisson délicieux dans tout mon corps. C'est marrant ce genre de choses : la réaction de mon corps à sa chaleur est un frisson exquis.

J'aime beaucoup.

Quand nous entrons dans un ascenseur, Declan sort une carte de sa poche et l'insère dans le lecteur situé au-dessus du panneau de commande. Il appuie sur le bouton du dernier étage et les portes se referment sur nous, puis l'ascenseur se met en branle. Quand j'accroche son regard, je hausse un sourcil interrogatif.

— Quoi ? Il hausse les épaules, les mains dans les poches et l'air un peu coupable.

— Où as-tu trouvé ça ? demandé-je en montrant la carte. Je connais suffisamment les riches désormais pour savoir que ce genre de cartes permet l'accès à certains étages normalement inaccessibles.

Il sourit.

— Je peux avoir pratiquement tout ce que je veux ici en me servant de mon nom et en disant que je suis un Windham. Mon père finance une bonne partie de cet hôpital. Il remet la carte dans sa poche. Ne t'inquiète pas, tu vas aimer l'endroit où je t'emmène.

Tant que ce n'est pas ma petite chambre stérile, je suis certaine que je serai heureuse n'importe où.

Un moment silencieux passe, alors que l'ascenseur monte les étages, mais c'est un silence confortable qui s'étire entre nous, de cette qualité unique que je ne ressens qu'auprès de lui. Il y a quelque chose entre nous qui se passe de bavardage inutile, nous n'avons pas besoin de parler pour nous sentir bien. Je ne sais pas vraiment pourquoi, mais je sais également que je n'ai pas besoin de le découvrir. Ça me suffit de savoir que je suis bien avec lui. Détendue.

Je n'oublierai jamais que Declan aura été le premier des Pécheurs à m'avoir fait me sentir bien, accueillie même, après mon arrivée mouvementée à Hawthorne. Ces moments volés dans les escaliers où nous n'étions que tous les deux, m'ont aidée à surmonter toutes les épreuves des premiers temps.

Quand la porte de l'ascenseur s'ouvre, je suis surprise de découvrir un grand ciel bleu parsemé de gros nuages blancs moelleux et des kilomètres d'air frais et de soleil, à perte de vue. À en juger par le fait que nous marchons sur du simple béton et que des câbles sont soigneusement alignés le long du toit, j'en conclus que cet accès n'est pas celui réservé aux clients haut de gamme. Nous sommes simplement sur le toit et cet accès doit être utilisé pour les travaux de maintenance, mais j'adore.

Je ne sais même pas comment il a pu savoir qu'on pouvait aller jusque-là avec cette carte, mais alors que la brise souffle sur ma peau et joue avec les mèches bleues de mes cheveux, je décide de ne pas m'en plaindre, au contraire. C'est exactement ce dont j'avais besoin et je ne le savais même pas.

— C'est par-là, murmure-t-il en me montrant un endroit vers le bord du toit. Un mur de brique y crée une sorte d'alcôve sur laquelle nous pouvons nous asseoir et faire pendre nos pieds dans le vide, au-dessus du *vrai* jardin luxueux, situé l'étage en dessous. L'endroit est désert pour le moment et j'apprécie. Je préfère que nous ne partagions ce moment avec personne d'autre.

— J'ai trouvé cet endroit un jour où je me baladais dans l'hôpital. Quand tu étais endormie, ajouta-t-il.

Je souris. Ça ne m'étonne pas qu'il ait fouiné à la recherche de coins tranquilles.

Il s'assoit, laissant ses pieds se balancer dans le vide et tapote à côté de lui pour m'inviter à le rejoindre. Je m'assois à mon tour, enroulant la blouse ridicule de l'hôpital autour de mes jambes pour me protéger du vent frais. Alors que je m'installe, mes pieds chaussés de chaussons se balançant à côté des siens, il sort un petit sachet de sa poche et roule rapidement un joint. Il sort ensuite un briquet et me tend les deux objets, me les présentant avec une petite courbette.

Le joint calé entre mes lèvres, je l'allume et tire une longue bouffée. La fumée emplit mes poumons et je mets la tête en arrière, pour la retenir un moment avant de l'expirer.

Je lui rends le joint et le briquet.

— Merci.

J'en avais besoin.

— De rien, c'est normal. Pas de problème, Soph.

Declan regarde le ciel bleu infini au-dessus de nos têtes, son regard se perdant dans la distance et pendant quelques minutes, nous nous contentons de nous passer le pétard en silence. La nervosité que je sentais monter en moi ces derniers jours s'apaise peu à peu jusqu'à ce qu'il ne reste plus que la sensation de sa cuisse contre la mienne et de ses doigts effleurant les miens de temps en temps.

Que ferais-je sans lui ?

Franchement, je ne sais pas ce que je ferais sans eux trois. Ils ont changé ma vie si complètement, que j'ai même du mal à me souvenir de ce à quoi elle ressemblait avant qu'ils n'en fassent partie. Ou peut-être que je préfère ne pas m'en souvenir.

Que se serait-il passé si j'étais tombée dans les escaliers la première semaine de cours ?

Personne n'aurait couvert mes frais d'hôpital, ça c'est certain. Et plus que ça encore, personne n'aurait été là pour veiller sur moi, à espérer que je me réveille et à me tenir compagnie après.

Ça, ce moment, là, maintenant, signifie plus pour

moi que n'importe quelle somme d'argent. Un moment comme celui-là, ça veut *tout* dire.

Quand Declan commence à fredonner une chanson, je ne peux retenir un petit sourire. Je sais que ses activités de chanteur sont quelque chose qu'il ne montre pas à grand monde et je m'estime heureuse de faire partie de ce cercle si restreint.

— Je ne l'ai encore jamais entendue celle-là, dis-je. C'est une nouvelle chanson ?

Il me donne un petit coup d'épaule.

— C'est quelque chose que j'ai composé il y a peu. Il m'offre son demi sourire si spécial qu'il n'arbore que quand il discute de musique, un rougissement quasi imperceptible colorant ses joues.

— Tu t'es remis à composer ? Ça faisait un moment qu'il n'avait rien écrit. Ou du moins, ça faisait un moment qu'il ne m'avait rien fait écouter de nouveau.

Declan reprend le joint.

— J'écris quand j'ai besoin d'exorciser certains trucs, tu comprends ? Sa main ralentit, puis s'arrête, à mi-chemin de ses lèvres. De la même manière que tu peins pour exprimer certaines choses. Il y avait certaines choses qui... me rongeaient de l'intérieur.

Ses yeux s'assombrissent un peu, alors qu'il reporte son regard sur moi et quelque chose dans son ton en dit beaucoup plus que les simples mots qu'il prononce.

Il était inquiet.

Pour moi.

Je prends une inspiration.

— Ah ouais ? Le stress, tout ça ? Je n'en dis pas plus.

— Ouais.

Je ne sais pas comment gérer la sensation de chaleur qui se diffuse dans ma poitrine en prenant conscience qu'il se soucie de moi bien plus qu'il ne le laisse paraître. Ça me serre le cœur, mais de façon agréable et cette sensation me terrifie.

— Tu peux me la chanter ? demandé-je au lieu de m'attarder sur les raisons exactes de son mal être. Avec les paroles ?

Il ne répond pas, se contentant de me repasser le joint puis il se met à chanter. Un peu timidement au début, puis, il prend peu à peu confiance et sa voix de baryton me provoque des frissons le long de la colonne vertébrale. Il me regarde en chantant. Je sais qu'il ne se lâche pas complètement et qu'il ne met pas toutes les émotions dans les paroles qu'il me chante, mais je peux tout de même sentir tous ses sentiments et la pulsation même de son cœur dans ce qu'il a écrit.

Sa voix se transforme à nouveau en fredonnement, la chanson s'arrêtant progressivement et je vois un sourire s'épanouir sur son visage. Il a un air presque enfantin sur son visage et c'est l'une des plus belles choses que j'aie jamais vues.

— C'était magnifique, lancé-je, retenant à grand

peine mes larmes. Je ne te le dirais pas si je ne le pensais pas, mais c'était vraiment... vraiment très beau.

Il balance ses jambes dans le vide, détournant un instant le regard.

— Ouais, c'était pas mal.

Je fronce les sourcils.

— Non. C'était plus que ça. C'était *fantastique*. Tu devrais la sortir. L'enregistrer et la diffuser quelque part. C'est injuste de créer quelque chose d'aussi beau et de le garder enfermé. Ça mérite d'être partagé avec le monde entier.

Son regard revient sur moi et je sens ma poitrine se serrer. Je ne comprends pas vraiment ce que je discerne dans ses yeux, mais je n'ai pas le temps de m'y attarder, car la seconde suivante, ses mains sont dans mes cheveux et sa bouche se plaque contre la mienne dans un baiser que je ressens à travers la moindre molécule de mon corps.

Peut-être que c'est la drogue qui me fait tourner la tête.

Ou peut-être est-ce juste Declan.

Quand il fait glisser ses mains autour de ma mâchoire pour approfondir le baiser, je *sais* que ce n'est pas la drogue qui me fait trembler de désir et battre le cœur. Il laisse échapper un grognement qui résonne dans sa poitrine, alors que sa langue glisse hors de sa bouche pour me goûter, caressant les commissures de mes lèvres.

Le joint me tombe des mains, allant s'écraser dans le joli petit jardin en contrebas, mais je m'en fous. Surtout quand Declan fait glisser ses mains sur l'arrière de mon crâne pour me rapprocher encore un peu plus de lui. Il m'embrasse si profondément, que j'ai l'impression de tomber dans un gouffre sans fond.

Quand nous nous reculons enfin l'un de l'autre, un petit rire s'échappe de ses lèvres, son souffle caresse ma peau, alors qu'il effleure ma pommette de son pouce.

— Je suis vraiment heureux que tu sois venue ici, Sophie. À Hawthorne. Sa voix est naturelle, vulnérable, si honnête que mon cœur manque un battement. Il ne cherche pas à cacher quoi que ce soit, à me mentir ou à se mentir à lui-même sur ce que je lui fais ressentir. Je suis vraiment content de t'avoir rencontrée.

Des petites paillettes de brun plus clair brillent dans ses yeux alors que le soleil nous illumine tous les deux. Mon corps entier semble bourdonner, comme si je flottais quelque part, heureuse et en sécurité.

— Moi aussi.

Après cet aveu discret, je me recule et pose ma tête sur son épaule, l'odeur chaude et boisée que j'associe désormais à lui seul, s'attardant dans mes narines.

Je suis restée seule si longtemps que j'ai du mal à réaliser que j'ai désormais quatre personnes, Max et les garçons, qui semblent ressentir autre chose pour moi que du dégoût ou de la haine.

De ma vie tout entière, je n'ai jamais su ce que c'était que d'avoir autour de moi des personnes prenant soin de moi et maintenant...

Ne t'y habitue pas, me dis-je soudain. Rien ne dure éternellement.

CHAPITRE 4

— Fais tes valises, pouffiasse, tu dégages d'ici !

Je ris en entendant la déclaration enflammée de Max alors qu'elle ouvre la porte en grand. J'ai passé une nuit agitée la nuit dernière, me réveillant deux fois de rêves dont je ne suis pas parvenue à me souvenir. Après le second, je me suis replongée dans le sommeil en me repassant en mémoire les moments passés avec Declan sur le toit et après ça, plus aucun cauchemar n'est venu me perturber.

— Putain, tu me sauves, marmonné-je et c'est au tour de Max de se mettre à rire.

Malheureusement, je dois encore passer tout un tas de vérifications, comme si les médecins étaient soudainement effrayés que j'aie pu développer une tumeur ou quelque chose du même genre dans la nuit.

Je choisis de m'y plier et essaie de répondre à toutes les questions du docteur Cohen le plus vite possible.

Passer enfin les portes coulissantes de cet endroit est incroyablement libérateur et même si je boitille encore un peu, je me dirige tout droit vers la vieille voiture de Max dès que je la remarque dans le parking.

— Euh, non, c'est pas par-là.

À ma grande surprise, elle me fait changer de direction et me conduis dans une autre zone du parking. Peut-être que c'est juste la folie de ces derniers jours qui me maintient dans cet état d'hypervigilance, mais mon cœur fait un bond violent dans ma poitrine à ce changement soudain de direction. J'en ai assez, je suis prête à rentrer à la maison.

— On va où ? demandé-je en m'appuyant un peu sur elle. Ma cheville va beaucoup mieux, mais j'ai encore un peu mal. J'ai bien l'impression que ça ne s'arrangera que lorsque je serai rentrée chez moi et que j'aurai dormi pendant au moins trois jours. Ta voiture est de l'autre côté.

Elle me regarde en haussant un sourcil.

— Ouais, mais les garçons sont là-bas.

Évidemment, quand je lève les yeux, je tombe sur les trois Pécheurs qui m'attendent adossés à une voiture en bien meilleur état que celle de Max.

— Ils n'ont pas voulu me laisser te raccompagner, explique-t-elle. Gray semble penser que ma bagnole est un cercueil roulant, juste parce que ce n'est pas un modèle de luxe. Elle est défoncée, je l'admets, mais elle roule bien. Elle lève les yeux au ciel. Donc vu que je n'ai pas été autorisée à te raccompagner, j'ai pu être celle qui est venue te chercher pour te faire sortir de cet endroit. Donnant donnant.

Il y a quelque chose dans la manière qu'elle a de le dire qui me fait penser qu'il a dû y avoir quelques prises de bec pour savoir qui ferait quoi et j'essaie de ne pas rire en m'imaginant Max tenir tête aux Pécheurs. Ils ont de la chance qu'elle ne leur ait pas arraché les couilles.

— Salut, Blue, lance Elias avec un sourire charmeur alors que nous nous approchons de la voiture. Ça fait plaisir de voir que tu es enfin sortie d'ici.

— Je suis contente d'en être sortie moi-aussi, dis-je d'une voix neutre. Ne me laissez plus jamais retomber dans les escaliers.

J'ai voulu dire ça sur le ton de la plaisanterie, mais je ne manque pas de remarquer la manière dont Gray s'assombrit et dont Declan se hérisse. Même Elias abandonne son sourire charmeur. Personne ne trouve particulièrement amusant ce qui m'est arrivé, surtout qu'on ne sait pas encore vraiment si c'est un accident ou si c'était prémédité. Je me suis fait pas mal d'ennemis à Hawthorne, pas parce que j'y suis venue dans le but de chercher la bagarre, mais parce que certains élèves sont de sales connards pourris-gâtés, qui ne semblent pas comprendre le concept de laisser les autres vivre leurs vies tranquillement.

Au début, je pensais que Gray était comme eux, jusqu'à ce que j'apprenne pour la mort de sa sœur. Ça n'excuse pas toutes les saloperies qu'il m'a faites, mais au moins, ça leur donne un contexte. Le deuil et la douleur font parfois faire des choses horribles aux gens.

— Ça n'arrivera plus, marmonne Gray, avec une expression dure, qui s'adoucit peu à peu. Et pour répondre à ta question, nous avons décidé qu'il serait mieux que tu restes chez moi pendant le reste des vacances d'hiver. Il fait un geste vers les autres Pécheurs. Aucun de nous ne reste sur le campus et on voulait s'assurer qu'il y ait toujours quelqu'un pour veiller sur toi jusqu'à ce que tu sois totalement remise.

— Ce qui ne tardera pas, ajouta Elias, son éternel optimisme refaisant surface.

— Mes parents ne sont pas à la maison, continue Gray. Mon père est en voyage d'affaires à Hong Kong et ma mère l'accompagne. Ils ne rentreront pas avant deux semaines.

Ça me rend un peu triste de savoir que ses parents le laissent tout seul pour les fêtes. Pas que j'ai déjà eu une famille avec qui passer Noël ou Thanksgiving, ni aucune autre fête d'ailleurs, mais moi j'ai grandi en famille d'accueil et j'ai eu une vie bien merdique jusque-là. J'ai toujours cru que les gosses qui grandissaient dans le luxe et les privilèges étaient aussi entourés de familles aimantes qui passaient du temps avec eux. Mais ce n'est manifestement pas toujours le cas.

— Et mes affaires ? demandé-je, essayant encore de comprendre ce que tout ceci signifiait.

Passer les vacances d'hiver avec Gray ? Chez lui ?

J'ai déjà passé la première semaine de vacances à l'hôpital, mais il reste encore un peu plus d'une semaine avant que les cours ne reprennent pour le deuxième semestre.

Quand nos regards se croisent, mon estomac se serre un peu.

Une semaine entière avec Gray, chez lui. Sans la fac ni rien d'autre pour nous distraire.

— Je t'ai préparé un sac, lance Max et sa voix me ramène au moment présent. Il est déjà dans le coffre de la voiture de Gray et si tu as besoin de quelque chose d'autre, nous pourrons toujours aller à la fac ensemble pour que tu le récupères. Mais je ne crois pas que ce sera nécessaire, j'ai pris pratiquement tout ce que je te vois porter au quotidien.

Je me retrouve à acquiescer au plan qu'ils ont préparé pour moi, même si c'était bien la dernière chose à laquelle je m'attendais. Tout ce que je voulais, c'était rentrer dans ma chambre et y rester enfermée, bien tranquille avec mes peintures et mes pensées, et absolument *pas* passer les vacances avec Gray.

Je ne réalise pas vraiment ce qui se passe, jusqu'à ce que je dise au revoir à Max et lui promette de lui envoyer un message une fois que je serai installée. C'est la seule à rester sur le campus pendant les vacances et elle a bien insisté sur le fait qu'elle viendrait régulièrement chez Gray pour voir comment j'allais.

Elias me prend dans ses bras, dépose un baiser sur le haut de mon crâne et me serre doucement contre lui. Puis Declan me prend dans ses bras à son tour, lançant un regard à Gray, comme s'il le défiait de lui interdire. Mais il ne dit rien, se contentant de nous regarder avec une expression indéchiffrable, adossé à sa voiture, les bras croisés et les clés pendant de l'une de ses mains.

— Merci de m'avoir montré cet endroit sur le toit, murmuré-je à Declan. Je regarde le grand hôpital alors que nous nous séparons. C'était la meilleure partie de mon séjour là-bas.

— Avec plaisir Sophie, je suis là pour toi. Il sourit, levant une main et glissant ses doigts dans une mèche de mes cheveux bleus et blonds. Son regard s'adoucit et j'ai l'impression qu'il est sur le point de m'embrasser, comme il l'a fait sur le toit de l'hôpital, mais cette fois en face de Gray, d'Elias et de Max, comme si c'était tout naturel. Et encore plus étonnant, je prends conscience que moi aussi, j'ai envie qu'il le fasse. Pas pour faire enrager Gray ou Elias, ni pour les rendre jaloux.

Non, tout simplement parce que ça semble être la chose à faire.

Je peux voir qu'il hésite à se lancer et je vois le désir ardent dans ses yeux. Mais finalement, il se contente de déposer un baiser sur mon front et de tirer doucement sur la mèche de mes cheveux qu'il a gardé entre ses doigts. Mais même ces gestes sont lourds de sens.

Comme s'il s'appropriait une partie de moi et s'assurait que tout le monde soit au courant.

Gray fait un bruit de gorge quand Declan et moi nous séparons. Son regard passe de lui à moi, puis sur Elias, avant de se fixer de nouveau sur moi. Il déclare :

— Tu es prête ?

Je hoche la tête.

— Oui.

— Ok, on y va. Je ne veux pas que tu restes debout trop longtemps.

Ignorant les implications de ses paroles, je me recule pour le laisser ouvrir la porte passager de sa voiture. Je grimpe à l'intérieur et il fait le tour pour s'installer à la place conducteur.

Après s'être installé derrière le volant sur le siège de cuir confortable, Gray se penche vers moi pour attraper la ceinture de sécurité, son torse appuyant contre mon épaule. Se saisissant de la boucle, il l'enfonce dans l'attache. Ses doigts s'attardent sur ma cuisse avant qu'il ne se recule.

— Tu sais que j'aurais pu le faire toute seule, dis-je doucement, alors que nous yeux se croisent. Je ne me suis pas blessé les mains.

— Heureusement. Ses lèvres tressautent et j'ai l'impression qu'il essaie de cacher l'amusement dans sa voix, mais son expression reste sérieuse.

Max nous dit aurevoir à coup de grands signes de la main, avant de se diriger vers sa voiture, garée de l'autre côté du parking et je vois Declan et Elias se diriger vers une voiture que je crois appartenir à ce dernier. Gray s'insère dans le trafic, naviguant avec aisance entre les voitures et nous éloignant peu à peu de l'hôpital.

Il ne dit rien pendant un moment et moi non plus. De la musique sort des haut-parleurs à volume réduit et le silence qui s'étire entre nous intensifie le sentiment d'anticipation qui monte dans mon estomac.

Ça a toujours été explosif entre Gray et moi. Qu'ils soient bons ou mauvais, les sentiments entre nous n'ont jamais été mesurés. Jamais doux. Quand nous nous retrouvons ensemble, c'est comme la rencontre de l'essence et d'une allumette et je sais très bien que ce petit arrangement pour les vacances d'hiver ne va rien y changer.

— Tu vas bien ? demandé-je soudain, brisant le silence.

La question reste comme suspendue entre nous pendant quelques secondes tendues, avant qu'il ne me jette un regard, arrachant les yeux de la route une seconde pour me répondre.

— C'est *moi* qui devrais te poser la question plutôt. Et toi, tu vas bien ?

Ce n'est pas une réponse, mais je n'insiste pas. À la place, je laisse échapper un soupir et regarde par la fenêtre.

— Ça va aller. Si seulement je pouvais me souvenir de ce qui s'est passé cette nuit-là, tout irait pour le mieux.

J'essaie de dire ça sur un ton léger, mais je sais qu'il peut tout de même sentir le poids de mes mots. Il hoche la tête, reportant son regard sur l'autoroute et je ne manque pas de remarquer la manière qu'à sa mâchoire de se contracter. Ses épaules ont l'air bloquées, son corps entier semble tendu, comme si une tempête se préparait en lui.

Ce n'est pas la première fois que je remarque qu'il est tendu depuis que je me suis réveillée. Je ne sais pas pourquoi il est dans cet état, ni contre quels démons personnels il se débat, mais j'aimerais qu'il s'ouvre à moi.

Le reste du trajet se passe dans le silence. Je n'arrive pas à trouver quoi dire et comme Declan, Gray n'essaie pas à tout prix de combler les silences en parlant de tout et de rien. Si Elias était là, j'imagine qu'il n'aurait pas fermé la bouche de tout le trajet, flirtant avec moi et tentant de détendre l'atmosphère, mais c'est seulement parce que c'est sa personnalité.

Quand Gray s'engage dans une allée privée, je me secoue un peu, réalisant que nous venons d'atteindre notre destination. La longue allée est pavée de briques et fermée par un immense portail que Gray déverrouille en appuyant sur un bouton ajouté à sa voiture.

Après avoir garé la voiture devant la magnifique demeure contemporaine et élégante, Gray coupe le contact et se dirige vers le coffre pour en sortir mon sac. Je n'attends pas qu'il vienne m'ouvrir la porte et je sors de la voiture pour admirer l'immense maison, pendant qu'il est occupé à récupérer mes affaires. Je suis déjà venue ici une fois, quand nous nous sommes incrustées à sa fête Max et moi, et que je me suis foutue à poil dans son salon. Mais cette baraque me semble encore plus grande et impressionnante en plein jour.

Il me précède sur les grands escaliers menant à la porte d'entrée, puis la déverrouille et me fait entrer. Nos pas résonnent un peu alors que nous pénétrons dans l'entrée de pierre blanche et de marbre, décorée dans un style épuré. Alors que je le regarde enlever ses chaussures sans ménagement, avec des mouvements naturels qui me semblent complètement hors de propos dans une baraque de ce genre, ça me frappe soudain…

C'est le quotidien de Gray.

C'est sa maison. C'est l'endroit où il a grandi.

De la même manière que je me suis habituée au trou à rat qui servait de barraque à Brody McAlister et ses mains baladeuses, c'est ici que la vie de Gray s'est déroulée. C'est dans cette opulence qu'il mange, qu'il dort, qu'il respire. Qu'il vit tout simplement. C'est le seul foyer qu'il ait jamais connu. C'est le monde dont il continuera à faire partie pour le reste de sa vie. Un jour, il héritera de tout ça.

Et moi, où serai-je ? Que ferai-je ?

Je n'en ai aucune idée.

— Et bin, commencé-je taquine, en le suivant plus loin dans la maison. Il est où votre majordome. C'est immense ici, j'en reviens pas, vous avez combien de domestiques ?

Même s'il sait que je plaisante, je vois son visage se durcir un peu.

— C'est pas aussi bien que tu peux l'imaginer, marmonne-t-il à voix basse en me conduisant à travers une grande pièce qui semble n'avoir jamais été utilisée. Crois-moi.

Je me mords la lèvre, je ne sais pas vraiment ce à quoi son commentaire fait référence, mais je comprends tout de même ce qu'il sous-entend. La réalité n'est pas toujours aussi rose que ce que l'on pourrait penser de l'extérieur et j'ai bien l'impression que cette vérité ne fait pas de distinction entre les riches et les pauvres.

Mais merde, pensé-je malgré moi, si j'avais tout ça, je trouverais difficile de me plaindre de quoi que ce soit.

— Comme je te l'ai dit, mes parents ne sont pas là, ajoute-t-il. Ils ne rentreront pas de toutes les vacances, il n'y aura donc que toi et moi.

Nous nous arrêtons enfin dans une pièce qui a l'air d'être occupée : elle est bien moins étouffante et plus accueillante. Je m'imagine tout à fait passer du temps avec les garçons, à discuter ou à se chamailler, sans m'inquiéter de casser quelque chose de précieux, comme ce que j'ai vu exposé dans toutes les autres pièces.

Je lève les yeux vers Gray, en dépit de ma blague sur les domestiques, j'ai bien l'impression que nous ne sommes vraiment que tous les deux dans la maison.

Je vois de l'inquiétude passer dans ses yeux, mais j'y aperçois aussi du désir, contenu et contrôlé, comme seul Gray sait le faire. Je me demande vaguement combien de temps il faudra pour que nous nous retrouvions nus tous les deux, nos vêtements éparpillés au sol et nos corps luisant de sueur enroulés l'un autour de l'autre.

Me raclant la gorge je le quitte des yeux et regarde la pièce plus en détail. Mon attention est attirée par la photo encadrée d'une jolie jeune fille d'une quinzaine d'années.

Je n'ai pas à réfléchir bien longtemps pour savoir de qui il s'agit.

Beth.

— Elle te ressemble beaucoup, murmuré-je en prenant le cadre dans les mains pour regarder la photo de plus près.

Ce ne sont pas de vrais jumeaux, mais la ressemblance est pourtant bien nette. Même si je n'avais pas passé autant de temps avec Gray, j'aurais su en un instant qu'ils étaient frère et sœur.

— J'aurais bien aimé la rencontrer.

Les mots sortirent de ma bouche avant même que je n'aie la chance de les arrêter. Peut-être n'aurais-je pas dû dire ça, mais pourtant, c'est ce que je ressens.

Gray me prend le cadre des mains. Une douleur insondable apparente sur le visage je le vois essayer de déglutir, mais sa gorge se bloque. Je le regarde essayer de repousser sa douleur, de la faire taire – et il y parvient, de justesse. Je la vois toujours hanter les profondeurs de ses yeux et cette douleur me frappe comme un coup de poing en pleine poitrine.

— C'était l'une des personnes que j'aimais le plus au monde, dit-il, la voix un peu éraillée, alors qu'il repose la cadre à sa place. Je suis un vrai connard. Il lance un rire sans joie en me regardant. Tu le sais mieux que quiconque. Mais Beth me rendait meilleur. Elle me donnait envie de m'améliorer. Je ne porte pas beaucoup de gens dans mon cœur, mais elle c'était la meilleure.

Mon cœur se serre dans ma poitrine.

Tu n'es pas seul.

Je comprends.

Combien de fois ai-je voulu entendre ces mots-là ? Combien de fois ai-je voulu que quelqu'un soit là pour moi ? Combien de fois pendant ces derniers mois et depuis que je le connais, Gray a-t-il été là pour moi ?

Après que Caitlin et ses sbires ont essayé de m'humilier, après que Cliff a essayé de me violer. Après que mes peintures ont été réduites en lambeaux, tout comme mon âme.

Je ne pense pas, j'agis. Sans hésitation et sans y penser, j'attrape le menton de Gray et guide son visage vers le mien, montant sur la pointe de mes orteils pour presser mes lèvres contre les siennes. Peut-être est-ce fou ne serait-ce que d'essayer, mais j'ai envie de faire disparaître toute la douleur que je vois en lui avec mes baisers. Et mettre un pansement dessus pour un moment, pour oublier la douleur quelques temps.

— Je ne crois pas que tu sois un si grand connard, murmuré-je à voix basse.

Je vois la tempête dans ses yeux, comme s'il était encore en train de se battre contre lui-même. Mais je sens ses mains attraper mes hanches et me rapprocher de lui. Son nez glisse contre mon cou alors qu'il baisse la tête contre moi, enroulant ses bras autour de mon corps.

Je le sens soupirer, comme si ce simple geste l'avait en quelque sorte soulagé. Son murmure caresse mon oreille.

— J'espère que tu as raison, Moineau.

CHAPITRE 5

Max ne plaisantait pas quand elle a promis de s'inviter fréquemment chez Gray. Les jours qui suivirent mon arrivée chez lui, elle vint me rendre visite souvent. Elias et Declan vinrent eux aussi, dès qu'ils les pouvaient.

La famille de Max est à Boston et elle ne pourra pas leur rendre visite, mais Elias et Declan ont des « obligations familiales » pendant les fêtes. Je ne sais pas vraiment ce que ça signifie, mais à les voir lever les yeux au ciel quand ils en parlent, j'imagine que ça n'a rien de joyeux.

De ce que Gray m'en a dit, il paraît qu'ils vont devoir réseauter, lécher les bottes de certains collègues de leurs parents, participer à des fêtes qui ne sont que des réunions déguisées et de manière générale, maintenir les apparences et faire honneur à leur nom de famille. Ça m'a l'air particulièrement pénible, ce qui explique aussi probablement pourquoi Gray ne semble pas le moins du monde déçu que ses parents aient décidé de ne pas passer les fêtes ici.

Vu qu'il se retrouve tout seul, il est libre de faire ce qui lui plait, même si ce qu'il désire, c'est s'occuper d'une fille qui n'est pas de son monde et qui se remet d'un traumatisme crânien.

Malheureusement et malgré ma guérison presque complète, je n'ai toujours pas récupéré les souvenirs de la soirée.

J'ai arrêté d'essayer de forcer les choses. S'ils reviennent, c'est bien. Sinon, tant pis. Tout ce que je sais, c'est qu'une première année m'a trouvée au pied des escaliers dans la cave et même si ça m'énerve de savoir qu'il y a quelque chose qui *m'échappe* encore, me prendre la tête à ce sujet est inutile et frustrant.

Donc, à la place, je passe mon temps à dessiner. Je n'ai pas mes peintures car tout mon matériel est dans ma chambre à la fac, mais ça me fait du bien de sortir ce que j'ai dans la tête et de le mettre sur papier. Peu importe le *moyen*, il faut seulement que je parvienne à déverser hors de moi, de ma tête et de mon cœur toutes mes pensées et à les matérialiser de mes mains en formes et en couleurs.

Je dessine depuis mon réveil ce matin. Je ne me suis même pas arrêtée pour manger et je me retrouve actuellement dans un état entre le rêve éveillé et le délire, alors que je trace des formes sur un papier avec le fusain que j'ai retrouvé dans mon sac l'autre jour. J'apprécie de plus en plus la manière qu'à le fusain de s'étaler sur mes doigts et ma paume à mesure que je travaille. Et j'aime que les lignes noires que je trace s'adoucissent d'une simple caresse de mes doigts.

Mon esprit vagabonde quand je travaille, comme c'est souvent le cas ces jours-ci et mes pensées retournent invariablement vers les Pécheurs. Les hommes qui ont passé une bonne partie du premier semestre à tenter de me faire quitter cette école et me rendre la vie impossible, sont désormais devenus ceux qui prennent soin de moi et qui m'évitent de m'endetter à vie pour payer une facture d'hôpital astronomique.

Je n'arrive toujours pas à y croire.

Je n'ai toujours pas *envie* d'y croire.

Parfois, quand Elias flirte avec moi, quand Declan et moi partageons des moments intimes en fumant ou en écoutant de la musique ou quand je me retrouve dans les bras de Gray, j'ai l'impression que c'est réel. Ces moments sont ceux pendant lesquels je me laisse aller juste un petit peu plus, et je pense que ce ne serait peut-être pas si mal de les laisser entrer, de les laisser revendiquer une partie de mon cœur.

Mais je sais aussi ce que ça fait de voir s'arracher les choses auxquelles on tient. Je sais ce que ça fait de s'attacher, seulement pour que la vie vous le retire sans sommation.

Mon cœur se serre dans ma poitrine alors que je presse le crayon encore un peu plus fort, traçant des lignes noires et douloureuses dans les fibres du papier.

Jared.

Il a été arraché de ma vie, comme ça. Un jour il était là, le suivant j'étais à la morgue à regarder son corps froid et sans vie. Son futur pour toujours inaccompli.

Je n'aime pas penser à sa mort et à quel point elle m'a affectée. Peut-être est-ce le choc encore vivace que j'ai subi ce jour-là qui m'empêche de m'abandonner totalement à la douleur de mon deuil, ou peut-être est-ce la nuit qui a suivi, celle où j'ai rencontré Gray. Peut-être en un sens, Gray a-t-il été mon sauveur, mon ancre, celui qui m'a empêchée de commettre quelque chose de stupide et d'irrémédiable.

Gray.

Je ne me rappelle pas la fête de fin de semestre, mais je me rappelle tout de même d'une *sensation*.

Mais quoi déjà ?

J'ai mal à la tête à chaque fois que j'essaie de me creuser la cervelle à la recherche de réponses. Posant mon fusain, j'appuie mes doigts sur mon crâne et me frotte les tempes pour tenter de faire disparaître la douleur, sans m'inquiéter du fait que j'étale probablement de la poudre de fusain partout sur ma peau.

— Hey, Sophie, tu es là ?

Quelqu'un frappe doucement à ma porte à demi fermée. Je lève les yeux de mon dessin pour voir la tête de Max apparaître sur le seuil de la chambre d'ami dans laquelle je réside en ce moment.

— Salut, je souris. Désolée, j'étais ailleurs.

— Je vois ça. C'est cool. Elle sourit en voyant les marques noires sur mon visage et je lève les yeux au ciel en les essuyant. Comment tu te sens ? ajoute-t-elle.

La pulsation douloureuse de mes tempes s'amenuise peu à peu à mesure que mon esprit se concentre sur autre chose que les zones inaccessibles de ma mémoire. Avec Max à mes côtés, tous les questionnements disparaissent et la confusion dans laquelle je me trouvais précédemment commence à fondre, me laissant seulement face à moi-même.

— Plutôt bien en fait. J'essuie mes mains sur un chiffon et referme mon carnet de croquis.

C'est la vérité. Depuis que je suis arrivée chez Gray quelques jours auparavant, et que j'ai pu vraiment me reposer sans être sans arrêt interrompue par les allées et venues incessantes des infirmières, mon rétablissement s'est accéléré. Mis à part certains bleus encore un peu visibles mais plus vraiment douloureux, j'ai pratiquement retrouvé mon état normal.

M'adossant au gros fauteuil moelleux que je me suis appropriée pour mes séances de dessin, je lui adresse un petit sourire.

— Et toi ?

Elle s'assoit au pied du lit.

— Ça va. Je viens juste de discuter avec Elias et Declan. Ils arrivent dans quelques instants. Quand elle voit que je la regarde d'un air interrogateur, elle hausse les sourcils, un petit sourire menaçant de s'étirer sur ses lèvres. Quoi ?

— Rien. Je pose mon carnet et viens la rejoindre sur le lit. Tu t'es rapprochée d'eux depuis cette histoire.

— M'en rapprocher ? Elle hausse un sourcil. Je ne dirais pas ça, non. Je tolère simplement leur existence par égard pour toi, Sophie.

— Tu les tolères ? la taquiné-je. J'ai vu comment elle interagissait avec eux les dernières fois et je n'appellerais pas ça comme ça. J'ai vu que tu ne te gênes pas pour leur dire leurs quatre vérités et qu'ils ne sont pas en reste. Mais ça ne ressemble en rien à ce qu'il se passait le semestre dernier. De ce qu'Elias à dit, il semble que vous vous soyez tous rapprochés pendant que j'étais endormie, dis-je en riant.

Elle me tape gentiment la jambe.

— Hé, nous nous sommes rapprochés parce que nous nous faisions du souci pour toi. Rien d'autre.

Je la regarde à nouveau.

— Tu en es bien certaine ? Parce que j'ai presque l'impression que tu t'amuses bien quand tu es avec eux.

— J'admets, dit-elle enfin, cédant à mes taquineries. J'avoue qu'ils ne sont pas si mauvais. Mais c'est seulement parce que j'ai vu à quel point ils ont pris soin de toi, peu importe à quel point ils ont été nuls avec toi avant. Je n'arrive pas à me débarrasser de l'impression qu'ils sont sincères.

Elle n'est pas la seule à le penser.

Parce que moi non plus, je n'arrive pas à me débarrasser de ce sentiment. C'est quelque chose de plus.

Plusieurs jours passent et je me sens complètement guérie.

Les souvenirs de la nuit de ma chute sont toujours brouillés, mais la nuit dernière, en m'endormant, j'ai eu l'impression d'être sur le point de me rappeler les moments qui ont précédé... ou du moins, je me suis rappelée être *allée* à cette fête.

Je me souviens de ce que je portais, je me rappelle de m'être préparée dans ma chambre. Je me souviens ensuite que Gray est venu me chercher et je me rappelle aussi de ses mains et de sa bouche sur moi, quand il m'a plaquée contre la porte de ma chambre, dans le couloir. Mais au-delà de ça, tout commence à devenir statique.

Ou peut-être bien que mon cerveau à tout inventé de A à Z. je devrais lui demander ce qu'il s'est réellement passé lorsqu'il est venu me chercher pour voir si je ne suis pas trop éloignée de la vérité. Il pourra me dire si c'est seulement un faux souvenir que je me suis créé dans mes tentatives désespérées de combler les lacunes de ma mémoire ou si les souvenirs commencent enfin à me revenir.

Et si ce souvenir est réel, alors peut-être que d'autres suivront. Peut-être que tout finira par me revenir.

Cette pensée me gonfle d'optimisme, mais je la repousse rapidement. Je ne suis pas du genre à me bercer d'espoirs stupides. Je me concentre sur la réalité sans me préoccuper des « si » et des « *peut-être* ».

Le sol est froid sous mes pieds nus alors que je descends les escaliers l'estomac dans les talons.

Il m'a fallu quelques jours pour bien comprendre comment la maison de Gray était organisée, mais je crois que je me repère bien désormais. Je reste généralement dans les trois pièces principales et les couloirs qui les relient : de ma chambre à la cuisine, de ma chambre au salon et de ma chambre à la salle de bains. La maison est immense et je n'en ai pas visité la moitié.

Je ne sais même pas vraiment où est la chambre de Gray, réalisé-je en entrant dans la cuisine.

Depuis que je suis arrivée ici, cinq jours auparavant, j'ai passé de nombreux moments en sa compagnie. Mais à part le baiser que nous avons échangé le premier jour, il ne m'a pas vraiment touchée.

Ce n'était pas tout à fait de cette manière que je m'imaginais passer ma semaine de vacances avec lui, ça c'est clair.

J'ai l'impression qu'il se retient, mais je ne sais pas pourquoi.

Pas parce qu'il ne me fait pas confiance… mais parce qu'il ne se fait pas confiance à lui-même en ma compagnie. Comme s'il avait peur de me casser s'il me touchait.

Merde. Lui plus que tous, devrait savoir que je ne suis pas si fragile.

Et vivre dans la même maison que lui, savoir que nous sommes sous le même toit, qu'il est juste au bout du couloir ? Ça me rend folle de désir. Une chute dans les escaliers et quelques jours à l'hôpital n'ont pas effacé les souvenirs de tous les moments où Gray et moi nous sommes connectés mentalement et physiquement.

Surtout physiquement.

Je repousse mon excitation et toutes les images qui me viennent, faisant malgré moi l'inventaire de tous les endroits de mon corps où sa bouche s'est posée, ses doigts, son corps. J'essaie de les repousser, mais ces images sont pour toujours imprimées dans mon esprit, une sensation viscérale qui me poursuit jusque dans mes rêves et mes moindres pensées.

Farfouillant dans le placard au-dessus de la corbeille de fruits, je me saisis d'une tasse puis d'une dosette d'un café absolument délicieux. Je la mets dans la machine et attends que ma tasse se remplisse, regardant la vapeur s'élever de la buse, alors que la cuisine se remplit progressivement d'une odeur agréable. Il y a aussi une machine à expresso et j'ai vu Gray s'en servir une fois, mais elle a l'air hors de prix et je ne sais pas s'y j'arriverais à m'en servir sans tout casser.

Une fois que mon café est enfin prêt, je récupère ma tasse et m'installe sur l'un des tabourets de bar, sirotant précautionneusement le liquide bouillant.

J'entends un petit bruit derrière moi et je me retourne pour le voir entrer dans la cuisine.

J'essaie vraiment de ne pas le dévisager, de toutes mes forces. Mais il porte un bas de jogging gris qui le moule à la perfection et un t-shirt blanc qui met en valeur ses bras musclés.

Je porte la tasse à mes lèvres pour en boire une nouvelle gorgée, me détournant juste assez pour qu'il ne puisse pas voir le grand sourire s'étirer sur mes lèvres. À ma grande surprise et au lieu de se diriger droit vers la machine pour faire couler son café comme d'habitude, il tire le tabouret à côté du mien et s'assoit, ses genoux frôlant ma cuisse.

— Bonjour, Moineau, dit-il d'une voix douce. Je le regarde, incapable de m'en empêcher. Quand il a toute mon attention, il me tend une petite boîte noire enrubannée et mon cœur palpite soudain dans ma poitrine. C'est pour toi.

Mon regard fait des allers-retours entre la boîte et son visage. Je ne sais pas quoi faire. Je voudrais la lui prendre des mains, mais je n'y arrive pas.

— Quoi ? dis-je enfin en serrant la tasse un peu plus fort entre mes doigts, comme si je risquais de la faire tomber si je ne faisais pas attention.

— Prends-le. Un petit sourire danse sur ses lèvres. C'est Noël. C'est un cadeau.

Noël. Cadeau.

Je ne sais pas comment, mais je finis par tenir la boîte entre mes mains. J'avais complétement oublié les fêtes de fin d'année et même si ce n'avait pas été le cas, je ne m'attendais à rien.

Je n'arrive pas à me souvenir de la dernière fois que quelqu'un m'a offert un cadeau de Noël. Peut-être en ai-je reçu quand j'étais plus jeune, même si je ne m'en souviens pas. Les enfants ont des cadeaux à Noël. Mais pas les ados rebelles qui vont de famille d'accueil en famille d'accueil, sans avoir jamais le temps de poser leurs valises.

Je dois dire une partie de mes pensées à voix haute car Gray ajoute :

— Tout le monde a droit à un cadeau de Noël. Ouvre-le. Il ne mord pas, promis.

Quand je relève les yeux sur lui, ma gorge se serre. Je ne sais pas s'il se rend vraiment compte de ce que ça représente pour moi. Gray a probablement reçu des dizaines de cadeaux, pour Noël, pour ses anniversaires et sans raisons particulières. Moi ? J'ai presque envie de pleurer, mais pas de tristesse. Ce qui est presque pire.

Les mains tremblantes, je pousse le ruban sur le côté et ouvre la boîte. Posé sur un lit de soie, se trouve un magnifique collier d'une grande finesse, en or auquel est accroché un petit cœur serti de diamants. Les petites pierres reflètent la lumière du soleil qui entre à flot dans la cuisine et je sais immédiatement que ce n'est pas quelque chose qu'il a été acheter au supermarché du coin. Ça a de la valeur, mais pas au point de me mettre mal à l'aise.

— Gray, c'est… je le regarde, ma voix se brisant sur les mots. C'est magnifique, merci.

J'ai presque peur de le casser lorsque je le sors de son écrin pour le regarder plus en détail. Nous n'avions pas parlé de Noël ensemble, ni décidé que nous allions faire quelque chose de spécial. Je n'y pensais d'ailleurs même plus, n'étant pas habituée à célébrer ce genre de choses, m'appliquant généralement à les ignorer délibérément.

— Laisse-moi t'aider à le mettre. Gray tend la main et j'y dépose le collier.

Ses doigts caressent ma peau, alors qu'il repousse une mèche de mon épaule. Je l'aide en remontant tous mes cheveux avec mes mains pour lui donner un meilleur accès à mon cou. Il attache le collier et se recule pour me regarder, ses yeux descendant sur le petit cœur en diamants qui repose sur le haut de ma poitrine. Je sens ma peau rougir.

— Et voilà. Sa voix est satisfaite, douce, et trouble à peine le silence de la cuisine. Il est presque aussi beau que toi.

Il y a une douceur dans sa voix que je ne lui ai encore jamais entendue et mon corps frissonne délicieusement, mais d'une manière différente de d'habitude. C'est quelque chose de plus profond et de plus grisant. Je le regarde déglutir, sa pomme d'Adam bouge lentement. Je peux voir qu'il est sur le point de dire quelque chose, mais il se tait, la mâchoire contractée avec cette grande intensité que je connais si bien.

Aucun de nous deux n'est vraiment doué pour exprimer ses émotions. Pas avec des mots en tout cas. Et je crois que c'est ce qui nous a attiré l'un vers l'autre au début. Une compréhension mutuelle et non formulée que les émotions intenses, celles qui nous secouent jusqu'à la moelle, n'ont pas forcément besoin d'être verbalisées.

Alors que ses mains remontent sur mon cou, toutes ses résolutions de se tenir éloigné de moi semblent tomber en miette. Ses lèvres se posent sur les miennes et il m'embrasse.

Et si j'avais oublié ce que ça me faisait de l'embrasser après avoir passé quasiment deux semaines à ne pas le faire, je suis convaincue désormais de ne plus jamais pourvoir l'oublier. Parce que même si ses baisers sont cette fois plus doux, plus intimes, mon corps y réagit comme il le fait depuis toujours, en fondant littéralement contre lui.

Le tabouret sur lequel je suis assise frotte bruyamment contre le sol alors que j'en descends pour me jeter dans ses bras. Quelque chose change dans son baiser et la petite étincelle explose soudain en flammes. Ses jambes s'écartent davantage et il m'attire contre lui, ses larges mains se posent sur mon dos alors que sa langue plonge dans ma bouche.

— Il est magnifique sur toi, Moineau, murmure-t-il sa voix presque étouffée par nos baisers affamés. Promets-moi que tu ne l'enlèveras jamais et que tu le porteras toujours.

La possessivité qui transparaît de sa voix me fait

battre le cœur un peu plus vite et j'enfouis mes doigts dans ses cheveux bruns et doux, m'agrippant à ses mèches en inhalant son odeur et en me repaissant de sa saveur.

Je peux sentir sa verge durcir contre son pantalon et se presser contre mon bas-ventre et une seconde plus tard, il repousse le tabouret, les bras toujours enroulés autour de moi.

Nous titubons dans la cuisine et je ne sais pas trop vers où il m'emmène jusqu'à ce que mon dos soit plaqué contre l'inox dur et froid de la porte du réfrigérateur. Je ne porte qu'un débardeur et un short et le métal froid est un vrai choc sur ma peau surchauffée. Ça ne fait que renforcer la sensation de chaleur émanant du corps de Gray et je grogne contre ses lèvres.

— Bordel de merde. Sa voix semblerait presque torturée. Ça m'a trop manqué. J'ai cru que j'allais devenir fou toute cette semaine, sachant que tu étais là, tout près, juste au bout du couloir. Il frotte sa verge contre moi, comme pour me prouver ses dires. J'ai même été obligé de me branler pour faire retomber la pression. Mais ce n'était jamais assez.

Rien qu'à l'imaginer dans sa chambre ou sous la douche, sa grande main branlant brutalement son membre, la tête rejetée en arrière de plaisir… ça m'excite incroyablement et me remplit d'un sentiment proche de la jalousie. Je lui en veux presque d'avoir fait tout ça sans moi.

— Tu aurais dû venir dans ma chambre, lancé-je, des étincelles de plaisir parcourant mon corps tout entier alors que ses lèvres quittent enfin les miennes et descendent le long de ma mâchoire, avant que ses dents ne se mettent à mordiller la peau sensible de ma gorge. Tu ne vas pas me briser si facilement.

Il grogne contre moi, mordant plus fort lorsqu'il atteint l'endroit où mon cou rejoint mon épaule.

— N'en sois pas si sûre, Moineau.

Cette sombre promesse me fait mouiller instantanément. Je ne sais pas si c'est parce que nous n'avons pas couché ensemble depuis longtemps, ou s'il y a quelque chose qui l'excite particulièrement ce matin, mais la manière qu'il a de me toucher ma rappelle notre première fois, dans les chiottes du Silent Hour.

Je sens le même genre d'impatience en lui, de violence, de désir insatiable et ça embrase quelque chose en moi.

Tendant la main vers lui, je me saisis de l'ourlet de son t-shirt et le lui passe par-dessus la tête. Il a à peine le temps de tomber par terre, qu'il s'occupe déjà de moi, m'enlevant mon débardeur si vite que l'une des bretelles se déchire. Il m'embrasse encore en baissant mon short et ma culotte sur mes hanches et je me tortille pour les faire glisser le long de mes jambes et m'en débarrasser. Je m'attaque désormais à son pantalon et à la seconde où je le baisse, je tends la main en direction de sa verge.

Mais il me prend de vitesse, enroulant sa main autour de sa queue avant de se reculer hors de ma portée. Je grogne de frustration et il glousse doucement.

Alors qu'il se recule et qu'un petit espace s'ouvre entre nous, je glisse contre le réfrigérateur, mes jambes soudain incapables de supporter mon poids. Les yeux de Gray brûlent d'une grande intensité alors qu'il me regarde de haut en bas. Il se caresse lentement, se mordant la lèvre inférieure d'une manière qui m'excite terriblement.

J'ai l'impression qu'il essaie de mémoriser ce qu'il voit de moi, d'en capturer le moindre petit détail et de le stocker dans sa mémoire.

Ses abdominaux se contractent alors qu'il se branle lentement et je ne peux pas me retenir plus longtemps. Mes doigts glissent le long de mon estomac et se plongent dans la moiteur de mon sexe avant de trouver mon clitoris. Mes paupières papillotent sous l'effet du plaisir et c'est désormais au tour de Gray de gronder tout bas.

Il bouge à la vitesse de l'éclair, arrachant ma main de ma chatte pour la porter à ses lèvres. Il la plonge dans sa bouche et ses narines s'évasent, alors qu'il enroule sa langue autour de mes doigts. Il me tient fermement la main en la retirant de sa bouche et la tension entre nous est si intense que je n'arrive pas à me maîtriser plus longtemps.

Je sais qu'il essaie de temporiser et de faire durer les choses.

Mais nous devrions pourtant savoir tous les deux que c'est peine perdue.

Je pose ma main libre sur sa nuque et le tire contre moi pour écraser mes lèvres contre les siennes.

C'est comme si cette simple action avait brisé les derniers fragments du contrôle qu'il maintenait sur lui-même. Il me rend mon baiser avec une telle force, qu'il me plaque contre le frigo et je grogne contre sa bouche alors qu'il fait glisser ses mains vers le bas pour agripper mes jambes et les remonter autour de ses hanches.

Son gland épais et doux se cale entre mes cuisses et il s'enfonce en moi, me transperçant d'une simple poussée et m'épinglant contre le frigo. Le son qui sort de sa gorge est un mélange de douleur et de soulagement, comme si les sensations étaient presque trop intenses pour lui.

Je sais très bien ce qu'il ressent. La première fois que nous avons couché ensemble, il m'a dit qu'il voulait me baiser si fort que ça nous détruirait tous les deux et il ne semble pas avoir abandonné cette idée.

Mon bras s'enroule autour de son cou et mes doigts s'enfoncent dans ses cheveux, m'accrochant à sa crinière épaisse alors qu'il me baise puissamment. Le frigo m'avait paru une surface solide, mais je l'entends désormais bouger à chacune de ses poussées. Les bouteilles et les autres récipients cliquettent les uns contre les autres, ponctuant nos soupirs et nos grognements.

— Bordel de merde. Gray jure tout bas, arrêtant un instant de me pilonner pour se frotter violemment contre mon bassin et faire pulser mon clitoris. Putain, tu me rends fou.

Les bras enroulés autour de moi, il m'éloigne du frigo. Cette fois encore, j'ai à peine conscience qu'il se déplace, mais quand il me repose sur mes pieds et se retire, je me rends compte que nous sommes revenus au niveau de l'îlot de cuisine. Une demi-seconde plus tard, les mains de Gray retournent sur mes hanches et il me fait pivoter. Il pose une main entre mes omoplates et me penche en avant, contre le marbre du comptoir, mes fesses pointées vers lui.

Mes tétons durcissent instantanément au contact de la pierre froide et Gray rassemble mes cheveux et les attrape fermement dans sa main, à la base de mon crâne. Il tire suffisamment fort pour que je cambre le dos et il en profite pour me pénétrer par derrière, ses hanches claquant contre mes fesses.

J'essaie en vain de trouver un point d'appui alors qu'il me pilonne par derrière, mais la surface lisse de l'îlot de cuisine ne me fournit aucune prise. Mais ça n'a pas vraiment d'importance, Gray n'a pas l'air résolu à me laisser aller où que ce soit. Il me tient les hanches d'une main et de l'autre m'agrippe les cheveux et il s'enfonce en moi comme s'il essayait de me prouver quelque chose.

L'îlot de cuisine ne bouge pas sous ses poussées et ça l'encourage à y aller encore plus fort. Le bruit de nos corps se percutant emplit la cuisine, jusqu'à ce que je n'entende plus rien d'autre que les sons débauchés de nos ébats.

Il relâche soudain mes cheveux et alors que mon corps est secoué dans tous les sens par la force de ses poussées, je sens ses doigts qui caressent doucement le tatouage d'oiseau que je porte sur l'épaule. Son toucher si doux contraste tellement fortement avec la manière brutale qu'il a de me besogner, que je sens de la chair de poule sur tout mon corps. Il trace tous les contours du tatouage de son doigt avant de redescendre le long de ma colonne vertébrale.

Puis il me donne une claque sur les fesses.

Très fort.

Je laisse échapper un grand cri, ma chatte se contractant violemment autour de lui alors que la douleur emplit mon corps, immédiatement suivie par une intense chaleur.

— Dis-moi que tu me désires, Moineau, lâche-t-il

soudain. Dis-moi que tu veux ma bite. Dis-moi à quel point tu aimes ça.

Il y a quelque chose de presque désespéré dans sa demande et bien que je pourrais lui dire tout ce qu'il veut et bien plus, je ne cède pas. À la place, je mets la tête en arrière pour le regarder par-dessus mon épaule, me réjouissant de voir à quel point ses cheveux sont ébouriffés et son visage tendu par l'effort.

— *Toi*, dis-moi à quel point tu aimes ça, lancé-je. J'ai envie de l'entendre me dire des trucs cochons. J'adore la rudesse et la sincérité de ses mots lorsqu'il me baise comme ça et la manière dont ce qu'il dit semble arraché à la partie la plus profonde de son âme.

Il accroche mon regard et quelque chose change dans son expression. Il me donne une autre claque sur les fesses, avant de masser ma chair pour enlever la douleur, l'empoignant avec ferveur.

Puis il enroule une main autour de ma taille et me redresse, collant mon dos contre son torse, en pliant un peu les genoux. Je suis presque assise sur lui et je ne sais même pas comment il fait pour pouvoir tenir dans cette position. Mes jambes semblent être sur le point de céder d'une seconde à l'autre.

Il me tient contre lui, un bras enroulé fermement autour de moi et de son autre main, il commence à me caresser le clitoris. Son souffle me chatouille l'oreille alors qu'il enfouit son visage dans mes cheveux.

— Tu es une vraie combattante, murmure-t-il. Mais tu ne peux pas lutter contre ça. Jouis pour moi.

Il caresse mon clitoris plus fort, la pression est si intense que le plaisir se transforme presque en douleur, mais il obtient tout de même ce qu'il désire. Mes orteils s'enroulent sur le sol et mon corps est secoué de spasmes, l'orgasme s'abattant sur moi comme un ouragan.

Gray ne s'arrête pas de me pistonner et ses doigts ne ralentissent pas non plus, me catapultant d'une vague de plaisir à une autre, sans que je puisse reprendre ma respiration. Il ne s'arrête que lorsqu'il sent que je m'écroule sans force dans ses bras et il me mord l'oreille, le souffle court.

Quand il se retire une nouvelle fois de moi mon corps proteste violemment, mes muscles intimes se contractent autour de lui, cherchant à le retenir. Il me retourne pour que je puisse lui faire face et me prend dans ses bras une nouvelle fois pour me déposer sur le sol.

Le plancher n'est pas vraiment confortable, mais à la seconde où Gray s'enfonce de nouveau en moi, j'oublie tout inconfort. Il se tient au-dessus de moi, les bras tendus et il me regarde avec la même expression intense que tout à l'heure.

— Tu crois que *j'aime* ça, n'est-ce pas, Moineau ?

murmure-t-il. Tu as tort. Il n'existe pas de mot pour décrire ce que ça me fait d'être en toi.

Ses mouvements sont lents et mesurés, mais je peux sentir la vague de plaisir qui monte en lui. Il est proche, très proche de la jouissance, mais il ne va pas se laisser aller. Il ne veut pas que ça se termine.

Je ne veux pas non plus. Je veux qu'il continue à me baiser comme ça jusqu'à la fin des temps, pour oublier tout ce qui nous entoure et qu'il ne reste plus que nous deux.

Mais j'ai aussi envie de le sentir se laisser aller totalement. J'ai envie de tout ce qu'il peut me donner.

Je lève la main et fais glisser mes ongles sur son torse, appuyant juste assez fort pour laisser de longues traînées rouges sur sa peau. Bougeant contre lui, je serre mes muscles intimes autour de lui de toutes mes forces.

Il grogne, ses narines s'évasent et ses pupilles se dilatent. Il lève une main du sol et l'enroule autour de ma gorge, serrant juste assez pour que mon cœur s'accélère un peu.

— Je n'en ai pas fini avec toi, Moineau, gronde-t-il.

Je plante mon regard dans le sien et serre encore les muscles de mon vagin, levant les hanches pour faire que sa prochaine poussée s'enfonce encore plus profondément en moi.

— Merde. Son corps tout entier tremble et il me

serre un peu plus la gorge. C'est un avertissement et une promesse à la fois.

La pression sur ma gorge accélère les battements de mon cœur et de la chaleur s'accumule une nouvelle fois dans mon bas-ventre, irradiant mes membres jusqu'à ce qu'ils soient lourds. Je me cambre contre lui, me tortillant contre son corps en enroulant mes jambes autour de ses hanches.

En jurant, Gray se remet à me pilonner furieusement, me baisant comme s'il voulait m'enfoncer dans le sol, baissant la tête pour prendre mes lèvres dans un baiser brutal. Sa verge gonfle en moi et il jouit, pulsant au rythme de son orgasme alors qu'il m'emplit de son sperme.

C'est plus que je ne suis capable de supporter. Ma tête tourne alors qu'un autre orgasme m'emporte et ma vision s'assombrit alors que le plaisir me coupe le souffle.

Enfin, Gray s'écroule sur moi. Mon corps est sans force sous le sien et j'ai soudain la sensation qu'aucun de nous deux ne pourra plus jamais bouger. Ses parents rentreront de leurs vacances et nous trouveront écroulés l'un sur l'autre dans la cuisine, nos deux corps emmêlés en une masse nue et satisfaite.

Cette image me faire rire malgré moi. Gray sent la vibration dans ma poitrine et glousse à son tour, bien qu'il soit totalement impossible qu'il sache à quoi je pense.

Avec un grand soupir, il se redresse sur ses bras, se retire et se laisse tomber sur le sol à mes côtés.

— Joyeux Noël, Moineau, murmure-t-il à bout de souffle. Je ris à nouveau.

Parce qu'aussi fou que ça puisse paraître, pour moi, c'est le premier Noël dont je me souvienne qui soit vraiment *joyeux*.

CHAPITRE 6

Le collier est chaud contre ma peau, alors que je prends le petit cœur entre mon pouce et mon index pour le regarder. Je l'incline de tous les côtés, admirant la manière dont il scintille dans la lumière du soleil inondant la cuisine.

Je n'arrive pas à m'empêcher de le regarder, de sentir sa présence contre ma peau, de le toucher, comme si je devais m'assurer qu'il était toujours là, et que ce n'était pas un pur produit de mon imagination.

— Il te plait ? murmure Gray contre mon épaule, ses mains caressant mes seins nus. Il baisse la tête et les embrasse lentement, semblant vouloir prendre tout son temps.

Nous sommes encore sur le sol de la cuisine, complètement nus, nos membres emmêlés et nos corps collés l'un à l'autre. Je ne devrais pas me sentir aussi bien dans une telle position. Le plancher sous moi est dur et froid, mais je m'en moque bien. Je me sens... satisfaite. En paix. Chaque partie de mon corps se sent bien et j'adore la sensation du corps de Gray enroulé contre le mien.

— Évidemment, dis-je en le regardant. Il est incroyablement magnifique. C'est... la plus belle chose que j'aie jamais eue. Qu'on m'ait jamais offerte.

Je ne comprends pas pourquoi je n'arrive pas à en parler sans sentir mes émotions s'interposer, mais il comprend ce que je veux dire.

Il se penche vers moi et m'embrasse. Lentement, profondément, en prenant tout son temps. Comme s'il voulait me goûter, me sentir et explorer la moindre parcelle de mon corps encore et encore. Quand il se recule, j'ai l'impression qu'il emporte l'air de mes poumons avec lui, ses yeux brillent d'une joie pure que je crois ne lui avoir encore jamais vue.

Il baisse les yeux sur le collier.

— Tu te souviens du film *Titanic* ? demande-t-il en venant cueillir le petit cœur d'entre mes doigts. Son regard remonte vers le mien. Quand il a fait son portrait ?

Bien sûr que j'ai vu ce film, mais je ne souris pas parce que je sais ce dont il veut parler. Je souris car pour je ne sais quelle raison, penser que Gray a regardé *Titanic*, me donne envie de rire. Je doute que ce soit le genre de films qu'il aurait choisi lui-même et je me demande si c'est Beth qui le lui a fait regarder.

Oui, j'en suis sûre.

J'imagine qu'il y a une multitude de choses qu'ils ont partagées lorsqu'elle était en vie. Ils étaient jumeaux. Et je crois que l'existence de Beth a permis à Gray de développer un côté doux, même s'il ne le montre pas souvent.

— Quoi ? Gray fronce les sourcils en voyant mon expression.

— Rien. Je secoue la tête pour en chasser mes pensées.

— Tu fais une tête bizarre, Moineau. Il plisse les yeux avant de se pencher vers moi et de m'embrasser à nouveau. J'aime pas ça.

— C'est rien, je te promets, dis-je lorsque nos lèvres se séparent. C'est seulement que ce que tu viens de dire était marrant… et mignon aussi.

Il passe son pouce sur ma lèvre, le brasier se rallumant dans ses yeux.

— Tu me fais penser à elle. Ou du moins, tu me rappelles cette scène.

— Quoi, Kate Winslet ? dis-je en haussant un sourcil, brisant la tension du moment en reniflant bruyamment. Je ne lui ressemble pas le moins du monde.

— Non, je sais. C'est seulement… tu vois…. Il se

redresse sur un coude, se penchant au-dessus de moi et caressant de ses doigts le petit cœur posé sur ma poitrine.

Il ne ressemble absolument pas à l'énorme collier du film, mais ce n'est pas à ça qu'il fait référence.

— Ouais, je vois ce que tu veux dire, dis-je. Puis, baissant la voix, j'ajoute : Dessine-moi comme l'une de tes Françaises, Jack.

— Voilà, tu as tout gâché. Gray roule sur le côté, mais reste près de moi, son corps toujours collé au mien, comme s'il ne voulait pas me quitter.

Je ne veux pas le quitter non plus. Il y a quelque chose de spécial dans cette petite bulle que nous avons créée autour de nous deux sur le sol de la cuisine, c'est absolument parfait. J'ai l'impression d'être à des années-lumière des universités seulement peuplées de pouffiasses pleines aux as et de violeurs en puissance, et tout aussi éloignée des familles d'accueil minables et des pertes de mémoire, loin de tout, sauf de *nous*.

— Tu crois que tu pourrais peindre comme ça ? demande-t-il soudain.

— Quoi, des portraits ? Je lance un regard dans sa direction.

— Oui, des portraits. De gens. Dans un style réaliste.

Il a vu suffisamment de mes œuvres pour savoir que ce n'est pas mon style de prédilection, et je me demande bien pourquoi il me demande ça tout à coup. Je hausse les épaules, sentant son corps bouger contre le mien.

— Je pense que je pourrais, oui. Non, je *sais* que je pourrais. J'ai déjà fait quelques portraits. J'ai fait un portrait de Jared, après sa mort. Mais ce n'est pas vraiment mon truc. J'hésite, pensive, avant de continuer. J'aime… peindre mes émotions pour m'en défaire. Et parfois, les représentations littérales des choses, les peintures réalistes, je trouve qu'elles ne capturent pas l'émotion dans sa nature profonde comme le fait l'abstrait.

Nous retombons dans le silence un instant.

Je ne sais pas trop à quoi peut bien penser Gray, alors qu'il dessine du bout des doigts des motifs sur ma peau, mais mes pensées retournent vers mon art. Je lui ai dit la vérité. Je sais que je peux peindre des choses dans ce style. Dans un style réaliste comme il dit. Mon portrait de Jared était franchement bon, sans parler des autres croquis que j'ai fait par-ci par-là dans des cahiers ou sur des feuilles volantes. Mais récemment, je n'en ai pas fait un seul. Ces temps-ci, c'est plutôt le mélange des formes abstraites et des couleurs qui m'attire : la représentation physique de mes émotions et de mes pensées.

— Peut-être que si mes souvenirs étaient plus clairs, mes peintures le seraient aussi, murmuré-je.

J'imagine que ce que je dis doit lui paraître étrange,

mais c'est pourtant ce que je ressens. Je peins des choses que mon cerveau n'arrive pas à comprendre à un niveau rationnel, comment pourrais-je donc les peindre autrement que par le biais de formes vagues et d'ombres débordantes d'émotions ?

— Tu n'es pas obligée de retourner à la fac le semestre prochain. La voix de Gray m'arrache soudain à mes pensées. Tu sais… tu es encore en train de te remettre de tes blessures. Et après tout ce qui s'est passé à Hawthorne, ce serait peut-être mieux pour toi d'aller ailleurs.

Je lève le visage vers lui, surprise. Je sais qu'il ne dit ça que pour mon bien, mais pour je ne sais quelle raison, ses mots me crispent. Je n'aime pas l'idée de m'enfuir, pas plus que je n'aime l'idée d'être enfermée. Ni l'une ni l'autre ne sont dans mon caractère et c'est pour cela que je me suis retrouvée à frapper Cliff comme une possédée lorsqu'il m'a attaquée dans la ruelle.

Mon instinct primaire est clairement orienté vers le combat et non la fuite.

— Non. Je veux y retourner. Je secoue la tête fermement. Je n'étais même pas certaine de vouloir venir y étudier à la base, et tu as bien raison, il s'est passé un tas de trucs pas super à Hawthorne. Je me garde bien de dire que Gray a été à l'origine de bon nombre d'entre eux. C'est du passé maintenant. Il est de mon côté à présent, tout comme les deux autres Pécheurs. Mais je ne veux pas fuir, tu comprends ? Je veux finir ce que j'ai commencé.

Il reste silencieux pendant un moment, enfouissant son visage dans mon épaule et respirant mon odeur. Mon esprit commence à partir sur d'autres sujets, me demandant comment je pourrais réussir à sortir en douce d'ici pour aller lui acheter un cadeau par exemple, vu que je ne lui ai rien offert à Noël. Mais il reprend :

— Je pourrais t'aider à trouver un autre endroit qui te conviendrait mieux, dit-il avec sincérité. Presque de manière encourageante. Un endroit où tu pourrais étudier l'art et te concentrer seulement sur ça. Un endroit où tu t'intégrerais plus facilement. Il se presse d'ajouter. Pas que je pense que tu ne sois pas à la hauteur d'Hawthorne, non. Mais plutôt, Hawthorne est-elle à ta hauteur ? N'aimerais-tu pas être parmi d'autres étudiants qui te ressemblent plus ? Pas des pouffiasses prétentieuses comme Caitlin qui ne pensent qu'à leur réussite sociale ? Mais des gens comme toi. Tu ne crois pas que ça en vaudrait la peine ?

La manière qu'il a de me dire ça, la conviction que je sens transparaître de sa voix, tout ça me fait hésiter l'espace d'une seconde. J'ai l'impression que c'est quelque chose auquel il a réfléchi, et pas seulement une idée qui lui est venue alors qu'il est allongé à mes côtés sur le sol de sa cuisine. Le soupçon d'inquiétude que je sens transparaître dans sa voix me confirme à quel point il semble s'en soucier. À quel point c'est important pour lui.

J'ouvre la bouche pour lui répondre, puis m'arrête. Une sensation intense et désagréable me remonte le long de la colonne vertébrale et tout à coup, je ne sais plus quoi dire.

— Ça ne voudrait pas dire que tu as échoué, Moineau, ajoute-t-il d'une voix basse et pourtant intense. Quitter cette fac serait simplement partir pour un endroit qui serait mieux pour toi. Et ça ne sous-entendrait absolument pas échouer.

— Je ne crois pas que…

Je reprends la parole, mais je suis incapable de finir ma phrase et ma mâchoire se referme d'un coup sec.

Mes muscles se tendent.

Le docteur Cohen m'avait prévenue que mes souvenirs pourraient être ravivés par n'importe quoi. Il m'a dit qu'ils finiraient par me revenir, car ce n'était qu'une perte de mémoire à court terme. Mais comme de nombreux médecins m'ont servi des platitudes du même genre concernant les trous dans ma mémoire, sur le moment, je ne l'ai pas cru.

Mais en un instant, avec une puissance qui me donne l'impression d'être projetée en arrière, comme si j'avais été percutée par un camion, les souvenirs me reviennent.

Ils coulent en moi comme un torrent, inondant mon esprit.

Je me souviens être montée à l'étage lors de la fête. Je ne me rappelle pas *pourquoi* je suis montée, mais je me souviens très nettement de ce que j'ai entendu derrière la porte close. Je me rappelle avoir reconnu la voix de Gray, même si je ne sais pas avec qui il discutait.

De toute manière, elle ne sera plus là le semestre prochain. Tout est sous contrôle, ok ?

Elle n'a rien de spécial. Elle n'en vaut clairement pas le coup.

Ce ne sera pas bien difficile.

Je ne me souviens pas comment je suis redescendue au rez-de-chaussée, ni comment je suis tombée dans les escaliers de la cave. Cette partie de la nuit est encore assombrie par un voile de ténèbres.

Mais je me souviens très nettement des mots que j'ai entendus, ils sont clairs dans mon esprit comme le putain de soleil qui illumine mon corps et qui devient soudain froid comme de la glace. L'horreur et la révulsion me submergent. D'un côté, j'ai envie de m'arracher à l'étreinte de Gray, mais une autre partie de moi…

Je ne veux pas y croire. Je ne veux pas y croire, merde.

Gray remarque le changement qui se produit en moi. Comment pourrait-il en être autrement ? Il était enroulé autour d'un corps souple et la seconde suivante, il se retrouve collé contre un bloc de glace.

— Sophie ? Il lève la tête, l'inquiétude s'entendant dans sa voix. Tu vas bien ?

La rage coule en moi en vagues brûlantes et je le regarde dans les yeux. Je crois aussi que des larmes se forment au coin de mes yeux, mais je ne sens plus rien. Je ne sens plus que ma rage.

— As-tu dit à quelqu'un que tu t'arrangerais pour que je parte ? demandé-je en le fusillant du regard. J'espère qu'il va me regarder dans les yeux comme un homme et me répondre franchement, hors de question d'être obligée de lui tirer les vers du nez.

Il s'immobilise. Pendant un instant, le temps semble figé alors que nous nous regardons l'un l'autre. Puis, d'un coup, ses yeux se durcissent. Tout en lui se durcit.

L'homme froid comme de la glace que j'ai rencontré lorsque j'ai mis les pieds sur le campus d'Hawthorne est de retour, et le Gray qui vient juste de me faire l'amour comme s'il ne s'en lasserait jamais, vient de disparaître. Son sperme est en train de sécher sur ma cuisse et rien qu'à cette pensée, je sens mon estomac se contracter douloureusement.

— As-tu dis à quelqu'un que tu t'arrangerais pour que je quitte Hawthorne ? demandé-je à nouveau.

Sa mâchoire se contracte.

— Oui.

Et voilà. Un seul mot. C'est froid. Factuel.

— C'est vrai ? Mon cœur bat à tout rompre dans ma poitrine, comme s'il voulait pouvoir quitter mon corps, quitter cet endroit. T'as vraiment dit ça ?

Je voudrais tant que ce ne soit pas réel. Encore maintenant, j'espère qu'il va me dire que ce n'est qu'une erreur, un simple malentendu. Je sais que j'ai l'air incroyablement calme de l'extérieur, mais en moi une guerre meurtrière se livre entre mon cœur et mon cerveau. Je suis peut-être douée pour ne pas montrer mes émotions, j'arrive même à ne pas les *ressentir* parfois, mais ça ?

C'est d'un tout autre niveau.

— À qui était-tu en train de parler ? demandé-je. Je veux savoir. Bordel. Je *dois* savoir.

Je n'ai pas entendu d'autre voix de l'autre côté de cette porte car je ne suis pas restée suffisamment longtemps pour cela, mais je sais aussi que Gray ne parlait pas tout seul. Il y avait quelque chose dans sa voix ce soir-là, il était si froid, si contrôlé, que j'ai l'impression qu'il ne s'agissait pas de l'homme qui est couché à mes côtés en ce moment même. Comme si c'était son jumeau démoniaque ou je ne sais quelle connerie.

Mais il n'a qu'un seul jumeau, une jumelle et elle n'était en rien démoniaque.

C'était lui.

Seulement lui.

Gray.

Il ne répond pas à ma question. Il ne dit rien. Il n'essaie même pas de se justifier ou de s'excuser.

Il ne fait rien, se contentant seulement de se reculer et de s'adosser aux placards de la cuisine, la mâchoire serrée et les yeux vides, comme s'il essayait de bloquer toute émotion. Comme s'il n'en avait rien à foutre.

Je ne comprends pas. Je n'ai pas la moindre idée de comment prendre ces nouvelles informations. Gray, celui qui vient de m'aider à payer une facture d'hôpital astronomique. Gray, celui avec qui j'ai passé la dernière semaine de vacances d'hiver, chez lui en plus, parce qu'il voulait s'assurer que je me remette au mieux de ma chute dans les escaliers. Gray, celui qui vient de m'offrir le plus beau cadeau que j'aie jamais reçu, le *seul* cadeau que je me rappelle avoir jamais reçu.

Il ne dit toujours pas un mot.

Était-ce pour son propre bien ? A-t-il pris soin de moi juste pour me dégager sans avoir de remords à propos de ma santé ?

C'est la seule chose à laquelle j'arrive à penser. Il voulait s'assurer que j'étais correctement remise, pour son propre bénéfice et non le mien, comme ça il n'aurait pas à s'inquiéter que je m'effondre lorsqu'il me jetterait dehors. Quand il se débarrasserait de moi, comme il l'avait promis.

J'ai déjà vécu ça : le chaud et le froid avec lui, l'attirance et le rejet. Alors que je me mords l'intérieur de la joue pour essayer de maîtriser la rage bouillonnant en moi, je décide que c'en est fini.

J'en ai plus qu'assez.

Peut-être ne m'a-t-il jamais pardonné d'avoir pris la place de Beth finalement. Peut-être en est-il incapable.

Il ne semble pas décidé à décrocher un mot et j'en ai marre de lui trouver des excuses.

— J'en ai ma claque de toutes ces conneries. Va te faire foutre, lancé-je en me remettant debout.

J'aurais aimé que ce soit un effort de m'arracher à lui et de remettre mes vêtements avant de quitter la cuisine et de me diriger vers ma chambre. J'aurais aimé que l'insensibilité ne revienne pas si vite s'installer dans mon cœur et mon corps pour en reprendre le contrôle.

Mais c'est mieux comme ça.

C'est mieux que j'arrête enfin de me bercer d'illusions. Nous avons déjà joué à ce jeu-là le semestre dernier. Je croyais que c'était terminé, mais apparemment, ce n'était que le premier round.

Dans ma chambre, je fourre dans le désordre toutes mes affaires dans le sac que Max avait préparé pour moi. Me saisissant de mon téléphone, en arrachant le chargeur du mur, je commande un Uber et descends à toute vitesse les escaliers, me dirigeant vers la porte. Je la laisse claquer derrière moi.

En un instant, c'est terminé. Bel et bien terminé.

Comment cela a-t-il pu se produire ?

Comment tout a pu s'effondrer aussi vite ?

Mon cœur et mon corps sont en guerre l'un contre l'autre et aucun ne gagne la partie : la seule chose qui gagne, c'est le froid. L'insensibilité.

Je plante mes ongles dans mes paumes, mon corps tendu comme un arc, alors que j'attends mon chauffeur. Il arrive en moins de cinq minutes et je me glisse sur la banquette arrière, avant qu'il ne redémarre, laissant Gray et sa belle baraque derrière nous.

Je regarde par-dessus mon épaule, juste une fois, alors que sa maison rapetisse dans le rétroviseur, mon cœur se serrant si fort dans ma poitrine que j'ai l'impression qu'il va s'arrêter de battre.

Peut-être devrais-je m'estimer heureuse que Gray soit resté tout ce temps dans la cuisine. Il n'a même pas essayé de me retenir. Il m'a laissé partir, comme ça.

Ce qui veut dire qu'il ne m'a pas menti.

Il veut vraiment que je m'en aille.

CHAPITRE 7

Quand nous atteignons le campus d'Hawthorne, je descends de la voiture en marmonnant à peine un *merci* au chauffeur et jette mon sac sur mon épaule. Alors qu'il amorce son demi-tour, je me prépare à marcher la courte distance qui me sépare de ma résidence.

Normalement à cette heure-ci, le campus devrait grouiller d'étudiants, regroupés entre eux sur les pelouses, à profiter du climat clément de Californie, mais ils semblent tous être rentrés chez eux ou profiter de vacances quelque part ailleurs.

Ce n'est pas mon cas.

Je sors mon téléphone de ma poche et cherche Max dans ma maigre liste de contacts. Elle répond presque aussitôt.

— Salut ma grande, comment tu vas ? me lance-t-elle. Et joyeux Noël au fait !

J'aimerais pouvoir lui retourner sa bonne humeur, mais il n'y a rien de joyeux en moi en ce moment.

— Salut. Tu peux me retrouver à mon dortoir ? J'y suis presque.

— Quoi, tu es revenue ? Elle marque une pause au bout du fil. Je croyais que tu étais avec Gray.

— Non, je suis à la fac…

— C'est lui qui t'a déposée ? m'interrompt-elle, l'inquiétude pointant dans sa voix.

— Non. Je me suis payé un Uber. Je n'ajoute rien de plus. C'est le genre de conversations que je préfère avoir en tête à tête, mais je sais que les quelques mots que j'ai prononcés sont suffisants pour qu'elle comprenne que quelque chose cloche sérieusement. La douleur dans ma poitrine me reprend et j'essaie tant bien que mal de la repousser.

— Tu es occupée ? On peut se voir ou pas ?

— Oui. Oui, bien sûr. Vu que je ne rentre pas chez moi, je n'avais rien prévu de spécial pour aujourd'hui à part regarder des conneries à la télé. J'arrive tout de suite. Elle raccroche avec un petit soupir qui m'indique qu'elle se prépare à affronter un cataclysme.

Un cataclysme ? C'est vraiment ça ?

Je n'en suis pas sûre. Je ne suis plus sûre de rien désormais. J'ai autant envie de pleurer que de casser la gueule à quelqu'un.

Max est rapide. Elle m'attend déjà à la porte quand

j'arrive en vue de ma résidence. Faisant glisser mon sac sur l'avant de mon corps, j'ouvre l'une des fermetures éclair d'un mouvement sec et plonge la main à l'intérieur pour y récupérer ma carte. Je suis soulagée quand mes doigts tombent enfin sur le morceau de plastique lisse. Heureusement que je ne l'ai pas oubliée chez Gray. La dernière chose que je veux, c'est qu'il puisse encore une fois rentrer dans ma chambre à sa guise.

— Merde, Sophie, me dit Max en me dévisageant, même si je n'arrive pas à croiser son regard. Ça a l'air grave.

— Grave ? Je répète, mais le mot sonne creux. Je glisse la carte dans la serrure et la porte se déverrouille.

Max me suit à l'intérieur et nous nous dirigeons vers ma chambre. Je ne suis pas revenue ici depuis le jour qui a précédé la soirée étudiante et ça me fait bizarre de revenir dans ce tout petit appartement. J'aurais pensé y revenir dans de toutes autres circonstances. Peut-être après un long et agréable séjour chez Gray, prête à commencer le nouveau semestre sur les chapeaux de roue. J'avais hâte de retrouver cette chambre et de peindre à nouveau, de me replonger dans les études et dans mon art.

Max me lance un regard appuyé en s'installant dans le canapé. Je suis toujours debout au niveau de la porte, presque comme si j'étais effrayée que ma chambre soit hantée. Elle me fait signe de la rejoindre en tapotant les coussins à côté d'elle.

— Allez, ma grande, raconte-moi tout, dit-elle alors que je m'avance vers elle et m'affale dans le canapé. C'est quoi encore ce bordel ? Que s'est-il passé ?

En quelques phrases, je lui résume la situation.

Seulement les faits, rien de plus. Je lui parle de la discussion initiée par Gray au sujet de mon art et sa suggestion que je change de fac. Puis, je lui explique comment je me suis retrouvée submergée par un flot de souvenirs déclenchés par cette simple conversation. Je suis fière d'avoir réussi à garder une voix calme tout le long de mon récit, mais chaque mot qui franchit mes lèvres est comme un autre coup de poignard dans mon cœur, une autre vague de trahison.

Ça t'apprendra à faire confiance aux gens, Sophie.
Ça t'apprendra à lui avoir ouvert ton cœur.

Quand mon histoire est terminée, Max n'en revient pas.

— Mais c'est quoi encore cette histoire de fous ? Ses yeux noisette papillotent, puis se plissent. Je n'arrive pas à croire qu'il te fasse un coup pareil. Et moi qui commençais seulement à lui pardonner d'avoir été un pur connard le semestre dernier.

— Ouais. Je ramasse un fil sur le canapé. J'ai l'impression que c'est toujours comme ça que ça se passe quand j'essaie de pardonner et de passer à autre chose. Qu'est-ce qu'on dit déjà ? Qu'il faut se fier à ce que font les gens et non pas à leurs beaux discours. Gray m'a montré qui il était dès l'instant où j'ai posé le pied sur le campus et j'aurais dû me baser sur *ça* et non pas sur les jolis discours qu'il m'a servi plus tard.

— Je ne sais même pas quoi te dire, me dit-elle en secouant la tête. Franchement. Je ne comprends même pas ce qui se passe.

— Ça va. Je hausse les épaules. *Je ne comprends pas moi non plus.* Tu n'as pas besoin de me dire quoi que ce soit.

— Ce connard. Elle se remet debout d'un bond et commence à faire les cent pas dans la petite pièce. Je croyais... alors qu'il semblait sincèrement se faire du souci pour toi à l'hôpital et qu'il semblait aussi vouloir tout faire pour prendre soin de toi... ses lèvres se retroussent de dégoût. Mais qu'est-ce qui ne va pas chez lui ?

Je reste assise sur le canapé, les poings serrés sur les cuisses. Voir exploser la colère de Max m'aide un peu à apaiser la mienne. Ça m'aide de pouvoir partager ce sentiment avec quelqu'un et de savoir que je ne suis pas folle d'être ainsi dans tous mes états, blessée.

Le pire dans tout ça, c'est que j'en suis presque venue à regretter d'avoir recouvré la mémoire. Merde, j'ai passé toutes mes journées depuis mon réveil à l'hôpital à souhaiter me rappeler de cette soirée... tout ça pour en arrive à ça ? Pourquoi est-ce que ça m'est arrivé juste après que Gray m'a offert le plus beau cadeau de toute ma vie, qui est toujours accroché autour de mon cou et dont je vais devoir me débarrasser le plus vite possible d'ailleurs, avant de me faire l'amour sur le sol de sa cuisine comme s'il ne se lasserait jamais de mon corps ?

Pourquoi m'a-t-il ainsi fait me sentir enfin complète, pour me détruire ensuite ?

— Merde, Sophie. J'aimerais pouvoir dire ou faire un truc pour arranger les choses, me dit Max en s'arrêtant enfin de marcher en face de moi. Son expression s'adoucit et je vois la gentillesse briller dans ses yeux. C'est vraiment du grand n'importe quoi.

— Merci, Max.

— Et t'inquiète, si tu as besoin d'un alibi ou d'aide pour enterrer un cadavre quelque part, tu m'appelles.

Je ne peux pas m'empêcher de sourire.

— C'est bon à savoir.

La conversation s'arrête là et je laisse Max dans le salon pendant que je vais défaire mon sac, énervée de remarquer qu'absolument tout à l'intérieur a pris l'odeur de la maison de Gray. Je fourre tout dans le panier à linge et quand je sens la petite chaîne autour de mon cou, je l'arrache d'un coup sec. Elle se brise facilement et une petite partie de moi se brise avec elle, sachant que je viens juste de détruire quelque chose de beau et de fragile, peu importe de qui il me vient.

Fermant mes doigts autour du petit cœur, je marche d'un pas vif vers la salle de bains et relève la lunette des toilettes, prête à le jeter dedans, pour qu'il retourne dans les égouts, là où est sa place, mais pourtant, je ne termine pas mon geste.

Je n'y arrive pas. Je ne *veux* pas.

Ouvrant ma paume, j'observe à nouveau le petit cœur, souhaitant qu'il signifie autre chose. Souhaitant qu'il ne soit pas qu'un simple cadeau d'adieu destiné à me rendre plus docile et à soulager la culpabilité de Gray.

Putain.

Je referme le couvercle des toilettes et retourne dans la chambre, puis fourre le collier tout au fond de l'un de mes tiroirs où je pourrais l'oublier jusqu'à ce que je sois prête à lui faire face et à m'en débarrasser.

Nous passons le reste de l'après-midi à ne rien faire Max et moi. Nous allons chercher à manger, nous regardons un film, puis amenons mes fringues à la laverie pour que je puisse me débarrasser des derniers souvenirs de chez Gray. Il y a un service de blanchisserie dédié aux étudiants sur le campus. Mais je me sens gênée rien qu'à l'idée que quelqu'un d'autre que moi s'occupe de mes affaires sales.

Max ne prononce pas une fois le nom de Gray de

toute la fin de journée. Je crois qu'elle se rend bien compte que je n'ai pas envie d'en parler et je lui suis reconnaissante de ne pas insister.

— Attends-moi quelques instants, je reviens, me dit-elle en se levant du canapé, alors que le générique de fin du troisième film que nous venons de terminer s'affiche à l'écran. Je vais récupérer quelque chose dans ma chambre.

Je hoche la tête en la regardant se diriger vers la porte, baissant les yeux sur la pile de linge plié à mes pieds. Je n'en avais pas beaucoup à laver de toute manière, et avec l'aide de Max, on s'est occupé de ça en moins de deux. Décidant que j'aurais probablement terminé de tout ranger avant son retour, je me saisis d'une pile et commence à la fourrer dans un tiroir.

Quelques minutes après que j'ai terminé, Max revient avec une bouteille de whisky et deux verres. Elle les lève dans ma direction et sourit.

— Regarder des films et manger chinois c'est bien, mais ce n'est pas vraiment Noël si on ne se bourre pas la gueule en pleine journée, t'es pas d'accord ?

— Oh que oui. C'est tout à fait ce dont j'avais besoin, acquiescé-je en souriant.

Nous nous réinstallons sur le canapé et Max pose les verres sur la petite table basse avant de servir une généreuse quantité de whisky dans chacun d'eux.

— Tu veux regarder autre chose ? demandé-je.

— Comme tu veux, répond-elle en refermant la bouteille. Quand elle me tend mon verre, je l'accepte avec reconnaissance.

Elle prend son verre à son tour et trinque avec moi. Nous sirotons nos verres en silence. Je laisse le liquide ambré me brûler la gorge, puis se transformer en chaleur agréable. Mes nerfs se détendent peu à peu, mais il me faudra de nombreux autres verres pour les faire taire complètement.

— Ça fait du bien, dis-je.

— Merci, c'est un ami qui me l'a donné. Elle se saisit de la bouteille. Je te ressers ?

— Je veux bien, oui !

Nous décidons d'attendre un peu avant de lancer le film suivant et après quelques instants de silence, Max s'aventure enfin sur le territoire qu'elle a scrupuleusement évité toute la journée.

— Donc... elle fait durer le mot, posant le dos sur le dossier du canapé. Tu t'es rappelée d'autre chose qui s'est passé pendant la soirée ?

— Non. Rien de plus que ce que je t'ai raconté.

Mais j'ai pourtant l'impression qu'il y a quelque chose d'autre... je le sens, au bord de mon esprit, il y a quelque chose qui m'échappe.

J'ai eu cette désagréable sensation toute la journée. Comme si mon esprit essayait de me dire quelque chose, de me rappeler un évènement important, un détail que j'aurais oublié, mais... c'est hors de ma portée.

— Tu penses quitter la fac ? Comme Gray te l'a suggéré ? Elle ajoute rapidement. Pas parce qu'il t'a dit de le faire, bien sûr, mais parce que, enfin tu sais... après tout ce qui s'est passé le semestre dernier et maintenant ça, tu n'as pas envie d'en finir avec tout ça ?

Ses mots me rappellent trop ce que Gray m'a déjà dit. Et même si je sais qu'elle ne fait que discuter, pour m'aider à y voir plus clair dans ce merdier, je ne peux pas empêcher une bouffée de colère de monter en moi. Mais cette colère est dirigée contre Gray, pas conte elle. Max se soucie de moi, alors que Gray fait seulement semblant pour pouvoir tenir la promesse qu'il a faite à... je ne sais qui.

À qui pouvait-il bien parler d'ailleurs ?

Cliff ?

Caitlin ?

Ou y a-t-il encore une autre personne sur ce campus qui veut se débarrasser de moi ?

— Non. Non, pas moyen que je me casse d'ici. Je n'ai même pas eu besoin de réfléchir à ma réponse. Je ne vais pas fuir, juste parce que ma tête ne revient pas à quelques gosses de riches. J'ai le droit d'étudier ici, autant qu'eux. Et peu importe les atouts que Gray peut bien avoir dans sa manche, je ne vais pas me coucher. Hors de question.

— Oh ouais !

Max me lance un sourire presque vicieux et pour la millionième fois, je me rends compte de la chance que j'ai de l'avoir pour amie. Les choses ont peut-être dégénéré entre moi et les Pêcheurs, mais au moins, il me reste une personne sur qui compter. J'ai une meilleure amie sur qui compter et je sais qu'elle ne me laissera pas tomber.

Et rien que ça, vaut d'avoir enduré toutes les brimades que j'ai subies depuis mon arrivée à Hawthorne.

— On trinque au fait de ne pas se laisser faire ! Ça me paraît être une bonne chose à fêter, hein ? lance-t-elle en remplissant à nouveau nos verres pour que nous puissions trinquer. Joyeux Noël, Sophie !

Je souris en la voyant boire une gorgée puis grimacer. Max n'est pas une demi-portion, mais elle semble déjà bien plus éméchée que moi.

— Hey. Je suis contente que tu sois là, tu sais ? Je lui donne un coup d'épaule amical, un peu mal à l'aise de ce que je viens de lui avouer. Je ne suis vraiment pas douée pour exprimer mes émotions. Même si je sais que tu aurais préféré rentrer pour voir ta famille, je suis bien contente que tu sois restée. Comment ça se passe, ton premier Noël loin de ta famille ?

Passer les fêtes en famille est quelque chose que je n'ai jamais expérimenté. Je n'ai jamais connu ça dans ma vie. Mais même si Max vient d'un milieu considéré comme très défavorisé par tous les gens de cet endroit, sa famille semble très unie et ses parents l'aiment. De mon point de vue, c'est plus important que tout l'or du monde.

— Ça va. Je vais bien. On s'est parlé au téléphone ce matin, dit-elle, mais je la vois froncer les sourcils. Je suis toujours super déçue de ne pas avoir pu me payer le billet d'avion. J'aurais aimé que ça fasse partie de l'allocation qu'ils nous donnent. Tu vois, ils peuvent se permettre de nous loger et de nous nourrir pendant toutes les vacances d'hiver, pourquoi ne pourraient-ils pas nous renvoyer chez nous à la place ?

— Tu devrais en parler au doyen Wells, dis-je en reniflant de dédain. Le whisky commence enfin à me faire de l'effet. C'est clair qu'on aurait pu croire qu'ils auraient été ravis de se débarrasser de nous pendant un moment.

— Mais ouais, t'as trop raison ! Elle se met à rire et tend la main vers la bouteille.

Nous passons l'heure suivante à terminer la bouteille jusqu'à ce qu'elle marmonne quelque chose du genre vouloir dormir dans son lit et je parviens on ne sait comment à la raccompagner à son dortoir sans que l'une de nous ne s'étale par terre. Mes pas sont lourds et j'ai la tête qui tourne, alors que je parcours le chemin séparant nos deux bâtiments. Je glisse plusieurs fois ma carte dans le lecteur avant de réussir à déverrouiller la porte.

J'ai les idées tout juste assez claires pour me brosser les dents et me déshabiller avant de prendre une petite douche rapide et me mettre au lit. Peut-être est-ce mon imagination avivée par l'alcool, mis j'ai encore l'impression d'avoir l'odeur de Gray partout sur moi et je me frotte consciencieusement la peau pour en bannir tout ce qui reste de lui.

Sortant de la douche dans la salle de bain baignée de vapeur, je surprends mon reflet dans le miroir. Je ne reconnais que trop bien la fille aux yeux vides et douloureux qui me regarde, mais cette fois, je vois aussi un épuisement chez elle que je peux sentir jusque dans mes os.

Il faut que je dorme avant de me mettre à réfléchir. J'éteins la lumière de la salle de bains, me dirige vers ma chambre et enfile un vieux t-shirt que je trouve dans le tiroir du haut de ma commode. Alors que je passe le t-shirt par-dessus ma tête, mon regard se porte sur les marques de mon corps : un mélange de cicatrices et de tatouages. Ces derniers, je sais d'où ils viennent, mais la plupart de toutes les autres petites lignes blanches, je n'ai aucune idée d'où elles proviennent.

Elles cachent des secrets... Je fais glisser mon doigt sur une cicatrice particulièrement visible sur mon bras.

Il y a des secrets cachés en moi. Je sais qu'ils sont là, seulement je n'arrive pas à les atteindre.

Je tire sur l'ourlet du t-shirt et je me sens prise d'un léger vertige. Je ne crois pas qu'il soit dû à l'alcool. Non, celui-ci est causé par l'épuisement. Ou peut-être aussi par mon cœur brisé.

Tirant les couvertures, je me glisse dans le lit et me roule en boule comme si je pouvais me protéger du monde entier.

Il y a des secrets enfouis au fond de moi. Pourrai-je un jour les en sortir ?

CHAPITRE 8

La fac d'Hawthorne n'est pas du genre à laisser beaucoup de temps libre à ses étudiants. Les cours reprennent seulement quelques jours après mon retour, mais je ne perds pas mon temps en attendant.

Si la promesse qu'a fait Gray de se débarrasser de moi à bien eu une conséquence, c'est celle de me motiver à faire encore mieux que prévu. Après être allée récupérer mon emploi du temps et tous les manuels dont j'aurai besoin pour le semestre à venir, j'ai passé les deux jours suivants à étudier et à me préparer pour les cours, cherchant à en faire le plus possible pour m'avancer et être fin prête pour le début des cours. Je suis déterminée à tout déchirer et à prouver à tout le monde, pas seulement à Gray, que je ne suis pas là pour rigoler.

J'ai essayé de peindre également, mais ça n'a pas été aussi facile que de me plonger dans les études.

Lors de mon séjour à l'hôpital, et même lorsque j'étais chez Gray, je n'avais qu'une hâte, retourner dans le petit coin de ma chambre où j'ai installé mon mini studio d'art pour peindre tout ce que j'avais sur le cœur. Si j'arrive à transférer tout ce qui tourbillonne dans mon subconscient sur une feuille ou une toile, je suis certaine que j'arriverai à en comprendre au moins une partie.

Mais je n'arrive à rien.

J'ai essayé de m'asseoir devant une toile vierge et de me forcer à peindre... mais rien ne s'est produit.

C'est comme si cette partie de moi-même avait disparu et à chaque fois que je prends un pinceau pour tenter de peindre, je ne produis rien qui soit digne d'intérêt. Les couleurs et les formes ne veulent rien dire, elles ne représentent rien. Mon esprit est comme une page blanche, vide.

Je sais que tout ça a un rapport avec ma perte de mémoire et ça m'insupporte.

La reprise des cours le lundi est presque un soulagement. Au moins, devoir me concentrer sur mes études me permet de ne plus penser à ma créativité qui semble avoir disparu.

Jetant mon sac sur mon épaule, je fourre ma carte dans ma poche et sors dans l'hiver très doux de

Californie. Je ne suis pas beaucoup sortie ces derniers jours car j'étais occupée à étudier et je me force donc à prendre une grande inspiration, alors que je me prépare à affronter ma première heure de cours. Tout en marchant, j'envoie un message à Max.

MOI : *Salut, c'est quoi ton emploi du temps ce semestre ? Désolée d'être une amie aussi minable, j'aurais dû te le demander plus tôt.*

Quand mon téléphone bipe quelques secondes plus tard en recevant sa réponse, je plonge ma main dans ma poche pour l'en sortir. Mais avant de pouvoir me saisir de mon téléphone, une paire de mains s'abat sur mes épaules. J'ai à peine le temps de comprendre ce qui m'arrive que je suis tirée hors du chemin et poussée dans un recoin entre deux immeubles, loin du flot des étudiants.

Mon corps se tend immédiatement, je suis prête à combattre. Je suis plus que jamais sur mes gardes, premièrement depuis que Cliff m'a agressée le semestre dernier, mais aussi depuis que je suis tombée dans les escaliers.

Puis, je découvre enfin le visage de celui qui m'a ainsi attirée à l'écart et j'en vois un autre, juste derrière.

Declan et Elias.

— Mais qu'est-ce qui se passe encore, Soph ?

demande Declan, les sourcils tellement froncés qu'une ride verticale apparaît entre eux.

Ma mâchoire se crispe. Je ne leur ai pas reparlé depuis le réveillon de Noël. Ils étaient tous les deux occupés avec leurs familles respectives et c'est d'ailleurs en partie la raison pour laquelle je suis restée chez Gray et pas chez eux.

Je savais que je finirais bien par les recroiser sur le campus. Tout comme je finirai bien par recroiser Gray. Mais je ne suis pas du tout d'humeur à discuter de toutes ces conneries, alors que mon premier cours du semestre n'a pas encore commencé.

Je me tourne pour reprendre ma route, mais Declan me bloque le passage en se mettant devant moi.

— Je suis sérieux, Soph, dis-nous ce qui s'est passé entre Gray et toi.

Je cligne des yeux.

Comment se pourrait-il qu'ils ne soient pas au courant ?

Tout a explosé entre Gray et moi il y a seulement quelques jours, mais les Pécheurs sont plus proches que des frères de sang. Je me disais qu'ils auraient été mis au courant avant même la fin de la journée, tout comme j'avais immédiatement tout raconté à Max. Declan et Elias ont soutenu Gray et toutes ses brimades le semestre dernier, lorsqu'il a décidé de se servir de moi pour faire passer la douleur de son deuil.

Donc, quel que soit ce nouveau plan tordu, j'avais supposé qu'ils étaient tous les trois de mèche encore une fois.

— J'étais à Washington dans ma famille, ajoute Elias. Je suis seulement rentré hier soir. Et on a appris ce matin même, que tu as quitté la maison de Gray le jour de Noël. Que s'est-il passé, Blue ?

Je me mords la lèvre.

— Il ne vous a pas raconté ? Les mots sortent difficilement de ma bouche.

— Non. Elias pince ses lèvres l'une contre l'autre. C'est généralement lui le plus détendu des trois, mais maintenant, il a l'air aussi tendu qu'une corde de piano. Il ne nous a rien dit du tout. C'est pourquoi on vient te demander directement.

Je serre les dents, essayant de contrer la vague d'émotion qui menace de me submerger au souvenir de ce qu'il m'a encore fait subir. J'ai l'impression d'avoir avalé un essaim d'abeilles et s'ils continuent à me presser avec leurs questions, je sens que je vais exploser.

— Je dois y aller. Je secoue la tête en reculant. Je vais être en retard en cours.

Declan bouge pour m'empêcher de passer. Il porte un t-shirt gris qui par contraste fait apparaître ses tatouages encore plus noirs.

— Attends, Soph, attends !

Elias se joint à lui et ils me bloquent totalement le passage, épaule contre épaule devant moi.

— Raconte-nous, s'il te plait. Tu as l'air dans tous tes états. Pourquoi ? Que s'est-il passé ?

Je suis sur le point de leur cracher quelque chose du genre *et pourquoi vous vous en soucieriez, hein ?* Mais Declan incline la tête sur le côté et capte mon regard. Je m'attends à y lire la même froideur que dans le regard de Gray, ou peut-être seulement de la contrariété ou de la colère. Mais tout ce que j'y vois, c'est... de l'inquiétude.

Je lis le même sentiment sur le visage d'Elias et ça me fait l'effet d'un coup de poing dans la poitrine. Mes narines s'évasent et j'essaie de repousser la douleur qui menace encore une fois de prendre possession de moi. La colère, je sais gérer. La froideur aussi. Mais la sympathie, la compassion ?

La compassion est une garce.

— Je me suis rappelé quelque chose de la soirée, dis-je la voix cassée, finissant enfin par céder à leurs demandes. La nuit de la fête étudiante.

— Tu sais comment tu es tombée dans les escaliers ? demande Elias en écarquillant les yeux.

— Non, je secoue la tête en me léchant les lèvres. Je ne me rappelle toujours pas de ce moment. Mais je me suis souvenue être montée à *l'étage*. Au premier. J'ai entendu Gray discuter avec quelqu'un dans l'une des chambres. Je ne me rappelle plus pourquoi j'étais là, mais je sais exactement ce que j'ai entendu.

— Et qu'as-tu entendu ? Declan avance d'un demi pas vers moi, me regardant avec une grande attention.

Un trou semble soudain se former dans mon cœur, déversant du poison dans mes veines, mais je ne me détourne pas des deux hommes en face de moi, alors que je leur donne ma réponse. Je veux voir leurs têtes. Et même si ça me fait mourir de chagrin, je veux voir leurs expressions pour savoir si eux aussi étaient au courant. Je n'arrive pas à imaginer qu'il puisse en être autrement. Ils sont bien trop proches tous les trois pour que Gray les laisse en dehors de tout ça.

Mais une toute petite partie de moi, une partie naïve et stupide espère encore.

Peut-être après tout, n'étaient-ils pas de mèche tous les trois ? Peut-être était-ce seulement Gray.

— Il a promis à quelqu'un qu'il se débarrasserait de moi. Il a dit qu'il voulait toujours que je me casse d'ici et qu'il s'arrangerait pour y arriver. Et que ce serait facile, même.

Les mots sortent de moi avec plus de facilité que quand j'ai dû le raconter pour la première fois à Max, comme si les dire une nouvelle fois, m'avait en quelque sorte désensibilisé. Comme si je finissais enfin par intégrer leur réalité.

La bouche d'Elias s'ouvre toute seule. Il se recule

d'un coup, comme si je l'avais poussé, comme s'il ne savait plus où il était.

Je tente de forcer le passage entre eux, mais Declan m'arrête en posant ses deux mains puissantes sur mes bras. Elias me guide ensuite gentiment vers une petite alcôve, son visage tout près du mien. Il me parle à voix basse :

— Tu en es sûre ?

Je serre les dents.

— Évidemment que j'en suis sûre, putain. Le médecin m'avait prévenue que ma mémoire finirait par revenir, mais il ne m'a jamais parlé de faux souvenirs qui pourraient débouler de nulle part dans mon cerveau. Je n'ai pas inventé ce que je viens de vous dire.

— C'est pas ce qu'on dit, Soph, mais...

Declan laisse sa phrase en suspens, passant une main dans ses cheveux noirs. Il a l'air tout aussi choqué qu'Elias, vaguement écœuré aussi.

— Je n'arrive pas à y croire, merde, murmure Elias. Pourquoi ?

— Tu sais pourquoi. Declan secoue la tête. Quelque chose d'autre passe sur son visage désormais, et ça ressemble beaucoup à de la colère.

— Beth, lâche Elias et Declan hoche la tête. Merde, je croyais qu'il était enfin passé à autre chose.

À ma grande surprise, Elias a l'air tout aussi énervé que Declan. Mon cœur bat violemment dans ma poitrine alors que mon regard passe de l'un à l'autre. Je ne suis pas sûre de savoir comment réagir. Je m'attendais à ce qu'ils se rangent du côté de Gray. Ou du moins, qu'ils se renferment comme ce dernier l'a fait quand je l'ai confronté, qu'ils se refroidissent et fassent comme s'ils s'en moquaient bien. Je m'attendais à ce qu'ils suivent encore une fois Gray, parce que depuis que je les connais, c'est ce qu'ils ont toujours fait.

Mais pas aujourd'hui.

— C'est vraiment tordu, Blue. Elias jure tout bas. Puis il s'approche de moi et prend mon menton dans sa main en plantant ses yeux dans les miens. Je frémis et il se recule un peu, mais ne relâche pas son emprise. Nous n'étions pas au courant. Nous ne savions pas ce qui s'est passé entre vous à Noël et nous ne savions pas pour la fête non plus. À propos de cette promesse. Nous ne le soutenons pas sur ce coup.

— Nous l'avons peut-être soutenu le semestre dernier, continue Declan, mais c'est terminé. C'était déjà n'importe quoi à l'époque. Nous n'aurions pas dû le laisser faire. Il n'avait pas le droit de faire passer sa douleur en s'en prenant à d'autres personnes.

— Vous croyez vraiment que tout se résume à ça ? demandé-je d'une voix morne. Je me sens vide. Comme si quelque chose avait été arraché de moi. Beth ?

C'était ce que je pensais moi aussi. C'est la *seule* piste que j'ai pour expliquer tout ça. Peut-être que le fait de me voir dans sa maison, à sa place, le premier Noël après sa mort...

Merde, je n'ai pas envie d'y penser.

— Je croyais que c'était terminé, ajoute Declan en laissant échapper un soupir, comme s'il cherchait à calmer sa colère. Ça n'a pas l'air de bien fonctionner. Je peux voir la tension sous sa peau. Je pensais qu'il en avait fini avec cette stupide histoire de vengeance.

— Il ne va pas continuer. La voix d'Elias est dure et mon regard se reporte sur lui. Nous n'allons pas le laisser te faire virer de cette école, ni faire quoi que ce soit qui pourrait te nuire. Il s'est comporté comme le dernier des connards, et on ne va plus le laisser faire. C'est peut-être notre ami, mais tu l'es aussi, Blue.

Je déglutis. Ce n'est absolument pas la réponse à laquelle je m'attendais. Ça ne fait pas si longtemps que je les connais, mais depuis mon premier pas sur ce campus, j'ai toujours vu les Pécheurs se défendre les uns les autres. Vont-ils vraiment prendre mon parti et s'opposer à leur ami, qu'ils connaissent depuis bien plus longtemps que moi ?

Je n'y crois pas.

Ils se sont toujours soutenus dans les pires circonstances et je ne suis pas naïve au point de les croire sur parole aujourd'hui. J'ai fait l'erreur de croire Gray le semestre dernier, lorsqu'il m'a dit qu'il était désolé, et regardez où ça m'a menée. C'est terminé : j'arrête de faire confiance.

Il faut croire les gens en se basant sur leurs actes.

Les mots que j'ai dit à Max me reviennent soudain. J'ai envie de faire confiance à Declan et Elias, mais je n'en ai plus la capacité. Gray a également brisé ça en moi.

— C'est bien joli tout ça, rétorqué-je en me murant une fois encore dans l'insensibilité confortable recommençant à envahir ma poitrine. Mais je ne le croirai que lorsque je le verrai de mes propres yeux. Quand vous pourrez me *prouver* que vous êtes sincères.

— D'accord, la réponse rapide d'Elias, me prend par surprise. Il lève les mains devant lui et je peux lire la sincérité dans ses grands yeux brun clair, j'ai l'impression qu'il essaie de me prouver qu'il ne constitue pas une menace pour moi. Je déteste qu'on en soit réduits à ça, mais je comprends. Tu verras, Blue. Je t'en fais la promesse. Nous avons décidé de ne plus suivre Gray quand ça te concerne, non, même pour le reste. Je suis désolé pour lui qu'il ait perdu Beth, que nous l'ayons tous perdus, mais là, c'est trop. On ne va pas le laisser se cacher derrière l'excuse de son deuil pour faire du mal aux autres impunément. Il a déjà fait bien trop de dégâts et nous aurions dû l'arrêter bien plus tôt.

Mon cœur bat fort dans mes oreilles, un *boum*

boum régulier et je vois Declan hocher la tête à son tour, le visage tendu.

— Il peut être une vraie tête de cochon parfois, dit-il. Nous aurions dû le savoir pourtant. Nous lui avons foutu la paix pendant plusieurs mois suite au décès de Beth, mais c'est terminé désormais. Pas alors qu'il se comporte comme il le fait. Nous te choisissons, toi. Nous allons te protéger de lui autant que possible.

J'avale la boule d'émotion qui s'est formée dans ma gorge, incapable de les regarder.

Nous te choisissons.

— Bien, murmuré-je.

C'est un mot bien faible et bien pitoyable, à des années-lumière de ce que je voudrais exprimer. Mais c'est tout ce que je peux leur donner pour l'instant.

Je n'arrive pas à y croire. Je ne vais pas *m'autoriser* à y croire, avant d'être vraiment sûre. Mon cœur a déjà été brisé une fois. Je ne sais pas si je survivrais s'il se brisait encore deux autres fois.

Cette fois, quand j'avance pour reprendre mon chemin, ils me laissent passer. Le campus commence à se vider alors que les cours commencent, je remonte mon sac haut sur mon épaule et je me dirige à grands pas vers l'amphi où a lieu mon premier cours. Le professeur me regarde de travers alors que je me glisse dans la salle après tous les autres élèves, mais je ne prends même pas la peine d'afficher un air contrit. Ça me prendrait bien trop d'énergie et mes pensées tournant à plein régime en consomment déjà la majeure partie.

Mon téléphone vibre dans ma poche alors que la porte se referme derrière moi et je l'en sors pour tomber sur plusieurs messages de Max.

MAX : *T'inquiète. Je vais suivre le cours d'introduction à la psychologie. Je crois que tu l'as choisi toi aussi, non ?*

MAX : *Hey, le prof vient juste de faire l'appel. Tu veux que je te couvre ?*

MAX : *Je suis assise au fond à gauche.*

Quand je regarde dans cette direction, elle me fait un petit signe de la main et je me sens soudain un peu soulagée en m'avançant vers elle, ignorant les murmures et les regards qui suivent ma progression. Je me moque bien qu'on puisse parler dans mon dos, ce n'est pas la première fois et je refuse que ça m'atteigne.

— Tout va bien ? Max me regarde avec inquiétude alors que je m'assois à côté d'elle. Le professeur Thomas a repris sa présentation et la salle est suffisamment grande pour que notre discussion à voix basse passe inaperçue.

— Ouais. Tout va bien. Je décide de lui mentir pour l'instant et de lui raconter toute l'histoire plus tard.

Le cours passe assez vite. Je sais déjà la plupart de ce qui a été dit car j'ai passé les jours précédents le nez dans mes bouquins pour prendre de l'avance. Mais je m'assure tout de même de bien prendre des notes pour que toutes ces connaissances se solidifient bien dans mon cerveau. Si je me plonge dans les études, je suis certaine que je pourrai avoir de super notes dans cette matière et dans mes autres modules.

Nous nous séparons Max et moi pour nos cours suivants et je me retrouve à noter consciencieusement ce que disent les profs, tout en me repassant en boucle ce qui s'est passé ce matin entre Declan, Elias et moi pour essayer d'en disséquer la moindre parcelle.

Ils ont vraiment eu l'air sincèrement surpris quand je leur ai rapporté ce que Gray m'avait dit. Ils ont semblé déçus, énervés même, comme s'ils attendaient mieux de sa part. Et ils semblaient également très sérieux quand ils m'ont dit vouloir tous les deux prendre mon parti contre lui.

Gray se montre lors de mon dernier cours de la matinée, mais je refuse de le regarder et de le laisser savoir que j'ai remarqué sa présence. Il fait la même chose pour moi ce qui devrait pourtant être un soulagement, mais qui n'en est pas un.

Je me glisse hors de la classe dès la fin du cours et me dirige en ligne droite vers le réfectoire, perdue dans mes pensées. Je fais à peine attention à ce qui m'entoure et avance en pilote automatique.

— Bien joué, Sophie.

La voix prétentieuse qui résonne derrière moi m'arrête net et les petits cheveux à l'arrière de mon cou se dressent d'un coup. La voix faussement douce de Caitlin me hérisse le poil et je me retourne lentement pour tomber sur elle, flanquée de ses deux groupies, Gemma et Reagan.

— Merci, dis-je brièvement. Je n'ai aucune idée de ce dont elle peut bien parler et je ne vais pas lui donner la satisfaction de le lui demander.

— J'ai entendu dire que tu avais séparé les Pécheurs, ajoute-t-elle, comme si elle répondait à une question que je n'ai pas posée. Je n'aurais jamais cru qu'une salope comme toi pourrait foutre la pagaille entre ces trois-là. Elle incline la tête sur le côté et me regarde de la tête aux pieds comme si elle m'évaluait. Je n'arrive toujours pas à comprendre *pourquoi*. Y en a-t-il un parmi eux qui pense que tu en vaux vraiment la peine ?

Je prends une inspiration pour me retenir de lui foncer dessus et de lui mettre mon poing dans la gueule. Aussi tentant que ça puisse paraître. Car je n'ai pas envie de me faire virer de l'école dès le premier jour du nouveau semestre. Elle veut simplement m'énerver, me provoquer, je le sais pourtant, mais ça m'irrite profondément de voir que ça fonctionne.

— Mêle-toi de tes affaires et tant que tu y es, va te faire foutre, lui dis-je froidement.

Avant qu'elle ne puisse me répondre, je fais demi-tour et je m'en vais à grandes enjambées. Je ne vais pas laisser cette pouffiasse prétentieuse ressentir une quelconque satisfaction à m'annoncer quelque chose que je sais déjà.

Et pourquoi le prend-elle comme ça d'ailleurs ?

Putain, je déteste ça. Je déteste vraiment tout ça.

— Sophie ! Max me rattrape rapidement alors que j'entre dans la cafétéria. Elle est un peu essoufflée. Qu'est-ce qui se passe ? C'est vrai ?

J'essaie de ne pas ressentir de l'irritation devant sa question. À la différence de tous les autres connards du campus, je sais qu'elle veut seulement des informations pour savoir comment je vais et non pas pour nourrir les ragots de l'école.

— Tu as séparé les Pécheurs ? Toute la fac en parle, dit-elle, attendant son tour dans la queue derrière moi. Tout le monde en parle, t'imagines pas à quel point c'est énorme.

— Si, je sais, marmonné-je à voix basse tout en regardant le menu.

Les mots se transforment en bouillie sous mes yeux et je n'arrive pas à me concentrer sur quoi que ce soit. Au lieu de commander quelque chose, je sors de la queue, Max sur les talons. Je pourrai toujours manger plus tard, quand les choses se seront éclaircies. Pour l'instant, je n'ai pas du tout envie d'être le centre de l'attention de toute la cafétéria.

— J'ai entendu dire qu'Elias et Declan avaient presque désavoués Gray, murmure-t-elle. Que c'est terminé. C'est vrai ?

— Ouais, j'imagine que c'est le cas, lui dis-je alors que nous sortons du bâtiment. Mais je n'ai rien à voir avec tout ça. C'est leur choix. Je ne leur ai jamais demandé quoi que ce soit.

Max fronce les sourcils, semblant en pleine réflexion.

— J'aimerais bien les croire moi. Declan et Elias. J'ai appris à les connaître un peu plus pendant les vacances d'hiver, quand nous venions te voir à tour de rôle à l'hôpital en attendant que tu te réveilles. Je crois qu'ils sont sérieux. Ils sont de ton côté… ou du moins, c'est ce que tout le monde dit. Elle me lance un regard interrogateur, comme si elle voulait que je lui raconte ma version de l'histoire.

— Ils m'ont dit un truc du genre, oui, confirmé-je. Mais je n'y croirai pas tant que je ne l'aurai pas vu de mes propres yeux. J'en ai vraiment marre de tout ça, Max. ces jeux tordus. Ces mensonges. Je n'en peux plus.

— Ouais, je comprends bien. Elle soupire. Enfin bon, peu importe ce que les Pécheurs peuvent bien dire, tu as au moins une personne de ton côté : moi. Peu importe ce qu'il se passera, je resterai toujours de ton côté. Elle me fait un clin d'œil. *Essaie* un peu de te débarrasser de moi, tu vas voir.

Je lui souris, même si j'imagine que ça doit plutôt ressembler à une grimace et elle me sourit en retour.

— Hey. Elle fait un signe de la main en direction des dortoirs. Pourquoi on n'irait pas manger dans ma chambre ce midi ? Il me reste encore de la nourriture des vacances et ça nous permettra d'éviter la cafète.

— Ça me paraît une très bonne idée.

Alors que nous marchons vers sa chambre, elle me parle de tout et de rien, essayant de me distraire, mais je peux toujours sentir les regards pesants des autres étudiants me suivre. Pour le deuxième semestre de suite, je suis devenue la personne la plus intéressante du campus, mais seulement pour de mauvaises raisons.

Peut-être que tout ça va finir par s'arrêter tout seul, me dis-je en essayant de me rassurer, mais je n'arrive pas à croire à mon propre mensonge.

CHAPITRE 9

～

Les Pécheurs séparés, la dynamique de pouvoir changea rapidement à Hawthorne.

Il fallut moins d'une semaine pour que les Saints commencent à arpenter le campus comme s'ils étaient en terrain conquis. Aaron et Shane sont déjà suffisamment pénibles à regarder, mais le pire de tous, c'est cet abruti de Cliff, qui se comporte comme si c'était *lui* qui avait personnellement porté le coup de grâce à ses adversaires.

Le coup de grâce, mon cul.

Je renifle dédaigneusement alors que je traverse le campus ce vendredi, pour me diriger vers mon dernier cours de la matinée.

Peut-être que ce serait mieux si tout le monde croyait les bravades stupides de Cliff. Mais la plupart des étudiants sur le campus semble connaître la vérité :

c'est moi qui suis à l'origine de leur séparation. C'est moi, Sophie Wright, qui ai fait éclater le groupe des Pécheurs. L'étudiante boursière, celle qui a grandi en famille d'accueil, celle qui a des *problèmes*, la morue qui se dessape devant tout le monde aux fêtes étudiantes.

Et bien sûr, la fille qui est tombée dans les escaliers.

Tout le monde est également au courant de cette affaire. Et même si l'incident s'est produit il y a plus d'un mois, il semble toujours être au centre des conversations. Je suis certaine que Caitlin et son petit groupe sont derrière tout ça et qu'elles entretiennent la rumeur en l'alimentant de tous les mensonges qu'elles peuvent inventer, disant par exemple que j'avais pris de la coke ce soir-là, que je souffre de maladie mentale ou encore que je l'ai fait exprès, juste pour attirer l'attention.

Peu importe si aucun de ses mensonges ne s'appuie sur la moindre parcelle de vérité. Personne ne cherche à vraiment savoir ce qui s'est passé. Ils sont seulement attirés par les ragots juteux et Caitlin fait de son mieux pour leur en servir en quantité.

Je parviens à m'introduire dans la salle de classe quelques minutes avant tout le monde, m'installe sur un siège à l'arrière et commence à sortir mes affaires. Ces derniers temps, les études sont mon seul point de repère, surtout depuis que je n'arrive plus à rien au niveau artistique. J'essaie, j'essaie aussi fort que je peux, mais c'est comme si mon art n'était plus le même depuis que j'ai quitté la maison de Gray le jour de Noël.

Il fallait qu'il me prenne ça aussi, hein ?

Je repousse la colère qui monte en moi. Je travaille aussi sur ça ces temps-ci et mon insensibilité est presque à nouveau entièrement revenue, mais je ne peux pas me débarrasser de l'impression que ce ne sera plus jamais comme avant.

Pas depuis que les Pécheurs ont consciencieusement miné les défenses que j'avais mis tant de temps à construire.

Pas depuis qu'ils ont réussi à atteindre mon cœur.

Quand les premiers étudiants entrent, le professeur Kelly les salue en les appelant par leurs noms et ne les ignore pas comme il l'a fait avec moi. La plupart des profs sont comme ça ici, même si certains sortent tout de même du lot. La plupart me voit tout de même comme une sous-étudiante, dès la seconde où ils apprennent que je suis boursière. Comme si le fait que je n'aie pas de parents capables de me payer une place dans cette fac, faisait de moi quelqu'un de moins intelligent.

Je lève les yeux au ciel en voyant une fille, une première année, j'ai l'impression, s'attarder près du bureau du prof avec une familiarité qui ne veut dire qu'une seule chose : ils couchent ensemble. Je ne sais pas trop ce que dit le règlement à ce sujet, mais je suis maintenant convaincue que ces richards peuvent se tirer d'à peu près n'importe quoi.

Pendant les quinze minutes suivantes, les étudiants entrent au compte-goutte dans la salle, évitant de s'asseoir dans le fond près de moi. Je n'ai pas la galle, mais j'ai une réputation et personne n'a envie d'être associé avec moi en dépit de la curiosité morbide que je semble susciter. Les railleries, les provocations, les questions, les rires méprisants et les murmures : j'ignore tout.

Juste quand la classe commence et que le professeur baisse les lumières pour nous permettre de mieux voir la présentation insipide qui s'affiche sur le rétroprojecteur, l'une des portes latérales s'ouvre et se referme doucement, illuminant brièvement la pièce d'un rai de lumière.

Je ne regarde pas car je sais pertinemment qui vient d'entrer.

C'est Gray.

C'est le seul cours que nous avons en commun, le seul cours que j'ai en commun avec l'un des Pêcheurs. Les trois sont en deuxième année et j'en suis plus que ravie car ça signifie que nos emplois du temps ne se chevauchent presque jamais.

Mon cœur se met à battre douloureusement et je ressens une étincelle d'un sentiment qui ne devrait exister. Je l'ignore, me concentrant sur le prof et non sur l'arrière du crâne de Gray. Il est assis dans son coin, comme moi, mais les autres étudiants ne l'évitent pas pour les mêmes raisons qu'ils m'évitent moi. Ils l'évitent car tout en lui crie *cassez-vous de là et laissez-moi tranquille.*

Ils ne se font pas prier.

Ils obéissent, car Gray Eastwood est tout de même Monsieur Gray, *je ne suis pas n'importe qui,* Eastwood et personne n'est en mesure de lui dire quoi que ce soit dans cette fac. Il peut faire absolument tout ce qu'il veut. Comme essayer de virer une étudiante qui a tous les droits d'être ici.

Ça me hérisse.

Il a essayé de m'adresser la parole deux fois depuis la reprise des cours. Et à chaque fois, au lieu de s'excuser ou d'essayer de m'expliquer pourquoi il avait encore une fois totalement changé d'attitude à mon égard, il a essayé de me convaincre de partir.

Pourquoi ? Pourquoi me déteste-t-il à ce point ? Pourquoi ne peut-il pas simplement me laisser vivre ma vie ?

Le cours se termine rapidement, la voix soporifique du prof emplissant la grande salle. Quand les portes s'ouvrent, j'attends d'abord que la salle se vide comme je le fais toujours avant de sortir, observant Gray se lever pour aller discuter avec le professeur.

Je fais comme si je ne remarquais pas son regard

passer sur moi alors qu'il discute à voix basse avec le professeur. Nos yeux se croisent une fraction de seconde quand j'atteins la porte, c'est si fugace que j'ai presque l'impression de l'avoir imaginé.

Elias et Declan m'attendent à la porte, comme ils le font tous les jours depuis lundi, pourtant, je n'arrive toujours pas à leur faire confiance. Je remarque qu'ils lancent un regard dans la salle de classe où Gray est toujours en pleine discussion avec le prof, dos à la porte ouverte. Declan plisse les yeux.

— Il n'a pas essayé de m'adresser la parole, dis-je d'un ton froid, les dépassant pour continuer dans le couloir vide. Je ne crois pas qu'il me reparlera un jour.

— Nous voulons seulement te protéger, Blue, murmure Elias en suivant le regard suspicieux de Declan.

Peut-être que je devrais y être habituée maintenant, mais ça me fait tout de même bizarre de les voir se comporter ainsi envers Gray. Après les avoir vu soudés pendant si longtemps, c'est étrange de les voir se dresser ainsi les uns contre les autres.

Ça me fait une impression désagréable dans la poitrine. Si je suis honnête avec moi-même, je n'aime pas les voir ainsi, mais je me rappelle ensuite que je ne les ai pas forcés à faire quoi que ce soit contre leur gré. J'ai seulement essayé de *survivre* et s'ils s'en prennent les uns aux autres pour tenter de décider si oui ou non j'ai le droit d'étudier ici, c'est leur problème.

Declan et Elias me suivent de près alors que nous quittons le bâtiment. J'ai l'impression qu'ils se sentent investis d'une mission ces jours-ci et qu'ils se comportent comme mes gardes du corps. Je n'ai pas le courage de leur dire que je n'ai pas besoin qu'ils m'escortent partout comme ça pour s'assurer qu'il ne m'arrive rien. Je contrôle la situation.

Enfin... en partie.

Les gens semblent moins murmurer entre eux sur mon passage ou me lancer des regards de travers quand je suis avec eux. Même si les Pécheurs sont séparés, ils restent très respectés sur le campus. Et peut-être même un peu craints.

Max m'attend dans la cafétéria et je la repère facilement dans la foule. Mes sourcils se lèvent d'un coup quand je réalise à côté de qui elle se tient : Aaron, l'un des Saints. Quand elle m'aperçoit et me fait un petit signe de la main, Aaron lève aussi les yeux vers moi. Il ne me regarde pas avec mépris comme peut le faire Cliff, mais pourtant, je n'arrive pas vraiment à déchiffrer l'expression qui se peint sur son visage.

— Max est juste là, dis-je aux garçons. On se voit plus tard.

Je les quitte pour aller rejoindre Max et ils me laissent faire. Malgré leur insistance pour m'escorter partout sur le campus dès que leur emploi du temps le leur permet, ils n'ont jamais essayé de restreindre mes activités ou de m'empêcher d'aller où je souhaitais, probablement parce qu'ils savent que je ne le supporterais pas.

Quand j'arrive au niveau de Max, Aaron est en pleine phrase et il rit en parlant. Dès que j'arrive à leur hauteur, l'ambiance se refroidit instantanément, mais un petit sourire se dessine tout de même sur ses lèvres lorsqu'il salue Max avant de s'en aller, les mains dans les poches.

— C'était quoi ça ? demandé-je en regardant ma copine d'un drôle d'air. Aaron fait partie des Saints et au cas où elle ne l'aurait pas encore remarqué, ce petit groupe n'apprécie pas vraiment les gens qui m'entourent.

Max hausse les épaules alors que nous nous dirigeons pour faire la queue et commander notre plat.

— Il me posait seulement des questions sur les devoirs du cours du professeur King, c'est tout, dit-elle, mais je sens bien un petit sourire poindre dans ses paroles.

Ouais, il se passe clairement quelque chose.

— C'est tout, hein ? dis-je en levant un sourcil et en lui faisant un petit sourire. T'en es vraiment sûre ?

Ses joues rougissent légèrement et je sais que j'ai visé juste.

— Oui ! C'est tout, je t'assure, insiste-t-elle. Puis elle se mord la lèvre inférieure. Mais j'admets tout de même que c'était un peu étrange. J'ai vu Aaron en cours et il se débrouille mieux que moi. Enfin, je ne suis pas larguée, mais de là à pouvoir l'aider...

— J'ai l'impression qu'il cherchait juste une excuse pour discuter avec toi. Je lui lance un autre regard en coin, essayant de capter sa réaction à mes paroles. Il t'avait déjà demandé de l'aide pour ce cours avant ?

— Ouais, mais je ne suis pas du tout intéressée, dit-elle ensuite, sa voix se durcissant peu à peu. Tu sais que je hais les Saints encore plus que les Pécheurs... et ces noms débiles aussi. Cliff est un gros dégueulasse et ceux qui sont potes avec lui ne méritent pas mon intérêt.

Je hoche la tête, contente de l'entendre dire ça, pas tellement pour moi-même, mais pour *elle*. Dieu seul sait ce qui a poussé les Saints à se réunir, mais d'après la manière dont Cliff s'en est pris à moi, je ne pourrai jamais faire confiance à aucun d'entre eux.

Nous récupérons nos plateaux et allons nous installer pour manger, discutant de nos projets pour le week-end et nous plaignant de la quantité astronomique de devoirs que les profs nous ont donné pour notre première semaine de reprise. Puis, quand nous avons terminé, nous nous séparons pour nous diriger vers deux zones différentes du campus.

Alors que je m'approche du bâtiment dans lequel se

tiendra mon prochain cours, je sens mon téléphone vibrer dans ma poche. Le numéro qui s'affiche n'est pas enregistré dans mes contacts et je fronce le nez en décrochant.

— Allo ? Sophie Wright à l'appareil, dis-je en coinçant mon téléphone entre ma joue et mon épaule, alors que je range mon porte-monnaie dans mon sac.

— Bonjour Sophie, me lance une voix féminine agréable à l'autre bout du fil. Je m'appelle Gloria Jean. Je travaille avec la galerie d'art moderne de Los Angeles et je voulais vous faire savoir qu'après en avoir beaucoup débattu entre nous, nous avons décidé que nous serions *ravis* de vous accueillir pour un stage.

Je décolle le téléphone de mon oreille et fixe l'écran, incrédule, comme s'il pouvait me fournir une explication.

— Je suis désolée, dis-je lentement. Mais je n'ai postulé à aucun stage.

— Hm. J'entends des papiers qu'on déplace. Eh bien, j'ai pourtant votre demande de stage, ici, juste en face de moi. Et comme je viens de vous le dire, nous sommes très intéressés. Nous pourrions même vous proposer un stage rémunéré au lieu de notre stage habituel, ainsi qu'un logement.

Pendant une fraction de seconde, mon cœur bondit dans ma poitrine.

C'est incroyable, ça a presque l'air trop beau pour être vrai.

Mais je n'ai jamais postulé pour ce stage. Ce n'est pas le genre de chose que j'aurais pu oublier, et la seule perte de mémoire que j'ai, concerne la nuit de la soirée.

Un frisson me parcourt soudain et je m'immobilise.

— Madame Jean, dis-je avec raideur. Pourquoi m'appelez-vous exactement ?

Il y a un petit silence, puis sa voix agréable se fait entendre à nouveau.

— Je vous l'ai dit. Nous avons reçu votre demande de stage et nous...

— Je n'ai envoyé aucune demande. Pourquoi m'appelez-vous ?

Cette fois, un silence prolongé se fait entendre à l'autre bout du fil. Quand elle se racle la gorge pour reprendre la parole, son ton est bien moins enjoué.

— Je ne sais pas ce que vous voulez que je vous dise.

— Je voudrais que vous répondiez à ma question, dis-je d'un ton neutre. Pourquoi m'appelez-vous ? Qui vous a demandé de me faire cette offre ?

— Je peux vous assurer que...

— *Qui ?*

Elle hésite encore et alors que les secondes s'étirent dans le silence, je réalise soudain que je n'ai même pas besoin qu'elle me donne le nom de la personne derrière tout ça. Je le connais déjà.

— La famille Eastwood nous a demandé de vous prendre en stage, finit-elle par avouer.

Ma main se crispe sur mon téléphone. *Évidemment.*

Sauf que ce n'était pas la *famille* Eastwood.

C'était Gray.

Gray qui est si désespéré de se débarrasser de moi qu'il en est réduit à faire chanter des entreprises ou des galeries d'art dans le but de me chasser d'ici. Il sait qu'il n'arrivera jamais à me convaincre lui-même donc il se sert d'autres personnes, espérant que je serai flattée et que je me laisserai convaincre plus facilement.

— Je ne suis pas intéressée, dis-je froidement, le cœur au bord des lèvres.

Je raccroche avant qu'elle ne puisse me répondre et fixe l'écran jusqu'à ce qu'il s'éteigne. Je me sens mal, il y a tant d'émotions qui tourbillonnent en moi que je ne sais plus comment les gérer.

Pourquoi Gray fait-il cela ?

Il est intelligent. Il connaît mes points faibles. Je ne me suis jamais autorisée à rêver pouvoir devenir artiste professionnelle, mais il sait ce que l'art et la peinture en particulier représente à mes yeux.

Il s'est servi de ça pour tenter de me forcer à quitter sa vie.

Il essaye de me soudoyer.

De m'acheter, comme si je n'étais qu'une pute.

J'essaie de me calmer et de repousser les étoiles

noires qui commencent à poindre en périphérie de ma vision, alors que les vagues de rage me submergent l'une après l'autre, mais je n'y arrive pas. Surtout quand je le vois marcher droit vers moi, son regard planté dans le mien.

Il a l'air énervé. Furieux, même.

Mais je m'en fous.

Parce que moi aussi j'ai la rage.

— Pourquoi tu n'arrives pas à lire entre les lignes Sophie ? gronde-t-il d'une voix grave, s'arrêtant à seulement quelques dizaines de centimètres de moi. Je suis en train d'essayer de t'aider, là, merde ! J'essaie de faire en sorte que ça se passe bien pour toi. Pourquoi tu n'arrives pas à le comprendre ?

— Tu essaies de m'aider ? lancé-je avec dédain. En me mentant ? En faisant chanter des galeries d'art ?

Je tente tellement de garder le contrôle de moi-même qui j'en tremble presque. Mais c'est vraiment difficile quand je n'ai qu'une envie : foutre mon poing dans sa jolie petite gueule et lui incruster les dents dans le crâne.

— Tu préfères vraiment continuer à étudier ici où tu es harcelée et méprisée depuis le premier jour, où les gens ne t'apprécient même pas ? continue-t-il sur un ton vicieux, ayant désormais laissé tomber toute subtilité. Tu pourrais aller n'importe où, Sophie, n'importe où !

— Je ne veux pas aller ailleurs qu'ici. Je serre les

poings. J'ai envie de rester ici. D'obtenir mon diplôme et de m'en servir pour me construire une meilleure vie. Je ne vais pas me laisser faire et supporter d'être la chose ou le pion de qui que ce soit, je ne vais pas finir comme Jared, à me suicider parce que le monde m'a roulé dessus encore et encore et que je ne vois plus aucune autre issue.

Gray serre les dents et ses yeux s'assombrissent. Il respire fort et je vois qu'il a plus de mal que jamais à contrôler ses émotions. Si nous étions dans un autre endroit, à un autre moment, je dirais qu'il semble prêt à me plaquer contre le mur le plus proche et à me prendre sauvagement jusqu'à ce que nos problèmes disparaissent pendant quelques précieuses secondes.

Mais ce n'est pas le cas.

Et ce n'est pas non plus ce qu'il fait.

— Je te donnerai un million de dollars, dit-il à la place. Un million de dollar, Moineau. Imagine tout ce que tu pourrais faire avec ça. Tu pourrais aller absolument n'importe où. Faire ce que bon te semble. À la seule condition que tu promettes de quitter Hawthorne. Pour toujours.

Il prononce ces derniers mots en faisant un geste de la main, comme s'il me faisait disparaître comme par magie.

Pendant quelques secondes, je le fixe, abasourdie et incapable de faire quoi que ce soit d'autre.

Un million de dollars.

Sa famille n'est pas dans le besoin, je le sais, mais tout de même, c'est une sacrée somme pour eux. Gray devra probablement leur mentir pour réussir à leur extorquer autant d'argent et tout ça pour quoi ?

Pour m'effacer, comme si je n'avais jamais existé.

C'est une somme tellement énorme que j'aurais dû me contenter de l'accepter et déguerpir au plus vite. Je l'aurais fait, si j'avais été plus intelligente. J'aurais fait exactement ce qu'il me proposait et je me serais acheté une petite cabane sur une île déserte où je n'aurais plus jamais eu à côtoyer qui que ce soit.

Mais je ne le fais pas.

Tout simplement parce que si je laisse Gray m'effacer de sa vie comme ça, j'ai l'horrible sentiment que je vais *vraiment* disparaître. Que tout ce qui fait que je suis moi va s'évanouir en fumée, dispersé par le vent. Parce que j'aurais laissé l'homme dont je suis en train de tomber amoureuse, broyer ce qu'il reste de mon cœur.

— Non.

Ma voix est rauque et mon cœur bat si fort que ma propre réponse atteint à peine mes oreilles.

Gray jette brusquement la tête en arrière, une surprise intense se peignant sur son visage avant d'être remplacée par de la colère.

— T'es vraiment sérieuse ?

— Pourquoi ? Parce que je n'ai pas envie que tu me payes comme une pute dont tu essaierais de te débarrasser ? J'éclate d'un rire sans joie. Ouais, je suis sûre de moi. Pourquoi tu ne peux pas le comprendre, hein, Gray ? Tu n'as aucun droit de me dire ce que j'ai à faire. Je ne *t'appartiens* pas !

Je n'arrive presque plus à penser et à aligner mes mots de manière cohérente désormais et je le hais encore plus de me faire perdre pied comme ça. J'ai l'impression qu'il a fait basculer mon univers entier et que je suis en train de tomber dans l'espace, sans rien à quoi me raccrocher.

— Je peux te faire virer de cette école si je veux, Sophie, ajoute-t-il en élevant la voix. Je peux te retirer ta bourse et te laisser sans le moindre centime. Tu comprends ce que ça signifie ça, Moineau ? Absolument rien. Je sais à quoi ressemblait ta vie avant que tu ne viennes ici. Tu veux retourner dans le trou d'où tu es sortie ? Je te donne l'opportunité de te barrer d'ici avec un million de dollars, *putain*, et tu veux refuser ?

Mes poings sont toujours serrés contre mes jambes et mes ongles s'enfoncent si profondément dans mes paumes que ça ne m'étonnerait pas qu'elles saignent.

J'ai envie de le frapper. Presque aussi fort que j'ai eu envie de frapper Cliff. Je peux presque me sentir céder à cette pulsion, sombrer dans la violence qui jaillit de moi quand je me sens prise au piège.

CONFIANCE DÉTRUITE

La foule commence à s'amasser autour de nous. Certains ont déjà sorti leurs téléphones et nous filment, espérant pouvoir poster le tout sur les réseaux sociaux. S'ils me filment en train de frapper Gray, il aura gagné. Ce sera un jeu d'enfant de me faire virer avec une telle preuve et je ne pourrai m'en prendre qu'à moi-même.

Je me détourne donc de lui et fends la foule en baissant la tête.

Mais Gray refuse de lâcher l'affaire. Il refuse de me laisser partir. Il s'avance à son tour dans la foule et me suit.

— Arrête d'être si têtue, bordel ! siffle-t-il, d'une voix hargneuse.

C'en est trop.

Je suis sur le point de me retourner pour lui foutre mon poing dans la gueule, quand je manque de me cogner contre deux corps solides : Declan et Elias.

Declan me prend par le bras avant que je m'écrase contre lui. Son regard passe par-dessus mon épaule et son expression se durcit.

— C'est quoi encore ce *bordel ?* grogne-t-il.

— Arrête ça tout de suite, Gray, gronde Elias. On ne te le redira pas deux fois.

CHAPITRE 10

Merde.

Declan, Elias et Gray se regardent, moi entre eux, et ils ont l'air tous plus furieux les uns que les autres. Je ne sais même pas s'ils se sont reparlés depuis la reprise des cours et si c'est le cas, j'imagine que ça n'a pas dû être un échange de banalités.

Là, maintenant, on a l'impression qu'ils ont envie de se sauter à la gorge.

Declan a toujours la main posée sur mon bras et il essaie de me tirer derrière lui, comme pour me protéger de Gray en faisant bouclier de son corps. Pense-t-il vraiment que son pote de toujours serait capable de s'en prendre physiquement à moi ?

Putain. Et moi ?

Franchement, je ne sais plus quoi penser de Gray. Ni comment expliquer son comportement. Si le semestre dernier il s'est amusé à souffler le chaud et le froid, maintenant, il semble avoir complètement perdu les pédales.

La zone commence à se remplir de curieux : des étudiants qui passaient par là et qui sont attirés par la confrontation entre les Pécheurs. Mais en dépit du nombre de personnes présentes, tout est silencieux. Il n'y a pas un bruit, on se croirait dans un putain de tombeau.

Gray ne regarde même pas notre audience, gardant le regard fixé sur les deux hommes qui étaient encore ses meilleurs amis deux semaines auparavant, avant que tout n'explose entre nous quatre.

— Je dois le faire, crache Gray entre ses dents. Il essaie de garder sa voix neutre et calme, mais il y parvient à peine. Tu ne comprends pas.

— Comment ça je ne comprends pas, bordel ? explose Declan et je ne suis pas du tout surprise qu'entre Elias et lui, ce soit Declan qui perde son sang-froid en premier. Espèce de sale connard égoïste. Tu te sers de la mort de Beth pour te comporter comme le dernier des enfoirés et j'en ai ma claque. Va te faire foutre.

J'aurais pensé que la foule ne pouvait pas être plus silencieuse que tout à l'heure, mais j'avais tort sur ce point. Tout le monde sait ce qui est arrivé à Beth. Tout le monde sait le lien qu'ils partageaient, Gray et elle, et comment sa mort l'été dernier l'a détruit. Tout le monde sait aussi que personne n'a le droit de parler d'elle, à moins d'être prêt à se faire arracher la tête par l'un des Pécheurs. Et s'il restait encore des doutes sur le fait que leur petit groupe avait explosé, il n'y en a plus aucun désormais.

— J'ai fait une erreur, Gray, continue Declan d'un ton ferme. J'ai fait la plus grosse erreur de ma vie en te soutenant dans tes conneries le semestre dernier et en te laissant t'en prendre à Sophie, seulement parce qu'elle était la bénéficiaire de la bourse crée en *l'honneur* de ta sœur.

Mon cœur bat à tout rompre dans ma poitrine et commence à me remonter dans la gorge, mais Declan continue.

— Tu étais déterminé à la torturer. À la persécuter. À la faire *payer* pour quelque chose qui n'était absolument pas de sa faute. Et nous t'avons aidé, parce qu'on a vu à quel point tu souffrais. On s'est dit qu'il fallait peut-être simplement que tu arrives à te débarrasser de cette douleur pour enfin pouvoir passer à autre chose. Mais j'en ai plus qu'assez de ces conneries.

Declan fait un pas en avant et la foule recule instinctivement, comme s'ils se préparaient à quelque chose. Il s'arrête si près de Gray que leurs chaussures se touchent presque et tout le monde tend l'oreille pour capter ce que dit Declan quand il reprend la parole.

— Et tu sais le pire ? continue-t-il, la voix nouée d'émotion et les yeux sombres. J'ai l'impression qu'il déteste faire ce qu'il est en train de faire, au moins autant qu'il déteste ce que Gray à fait, c'est difficile pour lui. Le pire, c'est que Beth aurait honte de toi, Gray. Elle t'aimait. Elle t'admirait. Et elle détesterait voir l'ordure que son frère est devenu.

Une seconde passe.

Puis deux.

Puis trois.

Je retiens ma respiration. Le visage de Gray perd toute expression, totalement. Il semble se vider. Ce n'est plus qu'un assemblage de traits. Plus d'émotions, plus d'expression humaine. Il pourrait être une simple statue de cire, il n'y a plus rien sous sa peau : plus de cœur, plus d'esprit, ni de pouls, ni de sang.

Ma poitrine se serre. Et j'ai mal au cœur, juste un peu. Même si je déteste avoir tant partagé avec Gray, je ne peux pas nier conserver une certaine connexion avec lui. Et elle est suffisante pour que je puisse *sentir* à quel point ce que vient de lui dire Declan lui fait du mal.

Deux autres secondes passent.

Puis, sans sommation, Gray lance le poing en avant.

Il bouge en un éclair, avant même que Declan n'ait le temps d'éviter le coup ou de le parer d'une manière ou d'une autre. Son poing serré s'abat sur la mâchoire de son ami dans un grand craquement.

Le silence de la foule se brise en un instant, comme si quelqu'un venait de monter le volume. Des rugissements s'élèvent et des cris fusent en une symphonie infernale autour de nous, alors que Declan secoue la tête et rend son coup de poing à Gray.

Gray encaisse le coup, trébuchant à peine.

Douleur, rage, peur, colère intense passent dans ses yeux pendant quelques millisecondes alors qu'il lève à nouveau son poing, prêt à se battre avec son ami devant toute l'école.

Non.

Je ne sais pas pourquoi, mais ça m'est insupportable à regarder. Parfois, je peux prendre du plaisir à regarder un combat, mais d'autres fois ça me met dans un état de grand malaise et ça me retourne l'estomac. Je suis en tout cas certaine que je ne pourrais pas arborer le sourire satisfait que je vois sur les lèvres de Caitlin en ce moment même, son petit iPhone flambant neuf pointé vers la scène, se réjouissant de filmer deux personnes prêtes à s'entre-déchirer.

Elias jure tout bas et nous bougeons tous les deux sans vraiment y réfléchir.

Juste quand Declan s'apprête à assener un nouveau coup de poing à Gray, je me place entre eux deux et repousse Gray en arrière, en posant mes mains sur son torse.

— Arrêtez, hurlé-je, alors qu'Elias me rejoint pour

faire lui aussi rempart de son corps. Il repousse Declan, pendant que je pousse à nouveau Gray en arrière. Nous sommes à peine capables de les retenir. Arrête Declan, il n'en vaut pas la peine.

Je n'ai rien demandé de tel.

Je n'ai jamais voulu qu'ils se battent pour moi.

Je déteste ça.

La mâchoire de Gray commence déjà à montrer des signes d'hématome et ses yeux sont sombres et tourmentés alors que son regard passe de Declan à moi. J'ai l'impression de voir le pont qui les reliait brûler sous mes yeux.

Ça me frappe violemment. Plus fort qu'aucun coup que j'ai pu recevoir jusque-là, ça me frappe comme un sac de brique lancé en pleine poitrine. Declan et Elias étaient vraiment sérieux.

Ils sont de mon côté.

— N'approche plus Sophie ! hurle Declan d'une voix rauque. Son corps entier tremble de tension nerveuse et la fureur émane de lui par vagues. Je ne plaisante pas, connard. Si tu t'en prends encore une fois à elle, je te le ferai payer.

Declan et Elias sont de mon côté.

Ils font ce qu'ils m'avaient promis et je serais une vraie idiote de prétendre qu'ils ne m'ont toujours pas prouvé ce qu'ils m'ont dit dès le premier jour de ce semestre.

Ils ont fait plus que me le prouver.
Ils m'ont choisie moi, et non pas Gray.

— Casse-toi Gray, murmure Elias et avant même de le réaliser, je me retrouve coincée entre Elias et Declan alors qu'ils m'entraînent à l'écart en faisant bouclier de leurs corps pour me protéger de la foule.

Je lance à peine un coup d'œil à Gray en partant. Il est toujours debout, entouré par la foule, les poings serrés et une expression indéchiffrable sur le visage qui me tord le cœur.

Non. Je n'arrive pas à me sentir désolée pour lui.

Je ne peux pas, car il s'est mis dans cette situation tout seul. Ce n'est plus mon ami, c'est mon ennemi désormais et il s'est assuré de bien me le faire comprendre.

Nous continuons à marcher jusqu'à traverser pratiquement tout le campus, loin des bâtiments abritant les salles de classe et presque au niveau des résidences. Il y a beaucoup moins de monde par ici et Declan s'arrête enfin et me regarde des pieds à la tête, comme pour s'assurer que je n'ai pas pris un mauvais coup, comme si c'était moi qui avais affronté Gray à coups de poing.

— Tu vas bien ? me demande-t-il en me regardant d'un regard pénétrant. Il y a quelque chose dans ses yeux qui emballe bizarrement mon cœur dans ma poitrine et je ne suis pas sûre d'apprécier la sensation.

Ses mains s'accrochent à mes avant-bras, presque désespérément, comme s'il avait besoin que j'aille bien.

— Pourquoi... j'essaie de parler d'une voix normale, mais elle est faible et éraillée. Pourquoi as-tu fait ça ?

Je *sais* pourquoi ils l'ont fait. Ils m'ont déjà expliqué pourquoi, une semaine auparavant, lorsqu'ils m'ont parlé, dans la petite alcôve entre les bâtiments. Ils m'ont dit qu'ils étaient de mon côté, mais je ne les ai pas crus.

J'ai toujours du mal à y croire, mais pourtant ça s'est bien produit, non ? Comment pourrais-je encore douter d'eux après ce que je viens de voir ?

Declan remonte ses mains sur mes bras, le regard tourmenté.

— Nous t'avons dit qu'on était de ton côté, Sophie. Ce n'étaient pas des paroles en l'air.

— Même si on sait que tu es capable de te débrouiller toute seule, glousse nerveusement Elias, l'expression tout aussi sérieuse que Declan. Nous avons fait un pari le semestre dernier, avec Taylor. Un pari que nous avons perdu d'ailleurs. Nous avons parié que Caitlin et toi en viendraient aux poings avant la fin du semestre.

— Un pari...

Je fronce les sourcils. Je crois que je me souviens de quelque chose du genre. Je me rappelle que Taylor les a appelés, dans la cuisine, pour leur dire qu'il était temps de payer.

— C'était *ça* l'enjeu de votre pari ? demandé-je en tournant la tête pour capter son regard.

— Ouais, il lève les yeux au ciel. C'était stupide. Mais si tu décides de te battre contre Caitlin, je serai le premier à t'encourager. Son sourire s'évanouit soudain et il s'approche de moi, se retrouvant épaule contre épaule avec Declan. Mais si quelqu'un doit combattre Gray, ce sera l'un de nous deux. Pas toi. Nous n'allons pas le laisser te faire du mal.

Mon cœur bat fort dans ma poitrine, comme un moteur essayant de démarrer, comme quelque chose de mort, cherchant à revenir à la vie. Cherchant à renaître et sortir de la tombe dans laquelle il a été enterré il y a bien longtemps. Cherchant à sortir du noir et de la sécurité, pour émerger dans ce monde étrange de sensations, de confiance et de *désirs* qui m'effraie tant.

Mon regard revient sur Declan. Il est sérieux. Sa mâchoire est bleue là où Gray l'a frappé et je caresse sa joue de mes doigts sans y penser, comme si c'était la preuve tangible qui me manquait et qui me permettait enfin de leur faire *confiance.*

Il appuie sa joue dans ma main et s'avance encore d'un pas vers moi pour que ses cuisses soient en contact avec les miennes et avant que je ne puisse comprendre ce que je suis en train de faire, je m'avance vers lui et je l'embrasse.

Sa réponse est instantanée, passionnée et puissante.

Comme s'il cherchait quelque chose que je possédais, quelque chose que j'étais la seule à pouvoir lui donner, quelque chose dont il avait désespérément besoin. Il aspire le souffle de mes poumons et la douleur dans mon cœur disparaît sous l'assaut furieux de ses lèvres.

Quand nous nous séparons pour reprendre notre souffle, je n'y pense plus. Je suis incapable de penser à quoi que ce soit alors que ma main trouve Elias et l'attire à son tour contre moi, écrasant son visage contre le mien dans un baiser aussi profond et désespéré que celui que je viens d'échanger avec Declan, qui me remue jusqu'à mon âme. Elias est sûr de lui dans son baiser et fait glisser sa langue sur les commissures de mes lèvres, demandant silencieusement que je me donne toute à lui.

Quand je me laisse faire, j'entends Declan grogner tout bas, ses doigts caressant l'arrière de mon bras. Pas parce qu'il est jaloux de son ami, mais parce qu'il me désire toujours autant. Il désire me toucher, me goûter, partager cette connexion. Il me désire de la même façon qu'Elias m'embrasse, avec une soif qui semble inextinguible.

Une chaleur brûlante prend vie dans mon ventre, glissant de plus en plus bas et je m'arrache à leur étreinte pour me reculer, inspirant brusquement tout en les regardant à tour de rôle. Mon cœur bat fort et si vite que j'ai l'impression qu'il va bondir hors de ma poitrine, mais ce n'est pas la peur qui accélère ainsi ses battements.

Ce n'est pas la confusion, ni la culpabilité.

Mon cœur s'emballe, parce que je sais exactement ce que je désire.

Et il semble qu'ils le savent eux aussi.

La qualité de l'air semble changer entre nous, se chargeant d'une sorte d'électricité, comme avant une tempête. Je pourrais probablement rester debout ici pendant encore une heure à débattre avec moi-même de la sagesse de la décision que je suis sur le point de prendre, mais sur le moment, je me fous bien de savoir si c'est sage ou pas.

Declan et Elias sont de mon côté. Ils m'ont choisie, moi.

C'est tout ce que j'ai besoin de savoir pour l'instant.

Sans un mot, je m'avance entre eux et commence à marcher à grand pas vers ma résidence. Je n'ai même pas besoin de regarder en arrière pour savoir qu'ils me suivent. Je peux les *sentir*. L'Energie entre nous crépite comme parcourue d'arcs électriques, nous donnant l'impression d'être connectés, même si nous ne nous touchons plus.

Personne ne dit un mot alors que j'utilise ma carte pour ouvrir la porte du bâtiment et les guider dans les escaliers jusqu'à ma chambre, mais chaque pas que nous faisons côte à côte parle pour nous.

Tout cela est bien réel.

Tout, jusqu'au moindre morceau. La moindre parcelle.

Ce que je ressens pour eux.

Ce qu'ils ressentent pour moi.

Je glisse ma carte dans la serrure de la porte de ma chambre et elle s'ouvre tout en douceur. Toujours silencieux, Declan et Elias me suivent à l'intérieur. La porte se referme et ils se retournent dans mon petit salon pour me regarder, alors que je plaque mon dos contre la porte en bois pour la fermer.

Je réalise soudain que c'est dans cette pièce que j'ai embrassé Declan pour la première fois. Le jour où les Pécheurs sont venus me faire leur petite visite « d'inspection » impromptue et totalement absurde. C'est la première fois que j'ai réalisé qu'il se passait quelque chose entre nous, qu'il y avait une étincelle qui ne demandait qu'un peu d'oxygène pour se transformer en brasier.

Mon attention passe de Declan à Elias. Les deux hommes me regardent attentivement, comme s'ils essayaient de lire en moi pour savoir si je sous-entendais bien ce qu'ils pensaient en les amenant tous les deux dans ma chambre.

Je souris malgré moi en posant mon sac au sol. Puis, je prends l'ourlet de mon t-shirt et le passe par-dessus ma tête.

CHAPITRE 11

— Oh, putain.

La voix de Declan est un peu étranglée et mon sourire s'élargit alors que je fais tomber mon t-shirt par terre, à côté de la porte. Mes tétons pointent sous le fin tissu de mon soutien-gorge et ils ne manquent pas de le remarquer. Le regard d'Elias s'assombrit, ses yeux descendant sur ma poitrine, avant de remonter brusquement vers mon visage.

Pendant une demi-seconde, personne ne bouge. Puis, comme un seul homme, Declan et Elias se dirigent vers moi et réduisent la distance entre nous. Declan m'attrape le poignet et m'éloigne de la porte, alors que ses lèvres s'écrasent sur les miennes. Je sens Elias se glisser derrière moi, m'écrasant entre leurs deux corps.

Mon cœur s'accélère à mesure que le baiser de Declan s'approfondit. Mais avant que je ne puisse m'y perdre totalement, il se recule, laissant Elias m'embrasser à son tour. Ça me rappelle ce moment où ils m'ont sauvée tous les trois d'une attaque de panique en me touchant et en m'embrassant, en travaillant main dans la main pour m'offrir l'un des plus beaux orgasmes de ma vie.

Quelqu'un manque à l'appel aujourd'hui. Nous étions quatre ce jour-là et nous sommes trois aujourd'hui.

J'essaie de ne pas laisser le souvenir de Gray envahir mon esprit et je grogne contre la bouche d'Elias, me tortillant un peu lorsque Declan empaume mes seins et commence à titiller mes tétons.

C'est mieux comme ça.

Même si je sais que Declan et Elias sentent eux aussi l'absence de Gray, et même si je sais que ça nous fait tous souffrir d'une manière ou d'une autre, j'ai envie de leur faire comprendre à quel point les savoir de mon côté compte pour moi.

Déterminée à m'occuper d'eux autant qu'ils s'occupent de moi, je baisse mes deux mains et commence à les caresser à travers leurs jeans, frottant la paume de ma main contre leurs verges. Alors qu'un autre grognement s'échappe de la gorge de Declan, je chasse totalement Gray de mes pensées.

Pour l'instant, j'ai tout ce dont j'ai besoin dans cette chambre.

J'ai deux hommes à mes côtés qui se soucient de moi.

Ils ne vont pas me trahir.

— Oh, merde, Blue. Elias lâche mon menton, me laissant retourner mon visage vers Declan. Tu es vraiment trop bonne.

Je réprime un sourire en sentant les deux hommes donner des coups de bassin contre mes mains, me caressant et m'embrassant partout.

— On est encore habillés. Si tu trouves déjà que c'est bon, attends de voir la suite.

Il gronde contre ma peau et la seconde suivante, je sens ses bras puissants autour de moi alors qu'il me porte vers la chambre. Declan nous suit de près et quand Elias me jette sur le matelas, ils me rejoignent rapidement tous les deux. Mes seins tressautent quand j'atterris sur les couvertures et le regard de pur désir que me lance Declan me fait serrer les cuisses d'anticipation. Je passe la main dans mon dos pour dégrafer mon soutien-gorge avant de le lancer par terre.

— Mon dieu, murmure Declan. Puis il plonge la tête vers moi, sa bouche trouvant un téton, pendant que de sa main, il me caresse l'autre sein, faisant rouler mon autre téton entre son pouce et son index.

Je me cambre sous lui, arquant le dos alors que les sensations explosent en moi. Elias se glisse entre mes jambes et commence à me retirer mon pantalon. Je lève le bassin pour l'aider à le retirer.

L'adrénaline coule toujours dans nos veines et je sens que la tempête d'émotions provoquée par la confrontation avec Gray affecte le moindre de nos gestes, ajoutant une pointe de désespoir à nos mouvements. Elias me retire mon pantalon et ma culotte au moment où Declan me mord le téton et je laisse échapper un petit cri rauque avant de prendre la tête de Declan de mes deux mains. Au lieu de tenter de le repousser, je le plaque contre moi et je peux sentir son sourire contre ma peau avant qu'il ne se remette à s'occuper de mes tétons de plus belle. Sa langue s'enroule autour et il pince de ses doigts l'autre sein, puis tire, m'arrachant un autre petit cri étranglé.

Quand Elias se met entre mes jambes et lèche ma vulve de bas en haut, je ne peux pas me retenir de bondir. Mon dos se cambre violemment, envoyant ma poitrine encore plus contre la bouche de Declan, alors que mes terminaisons nerveuses sont saturées par l'intensité des sensations. Il commence à titiller mon clitoris avec sa langue et je me tortille de plaisir sous ses caresses, avant qu'il ne se retire quelques instants plus tard.

— Mais, que...

Je m'entends pousser un petit cri outragé et Elias glousse en s'asseyant sur ses talons.

— Ne t'inquiète pas Blue, je n'en ai pas encore fini avec toi.

Avec cette promesse, il s'allonge sur le dos. Declan relâche mon sein et Elias me prend par la main et me tire vers lui pour me redresser.

Il se lèche les lèvres, ses yeux noisette brillent d'un éclair coquin.

— Allez, viens t'asseoir ici.

Dès que je comprends ce qu'il veut que je fasse, je m'empresse d'obéir. Mon corps vibre et bourdonne d'intensité, demandant à ressentir encore plus de toutes ces incroyables sensations qu'ils me procurent. Et si Elias veut que je m'assoie sur son visage, je ne vais pas me faire prier.

Je passe un genou au-dessus de lui et il me mord l'intérieur de la cuisse alors que je m'installe, envoyant une décharge de sensations dans tout mon corps. Il enroule ses bras autour de mes jambes, pose ses doigts sur ma chatte et m'écarte tout entière, lui donnant accès au moindre recoin de mon intimité.

Un gémissement long et rauque s'échappe de mes lèvres alors que le bout de sa langue se colle contre mon clitoris, titillant le bourgeon tendu jusqu'à ce que je me tortille de plaisir contre lui. Je respire par à-coups et je me demande comment il fait pour respirer alors que je me frotte ainsi contre son visage.

— Putain de merde. Je crois que c'est le truc le plus excitant que j'aie vu de toute ma vie.

La voix de Declan est rauque de désir et quand je lève les yeux, je le vois en train de nous regarder les yeux à demi-fermés. Ses mots font remonter une décharge d'excitation le long de ma colonne vertébrale et je m'empoigne les seins et commence à me pincer les tétons en le regardant dans les yeux.

Je ne sais pas s'ils ont déjà fait ça tous les deux, s'ils se sont déjà partagé une fille, en dehors de ce qu'ils ont fait avec moi dans la chambre de Gray la dernière fois. Mais de voir que ça excite Declan à ce point, emplit mes veines de feu liquide.

— Tu peux participer, tu sais, dis-je dans un soupir, j'arrive à peine à articuler. Quand Elias raidit sa langue et commence à me baiser avec, j'ai l'impression que je vais m'évanouir de plaisir.

Declan rit et s'avance vers moi, m'attrapant le bras alors que je vacille à cause de l'intensité des sensations qui parcourent mon corps. Il est agenouillé tout près de la tête d'Elias, suffisant proche pour que je puisse baisser ma main vers lui et empaumer la bosse visible que je vois pousser contre la braguette de son pantalon.

Il jure, m'attrapant le poignet et appuyant ma main plus fort sur son érection, comme s'il voulait me faire comprendre ce que je lui faisais ressentir.

Oh, crois-moi. Je le sais très bien.

Elias grogne sous moi, faisant tourner sa langue autour de mon clitoris d'une manière qui me force à reporter toute mon attention sur lui. Je laisse échapper un petit gémissement torturé.

J'aurais menti si j'avais dit n'avoir jamais fantasmé sur ces deux hommes, que ce soit ensemble ou séparément. Mais ce qui est en train de se passer est encore bien mieux que tout ce que j'aurais pu imaginer. J'ai l'impression que je vais prendre feu, tant la tempête de sensation qui monte peu à peu en moi est intense.

— Mets-toi debout, dis-je dans un souffle en arrachant mon poignet de son emprise et en le tirant vers le haut.

Il fait ce que je lui demande et se met debout en face de moi. Il a déjà enlevé ses chaussures, mais en dehors de ça il est encore complètement habillé. Mes doigts bataillent pour lui défaire son pantalon pendant qu'il s'occupe de son haut, comme s'il savait déjà où je voulais en venir. Elias prend mon clitoris dans sa bouche et commence à le sucer fort.

— Oh putain !

J'oublie momentanément ce que je suis en train de faire, à bout de souffle, je m'accroche aux hanches de Declan et pose mon front contre sa cuisse alors que mon corps est secoué de plaisir. Je le sens enfouir ses mains dans mes cheveux et je force mes muscles à se remettre à bouger suffisamment longtemps pour terminer de lui retirer son pantalon.

Elias fait tout ce qu'il peut pour me distraire, suçant, léchant et mordillant mon clitoris, comme si c'était sa nouvelle obsession et *dieu* qu'il s'y prend bien. Si c'est de cette manière qu'ils arrivent à résoudre leur jalousie leur possessivité d'avoir à me partager dans leur lit, ça me convient très bien.

Mes cuisses commencent à trembler et je sens que mon corps se couvre d'un voile de sueur alors qu'une chaleur intense se diffuse progressivement dans mon bas-ventre. Mais je parviens tout de même à dégager le membre de Declan et le bruit qu'il fait lorsque je le prends dans ma bouche vaut tous les efforts du monde.

— J'avais tort tout à l'heure, dit-il dans un souffle, me regardant, la main fermement enfoncée dans mes cheveux. *Ça*, c'est la chose la plus sexy que j'aie jamais vue. Toi à genoux devant moi, tes lèvres magnifiques enroulées autour de mon sexe et ta chatte sur le visage d'Elias. Putain de merde, Soph. Tu vas me tuer.

Ses mots cochons envoient une nouvelle vague de chaleur en moi et je me frotte contre la bouche d'Elias, cherchant les dernières gouttes de plaisir qui me feront basculer dans l'extase.

Mes lèvres glissent sur la verge de Declan de haut en bas, au rythme de mes hanches. Sa queue me fait l'effet d'être une barre de fer enveloppée dans du velours, je peux la sentir durcir et gonfler dans ma bouche, mais je suis bien trop excitée pour l'attendre.

L'orgasme me frappe avec la violence d'un coup de tonnerre et je gémis autour de son membre. J'enroule ma main autour de lui et continue de pomper en même temps que des gouttes de salive coulent le long de son sexe. Mon corps tremble et mon estomac se contracte alors qu'Elias me lèche du plat de sa langue pour me permettre de savourer les sensations jusqu'au bout.

J'ai envie de continuer jusqu'à ce que Declan jouisse à son tour. Je meurs d'envie de le sentir perdre le contrôle tout comme je viens de le faire. Mais il me tire par les cheveux et me recule de lui, m'obligeant à lâcher son membre avec un gros bruit mouillé. Je dois avoir l'air furieuse quand je lève la tête vers lui, car il se met à rire en reprenant les mots qu'a prononcés Elias plus tôt :

— Ne t'inquiète pas Soph. On n'en a pas encore fini avec toi.

Avant que je ne puisse lui demander ce qu'il sous-entend exactement par-là, il me soulève d'Elias et me jette sur le matelas sur le dos. Je n'ai plus de forces et je reste sans bouger à regarder Elias se redresser à genoux et s'essuyer la bouche d'un revers de la main. Son menton est trempé, ses joues sont rouges et ses lèvres gonflées.

Ses yeux brillent de satisfaction alors qu'il regarde

Declan s'installer entre mes cuisses, les écartant largement de ses épaules.

Ce n'est que lorsque les mains de Declan se referment sur mes cuisses que je réalise ce qu'il se prépare à faire.

Merde. Je ne sais pas si mon corps va pouvoir supporter un autre round.

— Declan, je…

Ma protestation faiblarde se trouve soudain noyée dans le cri de plaisir qui s'échappe de ma gorge alors que Declan s'attaque à mon clitoris à grand coups de langue, léchant mon bourgeon de chair sensibilisé de haut en bas d'une manière qui fait se contracter mon corps de plaisir.

— Oh putain, c'est vraiment chaud, murmure Elias et je force mes paupières lourdes à s'ouvrir pour le regarder. Il est agenouillé sur le lit à côté de nous et je le vois retirer son t-shirt, avant de déboutonner son pantalon, de le retirer rapidement et de laisser sa verge en jaillit librement.

Il l'empoigne d'une main ferme et commence à se branler lentement en regardant Declan me lécher. J'ai l'impression que mon cœur va s'écraser contre ma cage thoracique, alors que je sens la tension augurant un nouvel orgasme commencer à monter en moi. J'ai besoin de me concentrer sur autre chose, pour ne plus penser au plaisir menaçant de m'engloutir. Je tends donc la main vers Elias, laissant échapper un petit gémissement de désir.

Peut-être sait-il ce dont j'ai besoin.

Ou peut-être se donne-t-il tout simplement ce dont il a besoin, *lui*.

Quelle qu'en soit la raison, il m'attrape la main et la porte vers son membre, enroulant mes doigts autour de sa verge. Sa main se referme sur la mienne et il recommence à se branler en utilisant mes doigts

La sensation est incroyable, il est doux et tellement dur sous mes doigts. Je peux sentir sa queue pulser et à la manière dont il me fait le caresser, je pense qu'il est aussi proche de l'orgasme que moi.

— Oh putain, Elias, Declan. Oh... *Oui* !

Ma bouche s'ouvre toute seule, des étoiles dansent devant mes yeux et mes orteils se contractent violemment, mes jambes se tendant sous les mains fermes de Declan. Je suis une nouvelle fois sur le point de jouir, je peux le sentir. Mais je n'ai pas envie, pas sans avoir l'un d'entre eux au fond de moi.

— Declan, dis-je dans un souffle. Je t'en prie, j'ai besoin de toi. S'il te plait !

Je ne m'attends pas à ce qu'il m'écoute. Sa langue est enfoncée dans ma chatte et je m'attends à ce qu'il continue à me torturer ainsi, jusqu'à ce que j'explose de plaisir. Mais à ma grande surprise, il s'arrête. Il penche un peu la tête sur le côté et son regard remonte vers moi, puis, il change ses appuis et se débarrasse de son pantalon. Elias me lâche la main et je m'agrippe aux épaules de Declan alors qu'il s'installe entre mes cuisses.

Son gland se pose contre ma chatte gonflée de désir et je gémis, impuissante. Je ne sais pas si j'ai déjà désiré quelque chose aussi fortement, autant que je le désire en moi maintenant.

— Ne t'inquiète pas ma belle, murmure-t-il d'une voix que je ne lui ai encore jamais entendue, à la fois possessive et tendre. On s'occupe de toi.

Sur ces mots, il s'avance et s'enfonce en moi d'un long mouvement. Je laisse échapper un grognement qui se transforme en soupir alors que le monde s'arrête momentanément de tourner.

Elias nous regarde toujours et je l'entends grogner à son tour. Je ne le touche plus, mais j'entends un bruit mouillé et rythmique qui me dit qu'il continue à se branler tout seul. Et qu'il trouve ce que nous sommes en train de faire tout aussi excitant que quand son ami était en train de me bouffer la chatte.

Declan capte mon regard et pendant un instant, le monde se résume au marron chaud de ses iris. Puis il baisse la tête et m'embrasse, sa langue plongeant dans ma bouche alors qu'il commence à me besogner. Ses mouvements sont amples et brusques, comme s'il était incapable de les maîtriser ou de les ralentir, même s'il l'avait voulu. Comme s'il avait attendu tellement longtemps ce moment, qu'il ne pouvait pas se retenir plus longtemps.

Je peux sentir la tension extrême dans ses muscles, le désir qui le porte. J'enroule mes jambes autour de sa taille et plante mes talons dans ses fesses, roulant mes hanches contre lui pour répondre à ses poussées jusqu'à ce qu'il atteigne enfin l'orgasme.

— Merde... oh, putain !

Il presse son front contre le mien en s'enfonçant une dernière fois en moi, puis imprime un mouvement circulaire brutal à ses hanches, m'écrasant contre lui alors qu'il déverse sa semence en moi. Le sentir ainsi pulser au fond de moi me fait basculer à mon tour dans l'extase, envoyant une nouvelle vague de plaisir dans tout mon corps. Mes cuisses se contractent, mes bras s'enroulent autour de ses épaules et je le serre fort contre moi alors que nous jouissons violemment tous les deux.

C'est tout ce dont j'avais rêvé et bien plus. Declan se donne complètement lorsqu'il est investi dans quelque chose et je peux le sentir dans la manière qu'il a de se laisser aller dans mes bras. Je le sens dans la façon dont son corps tremble de haut en bas et à la chaleur de son souffle sur ma peau. Je le sens dans la manière qu'il a de m'embrasser, alors que le plaisir reflue progressivement en lui, ses lèvres s'attardant sur les miennes, abasourdi, mais toujours empli de désir.

Pendant un long moment, la chambre est silencieuse, le calme seulement troublé par nos respirations intenses. Même le bruit qu'Elias faisait en se caressant s'est arrêté. Quand Declan m'embrasse une nouvelle fois avant de se retirer, ils s'allongent tous les deux à mes côtés sur le matelas.

Je les regarde à tour de rôle. Ils ont l'air extrêmement satisfaits tous les deux, même si la verge d'Elias est encore bandée, sa peau douce et sombre est tendue et son membre penche lourdement vers son estomac.

Mon corps aurait dû être épuisé, mais la simple vue de sa verge bandée rallume instantanément le désir au fond de moi. Je roule sur le côté et me redresse sur un coude pour venir taquiner son gland de mes doigts.

Il laisse échapper un soupir contrôlé et je ris, capturant ses lèvres dans un baiser.

— Ne t'inquiète pas, murmuré-je. On n'a pas encore fini.

Ses sourcils se lèvent d'un coup et l'expression qu'il affiche pourrait être comique si elle n'était pas immédiatement remplacée par un désir si farouche qu'il me fait bouillir le sang.

Alors que je me déplace pour le chevaucher, je sens

du sperme couler le long de ma cuisse. Je baisse les yeux, puis je les relève vers Elias et je le vois sourire.

— Blue, si tu crois que ça me fera te désirer moins, tu te gourres.

Comme s'il voulait me le prouver, il m'attrape par les hanches et m'attire vers lui, alignant sa verge à l'entrée de mon vagin. Alors qu'il glisse en moi, nous laissons échapper tous les deux un grognement de satisfaction. Même Declan fait un bruit de gorge, me rappelant encore une fois que nous avons une audience.

Elias laisse ses mains sur mes hanches, ses doigts s'enfonçant dans ma chair, mais il me laisse choisir la cadence de mes mouvements alors que je monte et que je redescends sur son sexe.

— Oh bon dieu, qu'est-ce que tu es bonne, souffle-t-il.

Je hoche la tête, incapable d'articuler la moindre réponse. Mon corps est épuisé, poussé au-delà de ses limites habituelles, mais je ne crois pas que quoi que ce soit aurait pu m'empêcher de continuer à faire l'amour avec Elias. Je continue de chevaucher son sexe, sur un rythme qui nous fait respirer de plus en plus fort tous les deux. Plus je bouge, moins j'ai conscience de ma propre fatigue. Tout ce que je sens désormais, c'est le plaisir qui monte progressivement en moi et la douleur délicieuse dans mon clitoris.

— Tu es magnifique, Blue. Sa voix est douce,

respectueuse. Jouis pour moi, jouis comme tu l'as fait pour Declan, je veux voir le plaisir sur ton visage encore une fois.

Sa voix normalement toujours taquine est cette fois bien sérieuse et je suis bien résolue à lui donner ce qu'il demande. De plus, j'en ai très envie.

M'enroulant autour de son torse, je ralentis légèrement le mouvement pour le prendre encore plus profondément en moi et me frotter contre lui. Et quand l'orgasme me frappe cette fois, c'est une longue vague de plaisir continue, si longue que j'ai l'impression qu'elle ne s'arrêtera jamais.

Elias grogne, sa verge tressautant et pulsant en moi alors qu'il jouit à son tour. Il enroule fermement ses bras autour de moi, écrasant son corps contre le mien en m'embrassant.

Je m'écroule sur lui, sans force, la tension causée par l'adrénaline et l'excitation quittant enfin mon corps et lorsque je sens sa poitrine monter et descendre sous moi et son souffle dans mes cheveux, je réalise à quel point nous sommes en train de vivre un moment d'une grande importance.

Declan et Elias n'ont pas simplement choisi de me soutenir contre Gray.

Ils ont choisi tout ça.

Ils nous ont choisis, *nous*.

Une heure plus tard, je suis toujours épuisée, tous les muscles de mon corps sont lourds et me font souffrir, mais pourtant, je ne pourrais pas me sentir mieux. Je me sens incroyablement vivante, alors que Declan me caresse la peau du bout des doigts. Pour la première fois, je remarque qu'ils sont rugueux et non pas doux, comme ceux de Gray.

Gray.

Mon cœur se serre encore un peu en pensant à lui. Je garderai peut-être ce sentiment pour le reste de ma vie. Ce que nous avons partagé n'est pas quelque chose que je pourrais oublier de sitôt. Il est possible que je n'en guérisse jamais vraiment.

Ça ne veut pas pour autant dire qu'il a eu raison de faire ce qu'il a fait. Ça ne l'excuse en rien.

Je sais que si je m'étais soumise et que j'avais quitté l'école comme il me l'avait demandé, il m'aurait suivi partout. Non pas physiquement, mais il aurait hanté mes rêves, mes pensées.

Et je ne vais pas me laisser faire. Personne n'a le droit de se servir de moi. Personne n'a le droit de me blesser. J'ai vu le monde engloutir, puis recracher en morceaux des personnes que j'aimais et je suis bien résolue à ce que ça ne m'arrive pas.

Nous restons tous les trois allongés sur le lit, dans un silence épuisé. Je m'endors un moment, puis quand je me réveille, je vois que Declan a lui aussi fermé les yeux et qu'Elias est en train de jouer à un jeu sur son téléphone. Il est incroyablement mignon, allongé comme ça sur le lit, vêtu de son seul boxer et les yeux concentrés sur l'écran. Quand il finit par perdre à je ne sais quel niveau, il se tourne vers moi, un sourire craquant sur le visage.

— Hey, Blue, tu veux écouter quelque chose ? demande-t-il en lançant l'appli Spotify sur son téléphone, avant même que je n'aie pu lui répondre.

Declan bouge à côté de moi, se réveillant en clignant des yeux, alors qu'Elias lance la chanson sur son téléphone. Quand les premières notes résonnent dans les petits haut-parleurs, je sais immédiatement que je connais ce titre, même si je ne me rappelle plus exactement où je l'ai entendu.

Mais ça, c'est avant qu'une voix de baryton que je connais si bien commence à chanter.

— Oh putain, murmuré-je.

Mes yeux se fixent sur Declan qui est bien réveillé désormais et à l'air un peu embarrassé, les joues légèrement teintées de rose.

C'est la chanson qu'il m'a chantée sur le toit de l'hôpital. Ça fait un moment déjà et cette fois-là, je n'avais eu que la version *a capella* sans les arrangements que j'entends aujourd'hui, mais je reconnais pourtant sa mélodie douce et entêtante.

— Declan, dis-je en m'asseyant sur le lit. C'est ta chanson… c'est toi. Il hoche la tête, mais ne répond rien, baissant les yeux sur ses mains et se mordant la lèvre inférieure. Je croyais que tu…

— Il n'avait aucune intention de sortir quoi que ce soit, finit Elias. Ce n'est pas lui. Et il ne voulait même pas te la faire écouter, parce qu'il est trop modeste, ce con !

Declan se met enfin à rire, me regardant entre des cils qui auraient rendues jalouses un grand nombre de filles.

— Je l'ai mise sur YouTube un peu avant Noël… J'ai repensé à ce que tu m'as dit quand on a fumé sur le toit. Il passe une main dans ses cheveux emmêlés et secoue la tête. Tu as dit que ce n'était pas bien de ne pas la partager avec le monde et j'ai pensé, allez, pourquoi pas. Je me suis dit que le pire qui pourrait m'arriver, serait que personne ne l'écoute.

— Et ? l'encourage Elias d'un ton à la fois fier et suffisant.

Declan glousse, rougissant légèrement.

— Et on peut dire que ça a plutôt bien marché. Un label m'a contacté pour que je signe avec eux. C'est une petite structure et tout ça est encore tout nouveau pour moi, mais ils me permettent de diffuser ma musique au plus grand nombre.

— Putain, Declan ! Mais c'est fantastique ! dis-je, voulant l'embrasser et le cogner en même temps pour ne pas me l'avoir dit plus tôt.

— Je n'aurais pas été capable de faire ça sans toi, répond-il avec un sourire qui me contracte les entrailles. Non, franchement, tu m'as donné la dernière poussée. *Je me fous pas mal que mes parents n'approuvent pas et qu'ils ne me soutiennent pas sur ce coup-là. Parce que de toute manière, je n'ai pas besoin de leur aide pour me réaliser.* Il fait un geste en direction du téléphone duquel la musique continue de se diffuser à volume réduit. C'est la preuve que je n'ai pas besoin de leur fric pour faire ce qui me plait.

— C'est parce que tu as du talent et qu'il n'appartient qu'à toi, lui dis-je en me redressant sur un coude et en posant une main sur son torse nu.

Il rougit plus intensément. Je le trouve soudain incroyablement sexy et j'enregistre cette image dans mon cerveau pour ne jamais l'oublier. Peut-être que cette impression ressortira dans mes peintures un jour ou l'autre, mais je sais en tout cas qu'elle restera gravée dans mon cœur à tout jamais.

— Ils veulent que je prenne la suite de l'entreprise familiale, dit-il. C'est ce qu'ils ont toujours voulu. Parfois je me dis que c'est l'unique raison pour laquelle ils ont fait un enfant. Mais je commence à voir plus loin que ça. À penser à ce que je veux vraiment, moi.

Je lève un sourcil en souriant.

— Et que veux-tu vraiment, toi ? demandé-je en terminant ma question d'une voix rauque et douce.

J'ai dit ça sur le ton de la plaisanterie, mais ce qui vient de se passer entre nous il y a seulement une heure ne semble pas l'avoir totalement satisfait, car un désir animal passe sur son visage et qu'il m'attrape fermement par les hanches. Il nous retourne tous les deux sur le lit et m'embrasse profondément.

Elias se met à rire. Ses lèvres se posent sur mon épaule alors que ses mains se remettent à glisser sur mon corps.

Declan n'a pas répondu à ma question, mais alors que les deux hommes œuvrent en tandem, me caressant et m'embrassant tour à tour, je jure pouvoir entendre sa réponse dans ma tête.

Toi.

CHAPITRE 12

Je ne sais pas si c'est à cause de la confrontation entre Gray et moi ou de ce qui s'est produit après, mais quelque chose semble avoir changé en moi. Mes émotions sont plus proches de la surface que jamais et les rêves sont revenus.

Je rêve de la nuit de la soirée.

Je peux le sentir.

Je ne devrais pourtant pas savoir que je suis en plein rêve, mais c'est pourtant le cas. C'est si réel, que j'ai presque l'impression de m'y trouver vraiment, de monter une à une les marches menant au premier, en me demandant où Gray a bien pu se rendre.

Un frisson me remonte le long de la colonne en repensant à ce qui devait se produire plus tard dans la soirée. Les promesses qu'il m'avait faites, ce que son corps m'a fait ressentir. Je suis presque tentée de lui demander s'il ne veut pas que nous nous éclipsions tout de suite, ou que nous nous trouvions une chambre libre dans cette immense maison.

Puis j'entends les mots provenant de derrière la porte close. Ils sont mordants, douloureux, comme des lames perçant l'armure autour de mon cœur.

Elle n'a rien de spécial.

Elle n'en vaut pas le coup.

De toute manière, elle ne sera plus là le semestre prochain.

Tout est sous contrôle, ok ?

Je n'ai plus d'air et je crois que dans mon rêve, je sais que je dois m'enfuir avant d'en entendre davantage et de revivre ce traumatisme encore une fois. Je sais très bien ce qu'il va dire ensuite et je voudrais tant pouvoir l'en empêcher.

Mais je ne peux pas. Toutes ces choses se sont déjà produites, c'est impossible de les changer.

Donc, je fuis. Je fais demi-tour et cours dans le couloir, m'éloignant de Gray et de l'autre voix étrange avec qui il converse. Seulement cette fois, le couloir se met à tourner et se transforme autour de moi, se métamorphosant progressivement en quelque chose d'autre. Un autre couloir, dans un autre endroit.

Je suis dans le noir. Le couloir sombre s'étend devant moi et je ne sais pas pourquoi, mais je sens que je sais où je me trouve. C'est un endroit que je connais, mais dont je ne me rappelle plus. Mon cœur bat à toute allure, pulsant si fort dans ma poitrine que c'en est douloureux, dans ce long couloir sombre et sans fin.

J'ai peur, mais je ne sais pas de quoi. Je cours, mais je ne sais pas pourquoi.

Quelqu'un me poursuit, me retient, mais je ne sais pas de qui il s'agit. Je peux sentir le souffle de ces ombres sur ma nuque, essayant de me retenir dans leurs ténèbres.

Puis le couloir s'arrête brutalement, tout en haut d'une volée d'escaliers et je sens des mains dures se poser sur mes épaules et me pousser vers l'avant.

Je tombe.

Je me réveille en sursaut, le cœur au bord des lèvres et cherchant de l'air. Mon corps fait un bond dans le lit, par reflexe, je tends les bras devant moi, cherchant désespérément à me retenir à quelque chose avant de réaliser que je ne suis pas en train de tomber. Je regarde autour de moi pendant quelques secondes, clignant des yeux, encore sous le choc, en regardant ma chambre. Puis, je me rallonge sur le matelas dans un grognement.

Arg... C'est vraiment trop tordu.

Je déteste faire des rêves de ce genre-là. Il est déjà en train de s'échapper de ma mémoire, les détails s'évaporant dans mon subconscient, mais les émotions qu'il m'a fait ressentir persistent, me retournant l'estomac jusqu'à ce que je me sente mal.

Je repousse les couvertures. Mon débardeur et mon short collent à mon corps couvert d'un voile de sueur glacée. La pièce est froide, vu que je laisse toujours la fenêtre un peu ouverte pour dormir, mais la dernière chose que je veux, c'est retourner sous les couvertures et risquer de me rendormir. Je ne *peux* pas me rendormir.

Je sais ce qu'il me reste à faire.

Me dirigeant vers la petite alcôve que j'ai aménagée en studio, j'écarte les fins rideaux de la fenêtre et laisse la lumière des réverbères parsemant le campus éclairer la pièce. Ils n'éclairent pas beaucoup, mais c'est suffisant. Je n'allume même pas la lumière de ma chambre et cherche à tâtons une toile vierge pour la poser sur mon chevalet, avant de préparer ma palette à l'aveugle.

Je ne pense pas. Je ne respire pas. Je me contente de peindre et peindre encore. Jusqu'à ce que le soleil pointe à l'horizon et que la peau de mon dos commence à se réchauffer sous ses rayons, et jusqu'à ce que le rêve encore vivace dans mon esprit une heure auparavant, ait complètement disparu, transféré sur la toile en face de moi en grandes taches de couleurs sombres et d'ombres.

Quand ma peinture est terminée, je me recule pour la regarder, essayant de comprendre ce qu'elle signifie. La peinture est encore humide sur mes doigts et étalée par endroit sur mon visage, alors que j'essaie de déchiffrer le sens caché dans ces ombres et ces formes aux angles durs.

C'est la première toile que je termine depuis un bon moment et le style est très sombre, même pour moi.

Que signifie-t-elle ?

Je touche la peinture encore humide, l'étalant de mes doigts, effaçant peu à peu l'image. *Qu'est-ce que tu essaies de me dire ?*

Je ne sais pas vraiment à qui ou à quoi je pose la question. Mais ça n'a pas d'importance, parce qu'aucune réponse ne me parvient.

Généralement, j'aime afficher ce que je produis, mais il y a quelque chose de particulier avec cette peinture. Je ne sais pas vraiment ce qui me hante ainsi, mais la regarder me donne des frissons. Je n'ai plus rêvé depuis cette fameuse nuit il y a déjà plusieurs jours, où je me suis réveillée en sursaut pour la peindre.

— Tu vas bien, Blue ? demande Elias d'une voix inquiète. Il baisse la tête en face de moi de manière à me regarder dans les yeux et je sors instantanément de ma rêverie, réalisant que Declan et Max me regardent eux aussi.

— Tu vas bien ? répète Max en faisant écho à la

question d'Elias.

— Oh. Ouais, dis-je doucement. Ça va, j'étais seulement perdue dans mes pensées, c'est tout.

— Tu fais ça souvent, relève Declan dont le regard est lui aussi teinté d'inquiétude.

— Peut-être bien, ouais. J'affiche un petit sourire. Il y a beaucoup de choses auxquelles je dois réfléchir.

Declan enroule un de ses bras autour de ma taille et m'attire près de lui pour repousser une mèche de mes cheveux derrière mon oreille.

— Ne te prends pas la tête à propos de choses qui n'en valent pas la peine, murmure-t-il d'une voix douce.

Je sais très bien ce à quoi il fait référence. Ou plutôt, à *qui* il fait référence. Il s'est avéré que Declan est incroyablement protecteur pour quelqu'un qui semble si facile à vivre. Mais peut-être aurais-je dû m'y attendre. Au tout début, c'est tout de même lui qui est venu s'assurer que j'allais bien après que Gray les a dégagés de ma chambre, Elias et lui. C'est bien pour ça qu'il était revenu, qu'il veuille bien l'admettre ou non. Il voulait savoir si j'allais bien.

— T'inquiète, lui dis-je comme une promesse, en me penchant vers lui pour embrasser ses lèvres pleines.

Je ne sais pas ce qu'il se passe avec lui, mais embrasser Declan, me donne toujours l'impression d'être en sécurité. Comme s'il avait la capacité de m'ancrer, même dans la plus violente des tempêtes.

Quand nous nous séparons, Elias m'embrasse à son tour, me pliant légèrement vers l'arrière et m'arrachant un rire. Max fait comme si elle ne trouvait pas tout cela adorable et hausse les sourcils dans ma direction, avant que nous ne nous séparions pour rejoindre nos classes respectives.

Ces derniers temps, nous nous retrouvons tous les quatre dans ce petit coin tranquille entre nos cours de la matinée. J'ai demandé à Max si elle se sentait à l'aise de fréquenter les garçons et après avoir vu à quel point ils semblaient sérieux, je crois qu'elle n'a plus de problème à passer du temps avec eux.

J'en suis contente. Je ne sais pas ce que je ferais si Max détestait Declan ou Elias et qu'il y avait encore une autre division entre mes amis. J'en ai vraiment assez d'avoir à choisir.

Declan avait raison. Je me suis vraiment laissée happer par mes pensées ces derniers temps, et elles continuent à tournoyer dans ma tête, alors que je me dirige vers le bâtiment Wyman pour y suivre mon prochain cours.

Je fais tout mon possible pour ne plus penser à Gray, mais c'est incroyablement difficile. Même sans avoir réussi à me faire quitter cette fac, il hante toujours mes pensées.

Je ne l'ai pas revu depuis son altercation avec Declan. Il n'est même pas venu suivre le cours que nous avons en commun ces derniers jours et je ne sais pas si c'est pour éviter de me voir, ou parce qu'il me hait au point de ne pas supporter ma présence.

— Merde. Je m'arrête net en atteignant la porte de ma classe au troisième étage.

J'étais tellement dans la lune, que j'ai oublié que le prof nous a dit qu'il nous ferait cours dans une autre salle aujourd'hui. C'est pas vrai.

Faisant demi-tour, je marche à grand pas dans le couloir. Je serai en retard, mais j'espère ne pas être la seule à avoir oublié.

J'ai pris l'ascenseur pour atteindre le troisième, mais cette fois, je me dis que les escaliers seront plus rapides pour redescendre. La cage d'escalier est silencieuse alors que j'entreprends de redescendre. En arrivant au palier du premier étage, j'entends des voix et je m'arrête si brutalement que je dois m'accrocher à la rampe pour ne pas basculer.

C'est comme un électrochoc et mon cœur se met à battre à toute allure. Ce n'est pas d'entendre des voix qui me fait un tel effet, mais le fait de les reconnaître. Je sais exactement qui se trouve derrière.

Je serre les dents, la colère se plantant dans ma poitrine comme un couteau pointu.

— Écoute, je fais ce que je peux, ok ? dit Gray. Il parle en essayant de ne pas élever la voix, mais je le reconnais pourtant sans aucun doute et ça me blesse bien plus que je ne voudrais l'admettre. Je fais tout ce que je peux, mais…

— Tu sers vraiment à rien, Eastwood. Tu ne respectes pas ta part du marché comme tu me l'as promis, putain, lance la seconde voix. Et si entendre Gray a ravivé la colère en moi, entendre celui à qui il s'adresse, me fait littéralement bondir.

Cliff.

L'enfoiré de Cliff. Évidemment que ces deux-là discutent, ce qui veut dire…

— Donne-moi encore un peu de temps, reprend Gray, avant que je ne puisse finir ma pensée. Je te promets que je me débarrasserai de Sophie.

Cliff est celui à qui parlait Gray le soir de la fête.

Mon cœur se serre. Je ne sais même plus si je dois me sentir en colère, ou complètement trahie… ou peut-être ne plus rien ressentir du tout, étant donné que je croyais m'être convaincue moi-même que Gray ne valait pas la peine que je ressente *quoi que ce soit* pour lui.

Mais ça, c'est comme une balle en argent, une torche allumée à l'intérieur de mon corps, brûlant comme un brasier et que je ne vais pas réussir à éteindre en essayant de me désensibiliser comme à mon habitude. Je serre instinctivement les poings, n'ayant qu'une envie, défoncer un mur ou encore mieux, la jolie petite gueule de Gray.

Mais c'est alors que Cliff, marmonne quelque

chose, comme quoi il ne veut pas lui donner plus de temps et j'entends des pas lourds commencer à remonter les escaliers vers là où je me trouve, écoutant une conversation que je ne devrais pas entendre.

Merde !

Je fais demi-tour, faisant de mon mieux pour rester silencieuse alors que je me dirige le plus rapidement possible vers la porte du pallier du premier étage.

Je pousse la porte et me mets à courir dans le couloir, me moquant bien désormais d'être en retard en cours. Je me cache dans un coin et attends quelques secondes, m'attendant à ce que Cliff sorte par cette porte d'un instant à l'autre. Mais il a dû monter un étage plus haut, car personne ne sort.

Bien. Je n'avais aucune envie de voir sa tête de con aujourd'hui de toute manière.

Mais Gray ? C'est une tout autre histoire.

Avant de décider si c'est une bonne ou une mauvaise idée, je rentre à nouveau dans la cage d'escalier et descends les marches à toute vitesse, tellement vite que c'est un vrai miracle que je ne tombe pas une nouvelle fois dans les escaliers. Tout ce à quoi je pense, c'est atteindre le rez-de-chaussée avant que Gray n'ait le temps de sortir.

Je le rattrape à temps et il ne semble pas s'attendre le moins du monde à la tempête qui s'apprête à s'abattre sur lui.

Je le prends totalement par surprise, un bras posé sur le mur et la tête baissée.

— Mais pour qui tu te prends, bordel ? Je hurle. La colère et la frustration des semaines passées refaisant enfin surface.

Gray sursaute, pris par surprise. Pendant quelques instants il n'a pas le temps de cacher les émotions qui passent sur son visage. Culpabilité, honte, douleur et... quelque chose d'autre encore. Quelque chose qui me noue l'estomac et me donne l'impression d'être sur des montagnes russes.

Mais ensuite, comme à chaque fois depuis Noël, son visage redevient dur et impassible. La poésie des émotions inscrites sur son visage quelques secondes auparavant, disparaît comme si elles n'avaient jamais existé.

Et je le déteste encore plus pour ça.

— Toi, craché-je en le poussant au niveau du torse. Tu n'es qu'un putain de connard hypocrite. Tu n'es qu'une crevure pour ne pas t'être opposé à Cliff le semestre dernier et pour t'associer avec lui aujourd'hui. Son dos se retrouve collé au mur, sous la force de ma poussée. Je sais très bien qu'il est plus fort que moi physiquement et que la seule raison pour laquelle je parviens à le repousser ainsi, est qu'il me *laisse* faire, mais je m'en fous pas mal sur le moment. Tu t'es bien foutu de ma gueule, hein ? Tu as fait en sorte que je m'attache à toi, pour après me jeter comme ça. Me détruire.

Les mots qui sortent de moi sont sans filtres, s'arrachant douloureusement de ma gorge comme du fil de fer barbelé. Je ne garde rien enfoui en moi, je ne lui cache rien, parce que, même si je sais que je le regretterai sûrement plus tard, je veux lui faire comprendre ce que je ressens.

— Je. Te. *Hais*. J'énonce chaque mot séparément, tremblante de rage.

Soudain, à la vitesse de l'éclair, Gray bouge.

Il ne me repousse pas comme je m'attendais à ce qu'il le fasse. Au lieu de ça, il m'attrape les poignets fermement et nous retourne tous les deux, si vite, que je n'ai pas le temps de réagir avant que mon dos ne se retrouve collé au mur de béton, son grand corps se pressant contre le mien, m'emprisonnant entre ses bras. Je peux sentir le moindre centimètre de ce corps que je connais si bien.

Mon cœur bat la chamade dans ma poitrine, mon instinct de survie tournant soudain à plein régime. Je suis sur le point de le repousser brutalement, de lui donner un coup de poing ou de coude, quand il lance soudain :

— Putain de merde, Moineau ! J'essaie seulement de te protéger !

CHAPITRE 13

Je cligne des yeux, mon corps s'affalant soudain contre lui.

Je le regarde intensément, d'un œil à l'autre, cherchant dans les profondeurs de ses iris vertes, quelque chose, un fragment de vérité, *n'importe quoi* qui me prouverait qu'il n'est pas encore une fois en train de jouer avec moi. Mais tout ce que j'y vois, c'est le désespoir sans fond et quelque chose de sauvage aussi, qui déclenche un torrent d'adrénaline dans mon corps.

Non. Je ne vais pas le croire. Je ne vais pas lui ouvrir mon cœur une nouvelle fois. Je n'en ai pas la force.

Je ne peux pas le laisser me détruire à nouveau.

Je me débats dans son emprise.

— Va te faire foutre, lancé-je les dents serrées. Je ne vais pas te laisser te foutre de moi une nouvelle fois, tu…

Il me pousse contre le mur encore plus fort, luttant pour ne pas que je lui échappe.

— J'essayais seulement de te protéger, répète-t-il d'une voix rauque. Tu ne comprends pas. J'ai dû faire un choix. Et j'ai choisi, même si c'était à contre-cœur. Même si je détestais ce que je devais faire, je n'avais pas d'autre choix que d'accepter, pour garantir ta sécurité.

— Explique-moi alors, Gray, merde, craché-je. Parce que je ne vois pas en quoi tu me protèges là. *Moi j'ai plutôt l'impression que t'es qu'un sale connard qui veut tout contrôler et qui se tape des filles boursières juste pour les larguer quand elles menacent de compromettre ton statut social.*

Il a la décence de paraître mal à l'aise, mais sa voix reste distante, froide, presque comme s'il ne voulait pas sentir le poids de ses mots en les prononçant.

— Tu ne sais pas à quel point Cliff et sa famille ont de l'influence dans notre milieu. Tu n'es pas ici depuis suffisamment longtemps pour savoir que sa famille a le pouvoir de détruire pratiquement n'importe qui, d'un claquement de doigts. Et il a menacé d'utiliser ce pouvoir contre *toi*.

Mon cœur cogne si fort dans ma poitrine, que je suis certaine que Gray le sent à travers son torse, parce que moi je sens le sien, battant à l'unisson du mien.

Non. Ne le laisse pas revenir dans ton cœur.

— Cliff peut te détruire d'une manière dont tu n'as même pas idée, Moineau.

Il y a de la tristesse dans sa voix et je le repousse violemment de nouveau. J'ai besoin d'être loin de lui, de son corps, de son odeur, de tout ce qu'il me dit.

Il ne me laisse pas partir.

— Ma famille est puissante elle aussi. Nous avons de l'argent et un bon réseau, continue-t-il, son genou s'introduisant entre mes cuisses, alors qu'il me plaque contre le mur. Nous sommes à bout de souffle tous les deux, comme deux animaux ayant un instant interrompu leur combat, mais se tournant encore autour, tous les sens en alerte. Mais les parents de Cliff ont plus d'influence encore que les miens. Ils peuvent corrompre à peu près n'importe qui d'influent dans cette ville. Je peux essayer de te protéger moi-même, mais je n'ai aucun moyen de savoir si Cliff ne réussira pas à contourner mes défenses et à trouver le moyen de te faire du mal.

Son visage est à quelques centimètres du mien, ses yeux me supplient d'écouter ce qu'il a à me dire.

De le croire.

— C'est pour ça que j'ai passé un marché avec lui, continue-t-il, d'une voix adoucie. Il ne s'appuie plus contre moi aussi fort que tout à l'heure, mais ses yeux me maintiennent comme punaisée au mur. Cliff m'a dit que si je pouvais te faire quitter la fac en moins de deux semaines, il renoncerait à se venger et te laisserait tranquille.

Mon cœur semble en guerre contre lui-même à cet instant. Ce qu'il est en train de me dire n'a aucun sens, mais la manière qu'il a de me regarder : merde, il a l'air si sincère. Si déchiré, comme en lambeaux. Détruit.

— Il s'en serait pris à toi, Moineau, murmure-t-il. Je détourne le visage lorsqu'il essaie de me caresser la joue et ses doigts atteignent ma mâchoire, ses yeux fixant le mouvement avec cette intensité que je connais si bien. Il n'allait pas se contenter de te maltraiter. Il aurait détruit ta vie, il t'aurait fait jeter en prison, ou pire encore.

— Mais de quoi tu parles, bordel ? J'ai la voix qui tremble, la fureur, mais aussi quelque chose d'autre emplissant chacune de mes syllabes. Tu n'arrêtes pas de dire qu'il aurait pu me détruire. Me faire jeter en prison. Mais de quoi tu parles exactement ?

— Brody McAlister, ça te dit quelque chose ?

Je sursaute en entendant le nom de mon ancien père de famille d'accueil. Mon regard se redirige vers celui de Gray et je plisse les yeux. Si tu me poses cette question, c'est que tu sais déjà que je le connais.

— Ouais. Il soupire et je remarque pour la première fois à quel point il est pâle et comme ses yeux sont cernés de noir. A-t-il eu cette tête pendant tout le semestre ? Ai-je été si furieuse contre lui que je ne l'ai même pas remarqué ? Sa femme s'appelait Melissa, mais je suis sûr que tu le sais déjà.

— Oui. Je m'immobilise et fronce les sourcils. Gray m'écrase toujours contre le mur, mais je ne le lutte plus contre lui. Attends, tu as dit *s'appelait* ?

— Elle est morte. Il y a quelques mois.

Je cligne des yeux, sonnée d'apprendre que ma mère de famille d'accueil est décédée. Je n'ai jamais été proche d'elle, donc ça ne m'étonne pas outre mesure de ne pas avoir été prévenue. Je la préférais largement à Brody, mais je détestais le fait qu'elle se soit mariée à ce parasite et qu'elle fasse semblant de ne pas voir la manière qu'il avait de me traiter.

— Et alors ? demandé-je. Je suis certaine que je dois paraître insensible, mais je ne vois pas du tout le rapport entre Cliff et la mort de Melissa.

Gray hésite un instant et j'ai soudain le terrible pressentiment qu'il ne va plus vouloir décrocher un mot. Que même après tout ça, il refusera encore de me dire la vérité.

Puis il laisse échapper un long soupir, fermant les yeux avant de les rouvrir et de me regarder en face.

— Sa mort a été classée comme accidentelle, mais il y a tout de même eu quelques doutes. Cliff menace de te faire passer pour sa meurtrière.

— *Quoi* ?

J'ouvre la bouche de choc, mon corps sursautant violemment.

— Je croyais qu'il bluffait la première fois qu'il a proféré cette menace, mais il est sérieux, Moineau, continua Gray dans une grimace. Brody semblait franchement obsédé par toi et Melissa était au courant. Ils se sont souvent disputés à ce sujet et il y a des traces écrites sous forme de textos et de mails.

— Et il croit qu'il peut s'en servir pour prouver que je l'ai tuée ? Je secoue la tête. Ça n'a aucun sens.

— Je ne sais pas s'il pourra, mais il a contacté Brody et a passé un marché avec lui pour qu'il témoigne et dise que tu étais amoureuse de lui. Qu'il t'avait dit que rien ne pourrait se passer entre vous et donc que tu t'en étais prise à sa femme.

Ma bouche s'ouvre et se referme toute seule, mais cette fois, aucun son n'en sort. Quand j'arrive enfin à prononcer un mot, c'est d'une voix éraillée.

— Pourquoi Brody... dirait-il un truc pareil ?

— Pour l'argent, répond simplement Gray. Il sait très bien que c'est un mensonge, tout comme Cliff, mais ce dernier lui a offert quelque chose qu'il ne pouvait pas refuser. S'il dit que vous n'avez jamais eu de relations sexuelles, il ne peut pas être condamné pour quoi que ce soit, mais il peut tout de même brosser un portrait de toi qui convaincra un jury que tu avais un mobile sérieux.

Brody est... il serre les dents. Brody est en possession de photos de toi qu'il prétend que *tu* lui as envoyé.

Je n'ai pas à me poser longtemps la question pour savoir de quel genre de photos il s'agit. Ça me retourne l'estomac.

— Je ne lui ai jamais rien envoyé.

— Je sais bien. La frustration s'entend dans la voix de Gray. Je sais très bien que tout ça a été fabriqué de toutes pièces. C'est un coup monté. Mais Cliff est intelligent et beaucoup de monde dans cette ville doit d'immenses faveurs à sa famille. Je pense sincèrement qu'il a les moyens de mettre ses menaces à exécution. Je ne pouvais pas le laisser te faire ça.

— Ah ouais ? Je serre les dents à mon tour. Tout ce que je viens d'apprendre me donne la nausée et je suis déchirée entre le choc et la colère noire. Si tout ce que tu viens de me dire est vrai, pourquoi tu ne me l'as pas dit plus tôt ?

Ses yeux accrochent les miens à nouveau et ses mains quittent mon visage.

— Pourquoi je ne te l'ai pas dit ? répète-t-il, avant de faire un petit bruit ressemblant vaguement à un rire. Parce que tu es une vraie combattante, Moineau. Je ne t'ai jamais vue fuir un combat, jamais. Je savais que tu ne laisserais pas couler si je te prévenais que je passais un marché avec Cliff pour te sauver la mise et l'empêcher de te nuire. Je ne pouvais pas te laisser rester.

— Pourquoi tu n'en as pas parlé à Declan ou Elias, alors ? demandé-je, ignorant l'accent désespéré que prend soudain ma voix.

Il serre les lèvres et je vois une grande douleur se peindre dans ses yeux verts.

— C'est peut-être ce que j'aurais dû faire. Si je l'avais fait, ils ne me détesteraient pas autant que toi aujourd'hui. Mais je ne voulais pas les forcer à te mentir eux aussi. Je ne voulais pas que tu nous haïsses tous.

Je suis au bord des larmes et mes yeux me brûlent. Je cligne brutalement pour les chasser.

— Tu nous a tous repoussés et dans notre dos, tu es allé passer un pacte avec le diable.

Gray hoche la tête. Emprisonnée entre ses bras, il me maintient plaquée contre le mur et je peux sentir la tension dans chacun de ses muscles et la manière dont il semble vibrer à l'unisson avec eux.

— Oui. Je savais que tu ne me le pardonnerais jamais. Je n'arrive pratiquement pas à me le pardonner moi-même. Mais parfois, il faut faire un pacte avec le diable pour protéger un ange.

Je devrais rire en entendant Gray me traiter d'ange. Je devrais vraiment en rire, car tout ceci ne peut-être qu'une putain de plaisanterie, non ? Mais pourtant, aucun rire ne sort de ma gorge. Je n'arrive plus à produire le moindre son.

— J'ai fait ce que j'ai fait en dernier recours, pour te protéger, dit-il doucement. C'est la vérité, que tu choisisses de me croire ou non. Je ne voulais pas que tu partes, mais pourtant, il le fallait. Pour ta protection.

L'émotion intense que je sens poindre dans l'intonation de sa voix, me fait l'effet d'un couteau découpant une à une les couches de protection que j'ai enroulées autour de mon cœur.

Gray est tout aussi brisé que moi. J'ai toujours vu ça en lui et je crois que c'est ce qui nous a réunis tous les deux au début, cette nuit-là, au Silent Hour, quand nous avons décidé de noyer nos douleurs respectives dans le plaisir. Et donc, peu importe ce qu'il a pu me faire, ça me blesse toujours de voir ainsi la douleur si apparente dans ses yeux. Une part de moi n'a qu'une envie, apaiser cette souffrance. Mais je ne lui dois rien.

— Fais-le alors. Protège-moi. Je dis les mots doucement, les forçant à travers mes lèvres engourdies. Laisse-moi partir, maintenant.

L'expression de Gray se modifie. L'intensité dans ses yeux gris s'atténue un peu et il a l'air sonné. Presque dévasté.

Mais c'était pourtant ça qu'il voulait, non ?

Pendant un instant, il reste immobile, son corps

emprisonnant le mien contre le mur et sa mâchoire contractée.

Puis il se recule de deux pas et me laisse la place de quitter ses bras. De m'enfuir.

Nous ne sommes éloignés que d'un mètre l'un de l'autre, mais j'ai l'impression qu'un océan nous sépare. J'ai l'impression qu'il y a un immense continent entre nous et que je ne serai jamais capable de le traverser. Une partie de mon cœur dont je préférerais oublier l'existence se brise à cette pensée. Parce que même si ce qu'il a dit à propos de Brody et de Mélissa est vrai, il veut toujours que je m'en aille. Exactement comme le jour de Noël.

Il veut que je quitte sa vie.

Parce qu'il se soucie de moi ?

Ce comportement ne correspond à aucune des définitions de l'amour que je connaisse.

J'essaie de masquer ma déception et la douleur qui me transperce la poitrine. Mais je ne dois pas y parvenir car d'après ce que je lis sur son visage, il a capté mes émotions.

Il serre les dents. Il est toujours immobile et ne fait aucun mouvement pour m'empêcher de m'éloigner.

C'est la chose la plus difficile que j'aie jamais eue à faire de ma vie. J'ai envie de rester, j'ai envie de le croire. J'ai envie de revivre ce moment si parfait dans sa cuisine, avant que le monde ne s'effondre autour de moi.

Gray a raison. Je suis une battante. Ce n'est pas dans ma nature de fuir un combat, quel qu'il soit.

Mais si lui n'est pas prêt à se battre pour nous, pourquoi le devrais-je ?

Arrachant mon regard de son expression torturée, je me dirige vers la porte de la cage d'escalier.

Un pas.

Deux pas.

Trois…

— Merde.

Une main se referme sur mon poignet et avant que mon pied ne touche le sol, Gray me tire brutalement vers lui.

Il m'attrape les épaules et nous fait pivoter, me plaquant une nouvelle fois contre le mur. Sans me laisser le temps d'en placer une, ses lèvres s'écrasent sur les miennes, aspirant tout l'air de mes poumons.

Il m'embrasse comme un affamé.

Comme s'il avait été sur le point de mourir.

Comme s'il ne voulait plus jamais me laisser partir, même si c'était moi qui le lui demandais. Même si je me débattais. Même si ce serait pourtant la meilleure chose à faire.

Il m'embrasse comme un pécheur cherchant la

rédemption, incapable de devenir un saint, malgré tous ses efforts.

Je ne sais pas ce qui se passerait si j'essayais de l'arrêter, mais ça n'a pas d'importance. L'alchimie explosive qui existe entre nous, toujours si proche de la surface, explose à nouveau. Mes bras s'enroulent autour de lui, mes ongles s'enfoncent dans son dos, alors que je l'embrasse avec la même férocité avec laquelle j'avais envie de le frapper tout à l'heure.

La connexion entre nos deux bouches est faite de fureur et de douleur, de regrets et de folie. C'est stupide. Absolument et complètement stupide. Peut-être aurais-je dû fuir alors que j'en avais encore l'occasion, mais désormais, alors que nos deux corps se percutent comme deux étoiles attirées l'une par l'autre par leurs gravités respectives, tout ce que je veux, c'est noyer ma douleur dans le plaisir.

Sa bouche est comme affamée, prenant plus que je n'arrive à lui donner et je lui mords la lèvre inférieure, prenant moi aussi tout ce que je peux de lui.

Ses mains sont fébriles sur mon corps, caressant, pinçant, attrapant toute la chair à sa portée. Il bataille avec la fermeture de mon pantalon, déboutonne le bouton du haut et descend la fermeture éclair, avant de poser son autre main sur mon ventre et de la remonter vers ma poitrine.

Aucun de ses mouvements n'est doux ou maîtrisé.

Tout est désespéré, saccadé, hors de contrôle.

Il me pince le téton si fort que je pousse un cri contre sa bouche et il aspire encore un peu plus l'air de mes poumons en m'embrassant avec une ferveur renouvelée. Ses mains retournent sur mon pantalon, le baissant brutalement sur mes hanches. Ma culotte en même temps.

Mes vêtements sont en boule au niveau de mes cuisses et l'air froid atteint ma chatte qui est déjà trempée de désir à la suite de ses baisers enfiévrés. La porte menant au couloir n'est qu'à quelques mètres et je sais avec certitude qu'elle n'est pas fermée à clé. Quelqu'un pourrait entrer à tout moment et la part de moi qui ne fait toujours pas confiance à Gray se demande si ça ne fait pas partie de son plan. Si une demi-douzaine d'étudiants ne vont pas débouler en pointant leurs téléphones sur moi pour prendre des photos compromettantes de la pauvre étudiante boursière à problèmes le cul à l'air et sur le point de se faire baiser dans une cage d'escalier.

Mais personne n'entre par cette porte et quand Gray enfonce deux doigts en moi, j'oublie tout et me moque bien de ce qu'il peut arriver.

Il grogne et je gémis.

— Tu es mouillée, Moineau. Même après tout ce que je t'ai fait, c'est encore pour moi, ça ?

Il sait très bien que c'est le cas, je ne prends donc

pas la peine de répondre à sa question. Une part de moi déteste que je puisse être furieuse contre lui et en même temps le désirer à ce point.

L'autre part de moi ?

Elle a juste envie de lui.

Non. Elle en a *besoin*. Elle a besoin de ça.

Il fait bouger ses doigts d'avant en arrière en moi, appuyant sur mon point-g jusqu'à ce que je halète. Puis il les retire et me fait pivoter en m'attrapant par les hanches, si vite que tout devient flou autour de moi.

Le bruit sec d'une fermeture éclair derrière moi met tous mes sens en alerte. Il se saisit une nouvelle fois de mes hanches les tirant vers lui, pendant que mes mains s'appuient sur le mur dur et froid.

Il respire vite et fort. Une main quitte mes hanches, guidant sa verge vers ma chatte. Il s'enfonce lentement, centimètre par centimètre et la sensation est extraordinaire.

— Je n'aurais jamais dû te laisser partir, murmure-t-il si bas que je pense qu'il se parle plus à lui-même qu'à moi. Ses hanches s'avancent un peu plus, m'étirant avec une lenteur délicieuse.

— Tu sais pourquoi je t'ai suivie après que tu as quitté le bar, cette nuit-là ? Pourquoi je t'ai emmenée dans cette ruelle pour te baiser à nouveau ?

— Pourquoi ? demandé-je en serrant mon vagin de

toutes mes forces autour de lui, le punissant de me faire attendre ainsi.

Il glousse, se retirant un peu et je lance un juron de frustration.

— Parce que je savais déjà à l'époque, que je ne pourrais plus vivre sans toi. Il s'enfonce plus profond. Tu m'as insufflé la vie, Moineau. Tu m'as sorti de l'enfer dans lequel je me trouvais et je savais pertinemment que je n'aurais pas pu survivre bien longtemps après ça sans toi. J'essayais seulement de te goûter à nouveau, d'en reprendre une autre dose, avant de te laisser repartir.

Ayant terminé de parler, il s'enfonce en moi jusqu'à la garde.

Je me sens si... complète.

Ce n'est pas seulement sa queue qui m'étire de l'intérieur, pas seulement le fait de sentir son membre en moi après avoir passé si longtemps à en être privée.

Ce sentiment de complétude est général. Comme s'il avait pris possession de mon corps tout entier, que ses cellules fusionnaient avec les miennes et envahissaient la moindre parcelle de mon corps. Comme si ce dernier mouvement de sa queue, avait cimenté une sorte de connexion entre nous qui ne pourrait plus jamais être brisée.

Je laisse échapper un petit bruit. Je ne sais pas si

c'est un soupir de reddition, de résistance, de joie ou de regret. Peut-être un mélange de tout ça.

Gray fait un bruit lui aussi, frottant ses hanches contre mes fesses, comme s'il avait besoin de sentir la friction, mais qu'il n'arrivait pas à se résoudre à bouger pour le moment. Ses lèvres se posent sur ma nuque, embrassant mes cheveux et l'arrière de mon oreille alors que ses mains recommencent à me caresser.

L'une d'entre elles empaume mon sein et le serre de manière possessive, pendant que l'autre plonge entre mes jambes, ses doigts s'humidifiant de mes fluides avant de se poser sur mon clitoris et de commencer à le caresser en cercles.

— Je ne te mérite pas, murmure-t-il sa voix réduite à un murmure rauque. J'en ai conscience, Moineau. Mais je ne vais plus faire semblant de ne pas avoir besoin de toi.

Comme si ces mots avaient brisé un barrage en lui, il commence enfin à me baiser, libérant toute la tension que j'avais sentie en lui dès qu'il s'était inséré en moi.

Tout comme la manière qu'il a de me toucher et de me caresser, il n'y a rien de doux ou de contrôlé dans sa manière de me faire l'amour. C'est animal, sauvage, si violent que je suis certaine que le bruit de nos deux corps frappant l'un contre l'autre doit résonner jusqu'en haut de la cage d'escalier, plusieurs étages au-dessus de nous.

Nous risquons toujours de nous faire surprendre. Même si Gray ne l'avais pas mis en scène pour m'humilier, il y a toujours un risque non négligeable que quelqu'un décide de rentrer par cette porte ou descende d'un étage supérieur.

Mais mon esprit n'arrive pas à se concentrer sur cette éventualité. Je n'arrive pas à m'en soucier pour l'instant.

Mes ongles sont plantés dans le mur, mon dos se cambre pour répondre aux assauts déchaînés de Gray.

J'ai presque l'impression que nous essayons de nous briser mutuellement.

Mais qu'importe. Je suis déjà brisée de toute manière.

Il pince mon clitoris entre ses doigts envoyant une décharge de plaisir mêlée de douleur dans tous mon corps. Je jouis en poussant un grand cri, le son se réverbérant sur les murs et faisant écho au grognement que lâche Gray en jouissant à son tour. Il continue de me besogner jusqu'à ce que sa verge se ramollisse, comme s'il redoutait le moment de la séparation.

Mais ce moment finira par arriver, qu'il le veuille ou non.

Mon cœur bat toujours fort dans ma poitrine quand il se retire de moi, s'agrippant à mes hanches pour me retourner une nouvelle fois. Je m'attends à ce qu'il me remonte mon pantalon et qu'il se rhabille lui aussi pour éviter de nous faire surprendre par quiconque.

Mais il ignore complètement le fait d'avoir toujours la bite à l'air, luisante de nos fluides combinés. Il semble se moquer du fait que quiconque entrerait dans la cage d'escalier tomberait directement sur son joli cul nu. Il ne considère rien de tout ça, alors que son regard accroche le mien, ses doigts caressant ma mâchoire et m'inclinant la tête vers le haut. Nos visages sont si proches que nos nez se touchent presque et que je peux sentir nos respirations réchauffer l'air entre nous deux.

La main posée sur ma mâchoire se raidit un peu. Je le vois déglutir, sa pomme d'Adam tressautant et quand il parle enfin, ses mots ne sont pas parfaits. Ils ne réparent pas magiquement tout ce qu'il a pu faire. Mais ils sont pourtant la seule chose que j'ai besoin d'entendre à ce moment précis.

— Je suis désolé, Moineau. Je suis tellement désolé.

CHAPITRE 14

Le seul bruit dans la cage d'escalier est celui de ma respiration qui se mêle à celle de Gray. Son corps est toujours affalé contre le mien, sa tête est nichée dans mon cou. Son odeur épicée se diffuse aux côtés de la mienne, mélangée aux effluves de transpiration et de fluides sexuels.

Mon cœur ralentit progressivement pour atteindre un battement satisfait et Gray dépose des baisers le long de mon cou, ses mains tâtant toujours mon corps, me touchant partout, comme s'il avait peur que je le quitte trop vite.

J'ai les idées claires.

Tout est très clair désormais.

Comme si un voile avait été levé de devant mes yeux, comme si soudain, je pouvais *comprendre* les choses à nouveau. Je sais pourquoi il a fait ce qu'il a fait.

Je n'aime pas ça, mais je comprends maintenant qu'il n'avait pas d'autre choix. J'aurais tout de même préféré qu'il trouve un moyen de me dire la vérité.

Je ne parviens pas à maîtriser ma colère. Pas alors que son corps est toujours collé contre le mien, son souffle titillant la peau de mon cou, ses lèvres sur ma peau. Les moments qui suivent l'amour avec Gray, sont tout aussi intenses que l'acte lui-même, mais différemment.

Une intensité silencieuse.

Une intensité *douce*.

Toutes ces choses que je m'étais autorisées à ressentir avant qu'il ne me trahisse, tous ces sentiments que je comprenais à peine alors, commencent à revenir envahir lentement mon âme. J'essaie de les repousser, mais c'est difficile quand je peux toujours le sentir si profond en moi.

Il me détruit.

Il détruit mon cœur.

Ou peut-être était-il déjà en miettes.

— Je n'ai jamais voulu te faire de mal, Sophie, dit-il doucement, brisant enfin le silence. Son nez se frotte contre le mien, puis il y dépose un baiser très léger. Mais je voulais que tu croies que j'étais un connard, dans le but de te protéger.

Mon cœur semble tomber dans mon estomac quand il m'embrasse à nouveau. Il m'embrasse lentement, profondément, comme s'il cherchait quelque chose. Ça vole l'air de mes poumons et me fait tourner la tête. Ça me rappelle les moments qui ont suivi notre baise intense dans les chiottes du Silent Hour, sauf que cette fois, nous savons tous les deux qu'il n'y aura pas de marche arrière possible.

Ni pour l'un, ni pour l'autre.

C'est comme si nous avions connecté nos âmes quand il s'est introduit en moi aujourd'hui.

— Oui, murmuré-je, Je t'ai vraiment haï, Gray.

Il lève une main pour la poser sur ma joue, passant son pouce sur ma pommette.

— Je sais. Et ça m'a tué. Mais j'étais déterminé à te laisser me détester pour le reste de ta vie, si ça pouvait signifier que tu étais libre et en sécurité. J'étais prêt à payer pour n'importe quelle école dans laquelle tu aurais pu vouloir aller. J'étais prêt à tout faire pour t'éloigner de lui. Un muscle tressaute dans sa mâchoire et il déglutit. J'aurais laissé mon cœur se briser pour m'assurer que tu étais saine et sauve.

Merde.

Je prends une inspiration mal assurée, une main posée sur son torse et l'autre enroulée autour de sa nuque. Je peux sentir son cœur battre sous ma main et pendant une seconde, je me concentre uniquement sur ça – comme si ce son pouvait me dire des choses que ses mots étaient incapables de formuler.

Vu que je reste silencieuse, il reprend la parole d'une voix basse et rauque.

— Tu me crois ? Ses doigts glissent sur la peau exposée de ma gorge, sentant les palpitations de mes veines. Je t'en prie, Moineau. S'il te plait.

Je me racle la gorge et détourne le regard, fixant les murs nus de la cage d'escalier.

Je sais très bien ce que ça fait d'être à sa place. J'ai grandi en famille d'accueil ce qui sous-entend que j'ai souvent dû choisir entre deux options plus pourries l'une que l'autre, ce qui est exactement ce que Gray a dû faire. Il a dû faire face à deux choix terribles et il a choisi celui qui causerait le moins de dommages.

Il m'attrape le menton, tournant mon regard vers le sien pour pouvoir lire dans mes yeux.

— Je t'en prie...

Il murmure les mots à nouveau et c'est le désespoir que j'entends dans sa voix, qui achève de briser les murs de glace autour de mon cœur. Peut-être qu'il ne mérite pas une autre chance, mais tant pis. Je lui ai déjà dit que les gens n'avaient pas forcément ce qu'ils méritaient dans la vie, et finalement, ce n'est peut-être pas plus mal parfois.

— Je te crois, Gray, dis-je enfin.

Quelque chose s'allume dans ses yeux, plus chaud et plus intense qu'un simple soulagement. Il écrase ses lèvres sur les miennes dans un baiser brutal, mais avant que je ne puisse me perdre dans cette sensation à nouveau, je le repousse fermement au niveau du torse, brisant la connexion entre nous.

— *Mais*, j'ajoute, si tu es vraiment de mon côté, tu vas devoir me le prouver.

Je lui dis la même chose que ce que j'ai dit à Declan et Elias. Et je le pense tout autant.

Il semble satisfait de cette réponse. Il hoche la tête et me sourit, avant de reposer ses lèvres sur les miennes. Ce baiser commence simplement, mais se transforme rapidement en quelque chose de bien plus intense.

Il m'embrasse comme un possédé, me consume, me dévore.

Il m'embrasse comme pour me faire comprendre que je lui appartiens, comme une promesse de me protéger et mon corps tout entier s'enflamme alors que je lui attrape l'arrière du crâne pour le presser encore plus fort contre moi.

Quand nous nous reculons, j'ai encore la tête qui tourne, mais mon corps est comme ancré. Mon âme est pour une fois arrimée à quelque chose. Je suis sur un terrain solide pour la première fois depuis des semaines.

Nous parvenons on se sait comment à nous détacher l'un de l'autre et à nous rhabiller. Je jette un œil à mon portable et réalise que le cours pour lequel je m'inquiétais d'être en retard est presque terminé. *Oups*. Même si ce serait utile de me glisser dans la salle pour écouter les derniers mots du professeur, pas moyen que je me rende en classe après ce qu'il vient de se passer.

Gray semble penser la même chose, parce qu'il entrelace ses doigts dans les miens et me guide à travers les pelouses du campus jusqu'à son dortoir.

En chemin, j'envoie un message à Declan et à Elias en leur demandant de m'y rejoindre. Ils me répondent immédiatement, pensant que quelque chose ne va pas. Mais je les rassure en leur envoyant un autre texto.

MOI : *Tout va bien. Venez simplement le plus vite possible.*

Vu que nous venons de mettre les choses à plat Gray et moi, la prochaine étape consiste à en informer les deux autres. Je ne vais pas les laisser sans savoir.

Quelques minutes seulement après que nous avons atteint la résidence Gray et moi, Declan et Elias arrivent. Dès que j'ouvre la porte, ils se jettent à l'intérieur de la pièce en me dévorant du regard, essayant avant tout de savoir si je n'ai pas été blessée, avant de reporter les yeux sur Gray.

— Qu'est-ce que tu fous encore, mec ? demande Declan. Je t'avais dit de ne plus l'approcher.

Je me sens presque coupable en voyant les regards furieux qu'Elias et Declan lancent à Gray, mais il se comportent de cette façon, uniquement parce qu'ils me l'ont promis ; ils ont promis qu'ils étaient de mon côté.

Je n'ai pas envie qu'ils soient de mon côté... enfin

non, qu'ils soient d'un côté en particulier. Peu importe à quel point ces dernières semaines ont été merdiques pour moi, je sais qu'elles l'ont été pour eux deux aussi. Et même pour Gray. Je déteste qu'il y ait ce fossé entre les trois hommes. J'ai le sentiment qu'il n'a pas lieu d'être, qu'il n'est pas naturel et qu'un monde où les Pécheurs ne sont pas réunis ne tourne pas rond. Ils forment une équipe.

— Je suis désolé. Les épaules de Gray sont tendues, mais il parle d'une voix honnête et calme. J'ai fait ce que je devais faire.

Avant qu'Elias ou Declan ne puisse protester, je pose une main sur leurs torses. Declan appuie un peu contre ma main, comme s'il était prêt à en découdre avec Gray malgré tout, mais je le regarde dans les yeux et secoue la tête.

— Écoute d'abord ce qu'il a à dire, d'accord ?

La tension est palpable lorsque Gray leur explique ce qu'il m'a dit plus tôt. Les menaces de Cliff qui serait prêt à ruiner ma vie si je ne quittais pas la fac, les preuves fabriquées me liant à la mort de Melissa McAlister.

— J'avais remarqué que Cliff semblait déjà obsédé par Moineau le semestre dernier, continue Gray, mais depuis qu'elle lui a cassé la gueule, ça lui a fait complètement péter les plombs. Je ne sais pas si c'est par orgueil, ou s'il est complètement obsédé par elle et qu'il veut lui faire payer, même si c'est lui le tordu qui l'a agressée. J'ai passé ce marché avec lui dans le seul but de protéger Sophie.

Pour la première fois depuis que Gray m'a avoué la vérité au sujet de Cliff, je commence à me sentir vraiment mal. Je savais déjà que c'était un connard, mais jusqu'à présent, je ne croyais pas qu'il aurait tenté quelque chose d'autre contre moi après notre bagarre dans la ruelle. J'aurais cru qu'il jetterait l'éponge après ça. Pas qu'il serait dégoutté au point de mettre sur pied ce genre de vengeance contre moi.

Comme si c'était moi qui l'avais agressé et qui avait tenté de foutre sa vie en l'air. Comme si c'était lui qui avait le droit de se venger et de réclamer justice.

C'est lui qui m'a attaquée et c'est moi qui risque de payer pour ça. Tout ça parce qu'il a de l'argent et du pouvoir et pas moi.

— Peut-être que je devrais partir finalement et quitter Hawthorne définitivement.

Les mots passent mes lèvres avant même que je ne le réalise. J'exprime mes pensées à haute voix et les trois garçons se tournent vers moi. En les prononçant, je déteste les entendre et ce qu'ils me font ressentir.

En disant ces mots, j'ai l'impression d'être faible, lâche. Je n'ai pas envie de fuir, parce que ce connard de Cliff pense qu'il a tous les droits grâce au compte en banque de papa. Je n'ai pas envie de disparaître en pleine nuit et prétendre que c'est *ma* faute s'il m'a agressée.

Je n'ai pas envie de reculer, mais j'y serai peut-être obligée. Ma vie en dépend probablement.

— Non, pas moyen putain, dit Gray d'une manière un peu théâtrale et nos trois paires d'yeux convergent vers lui. J'ai pris la mauvaise décision. Je te le jure devant dieu, Moineau, j'essayais seulement de te protéger. J'ai été un connard. J'ai tenté de te repousser pour te protéger, alors que c'est Declan et Elias qui ont tout compris et qui t'ont protégée. Au lieu de te repousser, j'aurais dû faire le contraire et te garder tout près de moi. J'aurais dû tout vous dire depuis le début, pour qu'on puisse régler ça ensemble.

Ensemble.

Je hoche lentement la tête. Je ne sais pas vraiment comment nous allons pouvoir nous occuper de Cliff et des menaces qu'il fait planer sur moi, mais je dois tout de même l'admettre, je préfère largement l'idée de rester ici, plutôt que celle de fuir la queue entre les jambes et de laisser gagner Cliff.

Gray avait raison. Je suis une combattante.

— C'est bien joli tout ça, mais tu es tout de même un vrai connard, lance Elias en regardant Gray les yeux plissés.

— J'ai merdé, je l'admets. Je suis un connard, je le sais. Je n'aurais pas dû laisser les choses dégénérer à ce point. Il se tourne vers Declan. Et vous aviez raison. Beth serait vraiment déçue de me voir me comporter de la sorte. Ce que j'ai fait est vraiment tordu. J'ai essayé de le justifier en me disant que si elle comprenait pourquoi je faisais ça, elle saurait que c'était la seule chose à faire. Mais non, c'est toi qui avais raison. Il aurait fallu que je lui dise tout et je ne l'ai pas fait.

— J'ai été dur en te disant ça, je le sais, dit Declan une épaule relevée, en étudiant son ami du regard. J'étais vraiment en rogne contre toi, mais ce n'est pas une excuse, j'ai été trop loin. Beth t'aimait vraiment, mec. Et même si nous on te trouve franchement tordu parfois, ça n'y change rien. Tu étais son idole. Ce serait bien si tu pouvais te montrer à la hauteur de ce qu'elle pensait de toi.

— C'est ce que j'essaie de faire. Gray se racle la gorge. Je peux voir que le simple fait de parler de sa sœur est en train de réouvrir de nombreuses blessures en lui, mais cette fois, il ne se détourne pas de la douleur comme je l'ai vu faire tant de fois auparavant. Et si jamais je l'oublie encore une fois, vous avez la permission de me le rappeler.

— Je ne me gênerai pas.

La voix de Declan sonne comme une promesse. Je sais qu'il est sincère et je suis certaine qu'il n'hésitera pas à remettre son poing dans la gueule de son ami s'il pense que Gray risque de me blesser à nouveau. Ses épaules se relâchent peu à peu et la tension se dissipe dans la pièce.

— Donc, on fait quoi maintenant ? demandé-je en brisant le silence. Maintenant qu'on sait ce que Cliff prépare, comment fait-on pour l'empêcher de mettre son plan à exécution ?

— Il faut qu'on trouve un moyen de pression contre lui, dit Elias en passant une main dans ses cheveux. Il essaie de te faire chanter pour que tu quittes la fac et nous devons donc le faire chanter pour qu'il arrête.

— Ouais. Declan hoche la tête et pince les lèvres. Ce n'est pas parce que sa famille est puissante que ça le rend invincible. Il doit bien avoir quelques squelettes dans son placard.

Je me mords la lèvre, réfléchissant à ce qu'ils viennent de dire.

— C'est logique, j'imagine. J'aurais aimé qu'on ait quelque chose de plus solide.

— Nous allons trouver. La voix de Gray est dure, déterminée. Et si nous ne trouvons rien, nous allons *créer* quelque chose de toutes pièces, comme lui. Il n'est pas le seul à pouvoir la jouer comme ça.

— Pendant ce temps, ajoute Declan et regardant Gray, nous allons devoir nous assurer de bien faire comprendre à Cliff que nous soutenons *tous* Sophie. S'il comprend que nous sommes prêts à tout pour la garder en sécurité, ce sera peut-être suffisant pour l'empêcher d'agir pendant un moment.

— D'accord. Gray acquiesce immédiatement. Son regard accroche le mien et j'y vois un tourbillon d'émotions si intenses qu'il me fait presque tomber à la renverse. Tu es mienne Sophie. Tu es *nôtre*. Nous n'allons pas laisser Cliff te chasser d'ici et nous n'allons pas le laisser s'en prendre à toi si tu restes. J'ai beaucoup à me faire pardonner et je vais commencer tout de suite.

CHAPITRE 15

Elias, Declan et Gray m'attendent déjà à l'extérieur de ma résidence quand j'en sors le matin suivant, comme s'ils étaient mes gardes du corps.

Et pour une fois, au lieu de ressentir l'habituelle bouffée d'irritation à l'idée qu'ils se sentent ainsi la mission de me protéger, leur présence me fait me sentir plus *forte*.

J'ai l'impression d'être une reine, entourée par des gens qui se soucient de moi.

Nous retrouvons Max sur le campus et ses sourcils se soulèvent si haut en voyant les garçons tous les trois ensemble, que c'en est presque comique. Elle se joint à notre groupe sans dire un mot, se contentant de me donner un petit coup de coude en s'incrustant entre Gray et moi.

Les gens commencent immédiatement à nous dévisager quand nous entrons dans la cafétéria pour prendre notre petit déjeuner et je sais que la fabrique à ragots qu'est Hawthorne tourne à plein régime et commence déjà à diffuser les derniers potins sur tout le campus.

C'est peut-être moi qui ai séparé les Pécheurs, mais j'ai également réussi à les ressouder.

Caitlin plisse les yeux dans ma direction quand nous entrons dans la salle et m'offre un rictus haineux. À ses côtés, ses faire-valoir, Reagan et Gemma nous regardent bouche-bée, ne sachant manifestement pas comment réagir en me voyant ainsi escortée par les trois hommes.

J'explique la situation à Max quand nous nous asseyons pour manger. Après le petit déjeuner, les garçons ne me laissent pas me rendre dans ma salle de classe toute seule. Gray se joint à Declan et Elias et m'escortent sur tout le campus, lançant des regards noirs à quiconque oserait me regarder plus de quelques secondes. Ils marquent leur territoire et s'il n'y avait pas l'horrible menace de Cliff pesant sur moi, je trouverais leur comportement exagéré risible.

— Merde, en parlant du loup, marmonne Max quand je lui fais part de mes impressions à voix basse pour ne pas que les garçons m'entendent.

Cliff et les autres Saints viennent juste d'apparaître devant nous. Le grand roux hésite une seconde en nous voyant et ralentit le pas. Puis, il fronce les sourcils.

D'un seul mouvement, les trois Pêcheurs se postent devant moi de manière protectrice, comme si Cliff me menaçait d'un flingue et qu'ils étaient prêts à prendre une balle à ma place. Une fureur glacée se lit sur les traits de Cliff.

— Tu me déçois, Eastwood, dit-il d'une voix calme. Tu es de nouveau à sa botte.

Putain. Mais faites-le taire, ce connard.

J'ai envie de me jeter sur lui, mais Max pose sa main sur mon bras, dans un avertissement silencieux. Merde, elle a raison. Nous ne pouvons pas simplement nous en prendre physiquement à lui. Ça lui donnerait l'excuse parfaite pour se venger.

Aaron se trémousse un peu. Il regarde Max, puis baisse les yeux.

Il a l'air... en proie à un conflit intérieur.

Non, c'est impossible.

Gray se redresse et regarde les Saints de haut.

— Notre accord est caduc, Montgomery, crache-t-il, mettant tout le mépris possible dans ses mots.

Cliff fait un petit pas en avant, son regard planté dans celui de Gray.

— Tu es vraiment certain de vouloir faire ça ?

demande-t-il d'une voix doucereuse, mais néanmoins menaçante.

Gray n'hésite pas une seule seconde.

— C'est ce que j'aurais dû faire dès le début. Sophie nous appartient et s'en prendre à elle, c'est s'en prendre à nous trois. C'est peut-être moi qui devrais te poser cette question, Cliff. Tu es vraiment certain de vouloir faire ça ? Tu as vraiment envie de t'en prendre à nous ?

Un muscle tressaute dans la mâchoire de Cliff.

— Sophie est à *moi*.

C'est presque un murmure, il prononce les mots si doucement que je les entends à peine.

Mais pourtant ils atteignent mes oreilles et je combats la soudaine envie de vomir qui monte en moi. Mon cœur tambourine dans ma poitrine, l'adrénaline envahissant mes veines en entendant son ton possessif et froid. Les mots qu'il a utilisés, tellement similaires à ceux de Gray quelques secondes plus tôt, ont une tout autre signification venant de cette ordure.

J'appartiens aux Pécheurs parce que je les ai choisis. Tout comme ils m'ont choisie en retour.

Et une chose est sûre, je n'ai jamais choisi Cliff et ce qu'il vient de dire, l'emprise qu'il croit avoir sur moi, me terrifie bien plus que ses menaces de me faire jeter en prison.

Pendant une fraction de seconde, j'ai l'impression que Gray se retient de lui mettre son poing dans la figure. J'ai même l'impression que cette envie est partagée par les trois Pécheurs.

— Tu es vraiment certain de vouloir jouer à ce jeu-là ? La voix de Gray vibre de fureur et un frisson me secoue. Parce que si j'étais toi, je lâcherais l'affaire tout de suite.

Cliff reporte son attention sur moi et plisse les yeux. J'ai la chair de poule, comme s'il avait tendu la main vers moi et m'avait touchée sans mon consentement. Je me force néanmoins à rester immobile. Il voudrait me voir baisser les yeux devant lui, réagir d'une manière ou d'une autre, que ce soit en me jetant dans ses bras, ou en ayant peur de lui, je ne crois pas que ça fasse de différence pour lui. Mais je refuse de lui donner ce qu'il attend de moi.

Il détourne enfin les yeux de moi pour les reporter sur Gray.

— Tu fais une grosse erreur, continue-t-il calmement. Tu ne devrais pas perdre ton temps avec un déchet comme elle.

Là, c'est la goutte d'eau qui fait déborder le vase.

Je ne peux plus rester sans rien dire plus longtemps. Poussant les Pécheurs pour m'avancer, je fais face à Cliff.

— Va te faire mettre, Cliff. De ce que je me rappelle, tu étais plus que partant pour donner de ton temps à un déchet dans mon genre. Tu dis à toutes les filles qui te font bander que c'est le destin ? lancé-je d'un ton moqueur, mes lèvres s'étirant dans un sourire cruel. Que vous êtes faits pour être ensemble ? Qu'il y a entre vous une connexion indéniable ?

J'entends un rire fuser de la foule qui s'amasse peu à peu autour de nous. Je suis certaine que les drames en tout genre qui me collent à la peau depuis que j'ai mis les pieds ici sont bien plus divertissant pour ces gens que n'importe quelle télé réalité.

Cliff rougit et une bouffée de satisfaction vicieuse me traverse. Il lui faut de longues secondes pour trouver quoi me répondre, mais il finit par trouver ses mots et les lance dans un grognement.

— Tu ferais bien de faire attention à ton cul, dit-il en faisant semblant de s'adresser aux garçons et de diriger cette menace à leur encontre, comme s'il s'imaginait pouvoir s'occuper de moi tout seul. Mon père ne permettra à personne de salir le nom de la famille.

Je souris malgré moi. J'ai l'impression d'entendre Draco Malfoy, cette espèce de petite lavette qui se cache derrière son père à la moindre occasion. Mais avant que je ne puisse ajouter quoi que ce soit, il tourne les talons. Les deux autres Saints le suivent, mais Aaron lance un dernier regard par-dessus son épaule.

Quand la foule comprend que personne ne va se

battre, elle commence lentement à se disperser, mais j'ai l'impression que ma tête est sur le point d'exploser.

— Il est vraiment sérieux, n'est-ce pas ? demandé-je à Gray quand il se tourne vers moi, les yeux passant partout sur mon corps.

Pas que je ne le prenais pas au sérieux jusque-là, mais de le voir dans un tel état à propos de quelqu'un d'aussi insignifiant que moi, c'est vraiment tordu. Je ne comprends pas pourquoi il est obsédé par moi à ce point, en dehors du fait que je lui ai cassé la gueule pour avoir tenté de m'agresser. C'est ça qu'il n'a toujours pas digéré ?

Elias fait un petit bruit de gorge, fixant toujours l'endroit où Cliff et ses potes se tenaient quelques instants auparavant.

— J'ai bien l'impression que c'est la guerre.

— Bien. Le regard de Gray est dur. S'approchant de moi, il enroule projectivement son bras autour de mes épaules, me serrant contre son corps dur qui s'accorde si bien avec mes courbes douces. Il est grand temps que quelqu'un donne une bonne leçon à cet enfoiré.

Alors que nous marchons vers ma salle de cours, je sens toujours mon cœur battre fort dans ma poitrine. Mais l'émotion qui fait accélérer ses battements, n'est plus la peur désormais. C'est la *stupéfaction*.

Pour la première fois de ma vie, j'ai des gens sur qui compter. Quelque chose qui s'apparente à une famille.

Une famille.

Je n'ai jamais vraiment su ce que c'était, je ne l'ai encore jamais expérimenté dans ma vie.

Mais si c'est ça une famille ?

Je crois que j'aime beaucoup.

CHAPITRE 16

Les semaines suivantes passent trop vite à mon goût. Je me débrouille on ne sait comment pour maintenir mes résultats scolaires tout en consacrant l'intégralité de mon temps libre à chercher des moyens de m'en prendre à Cliff.

Et avec tout ça, je n'ai pas rêvé. Pas une seule fois.

Je ne sais pas vraiment si je dois m'en réjouir ou non. Mes rêves ne sont jamais agréables, mais je ne peux pas me débarrasser de l'impression que mon cerveau essaie de me communiquer quelque chose, de m'aider à me *souvenir*.

— À quel point ses secrets de famille sont-ils inaccessibles ? Max grommelle, faisant défiler des pages internet d'un doigt sur son téléphone, alors que nous sommes tous les cinq assis à une table dans un coin de la cafétéria. Je te jure, d'habitude, on arrive toujours à trouver des infos sur des gens comme eux, des rumeurs, ce genre de trucs, y'en a toujours sur internet. Je ne sais pas comment il se débrouille, mais Cliff semble n'avoir rien à cacher, mais il est connecté à tellement d'autres familles influentes, que quelqu'un doit bien savoir quelque chose.

— C'est probablement le cas, oui, dit Elias, mais même si c'est le cas, je peux te garantir qu'ils ne te diront rien si tu le leur demandes comme ça. C'est de cette manière que notre monde fonctionne. On se protège en protégeant les secrets des autres. Quand je lui lance un regard interrogatif, il hausse les épaules. Plus tu as d'influence et plus tu connais de secrets et vice versa.

— Les Montgomery détiennent un paquet de secrets, alors, hein ? Je fronce les sourcils. D'après ce que je lis, j'avais pourtant l'impression qu'ils n'avaient pas grand-chose à cacher.

Ça fait des semaines désormais que nous sommes partis en quête de quelque chose, une information, n'importe quoi, que nous pourrions utiliser contre Cliff, tout comme il avait prévu de se servir de la mort de Melissa contre moi. La protection que les Pécheurs m'offrent semble pour l'instant le dissuader de tenter quoi que ce soit à mon encontre et de sortir les preuves qu'il a fabriquées pour me faire passer pour une meurtrière. Mais je ne dois pas trop compter là-dessus.

Il a déjà prouvé à maintes reprises qu'il n'est pas du genre à abandonner, qu'il est stupide et complètement obsédé par moi. C'est une combinaison bien dangereuse et ça signifie qu'il peut mettre sa menace à exécution à tout moment.

Malheureusement, même si Cliff est un parfait connard, vicieux et dépravé, sa famille semble être la famille américaine aisée parfaite. Beaux, philanthropes, investissant dans toutes les grandes causes.

— Raison de plus pour suspecter qu'ils nous cachent quelque chose, déclare Declan. Je ne leur fais pas confiance.

Nous hochons tous la tête et finissons nos assiettes, la conversation dérivant peu à peu vers des sujets plus légers.

— Tu es certaine de vouloir t'en occuper, demanda Declan à Max d'un ton taquin, un petit sourire aux lèvres.

Les garçons m'escortent partout sur le campus, dès qu'ils le peuvent – tous les trois désormais. Et quand ils ne peuvent pas accomplir cette mission qu'ils se sont fixée, c'est Max qui prend le relais. C'est fou, j'ai l'impression d'avoir quatre gardes du corps.

Ma meilleure amie lève les yeux au ciel.

— Tu sais très bien que je casserais la gueule à quiconque menacerait de s'en prendre à elle, répond-elle en lui faisant signe de déguerpir de la main. Allez, cassez-vous. On va discuter de trucs de *filles*.

Gray me lance un long regard, alors que les trois Pécheurs s'éloignent. Les choses se passent mieux entre nous désormais, mais les jours où nous avons été séparés et toutes les tensions qui en ont résulté ne se sont pas encore totalement dissipées. Je sais qu'il voudrait que tout redevienne comme avant, et honnêtement, moi aussi.

Mais ces choses-là prennent du temps.

— Des trucs de filles ? Je demande en haussant un sourcil à Max, une fois que les garçons sont partis. On ne discute jamais de trucs de filles.

— Je sais. Mais les mecs sont toujours mal à l'aise avec ce genre de choses, s'esclaffe-t-elle. Même ces trois abrutis, c'était la meilleure manière de les faire déguerpir au plus vite.

Je fais semblant d'être choquée.

— Ces trois abrutis sont mes amis, dis-je savourant les mots sur ma langue. Et ce sont les tiens aussi.

Le regard de Max s'adoucit.

— Ouais, j'imagine.

— Donc... je fais traîner le mot en lui souriant. Tu es sûre que tu n'as vraiment aucun truc de filles à me raconter ?

— Non. Enfin, si. Euh... non.

Mes sourcils se soulèvent encore plus.

— Tu es vraiment très convaincante.

Elle grimace et se mord la lèvre en se rapprochant un peu de moi, posant les coudes sur la table. Je l'imite et elle s'adresse à moi en baissant la voix, comme si elle craignait qu'on nous espionne.

— Je crois qu'Aaron craque un peu sur moi.

— Aaron Reeves ? Celui qui fait partie des Saints ?

— Ouais. Elle plisse le nez. Je sais pas, je me trompe peut-être, mais c'est en tout cas l'impression que j'ai. Je crois bien que je l'intéresse.

— Et toi ? Je contre, un peu choquée par ses révélations. Je ne connais pas du tout Aaron, mais j'ai tendance à mettre tous les Saints dans le même panier.

— Je ne sais pas trop. Elle a l'air un peu perdue, puis secoue la tête, son visage se durcissant progressivement. Mais ce n'est pas la question de toute manière. Ce que je voulais dire, c'est qu'on pourrait se servir de lui. Pour avoir des informations sur Cliff. Ils sont potes après tout. Peut-être que je pourrais faire en sorte qu'Aaron me confie certaines choses à son sujet.

— Tu veux dire, des confidences sur l'oreiller ? lancé-je. Elle rougit.

— Euh, je ne pense pas que ça ira jusque-là, mais ça vaut tout de même le coup d'essayer.

Je plisse les yeux et continue sur un ton tout à fait sérieux.

— Tu es vraiment certaine, Max ? Je ne veux pas me

servir de mes amis comme ça, pas même pour trouver de quoi me défendre contre Cliff.

— Ouais. Son regard scanne la grande salle de la cafétéria et je suis certaine que ses joues rougissent encore d'un cran quand elle aperçoit Aaron au loin. Ça ne me gêne pas. Ce n'est pas toi qui me forces à le faire, et je crois que ça en vaut la peine.

— D'accord. Je tambourine du bout des doigts sur la table. Franchement, je déteste cette idée, mais je ne veux pas décider à sa place. Fais attention, d'accord ? Si tu sens qu'il y a le moindre truc qui cloche, enfuis-toi immédiatement. Et fais-nous savoir, à moi ou aux garçons si tu dois te retrouver seule avec lui. Qu'on soit prêts à intervenir si nécessaire.

Je doute qu'il soit aussi dégueulasse et glauque que Cliff, car Aaron ne me donne pas du tout cette impression, mais je ne veux prendre aucun risque quant à la sécurité de ma meilleure amie.

— T'as raison. Elle hoche la tête avec enthousiasme. Je te dirai si j'arrive à en savoir plus.

Nous sortons de la cafétéria quelques minutes plus tard. Max lance un dernier regard dans la direction d'Aaron et je remarque que cette fois, il la regarde lui aussi.

Oh. Je crois qu'elle ne se trompait pas en disant qu'il était intéressé, mais j'espère tout de même qu'elle ne fait pas une grosse erreur.

Les cours de l'après-midi passent comme dans un songe et après que les garçons m'ont escortée jusqu'à ma chambre, je décide de passer le reste de l'après-midi à me perdre dans mes peintures. Même si je ne rêve plus ces temps-ci, je peins le plus souvent possible et je retrouve peu à peu mes sensations.

M'installant sur mon canapé, je sors une simple feuille de croquis et des fusains, au lieu de m'installer directement devant une toile blanche. J'ai une image dans ma tête depuis un moment maintenant et j'ai d'abord envie d'essayer de la dessiner avant de la mettre en peinture. Je n'ai encore jamais vraiment fait ça, mais cette fois, je sens que c'est la bonne approche.

Le monde autour de moi s'estompe progressivement, alors que je me perds dans mon croquis, inclinant la tête d'un côté et de l'autre, à mesure que l'image prend vie sous mes doigts. Quand mes mains sont noires de fusain, je détache les yeux de mon dessin et pose une toile neuve sur mon chevalet. Puis je sors mes peintures et étale un mélange de noirs, de gris et de violets sombres sur sa belle surface éclatante et vierge, mélangeant le tout pour m'en servir d'arrière-plan.

Le temps file, mais je ne m'en rends pas compte. Je suis perdue dans mon monde, seulement consciente du pinceau entre mes doigts, de la peinture étalée sur mes mains et des couleurs que j'applique en petites touches précises.

Je sursaute en entendant quelqu'un toquer à ma porte.

Ma main tressaute et j'éclabousse la toile. Je cligne des yeux plusieurs fois, comme si je venais d'être tirée d'un rêve éveillé et je me retourne vers la porte, me demandant soudain si je n'ai pas imaginé le son.

Quand j'entends frapper doucement à nouveau, j'essuie tant bien que mal mes mains sur un torchon et vais pour ouvrir la porte. Je suis surprise de trouver Declan en face de moi, adossé au chambranle, un grand sourire sur le visage.

— Salut. Je lui souris en retour, mais mes sourcils se froncent malgré moi. Je croyais que tu devais réviser pour un partiel.

— C'est vrai. Mais je n'arrivais pas à me concentrer. Il hausse les épaules, ses yeux brun profond, braqués dans les miens. Je peux entrer ?

Je me décale pour le laisser passer.

— Bien sûr, laisse-moi seulement…

Je jette un coup d'œil circulaire à mon petit salon. Il n'est pas complètement sens dessus dessous, mais toutes les surfaces disponibles sont recouvertes par les dessins que j'ai produits ces dernières semaines et il n'y a absolument aucun endroit où s'asseoir.

Je dégage rapidement le canapé et hausse les épaules.

— Désolée, je n'attendais personne.

Il sourit.

— Je m'en fiche. Tu sais, ce genre de chose ne me dérange pas le moins du monde.

— Tant mieux. Je ne peux pas m'empêcher du lui sourire à nouveau. Ça t'ennuie, si je continue encore un peu ? Ça me fait plaisir que tu sois venu passer du temps avec moi, mais je voudrais finir la peinture que j'ai commencée.

— Ouais, pas de problème. Il semble au contraire tout content de pouvoir me regarder peindre.

Essayant d'ignorer la nervosité qui m'envahit peu à peu à cette pensée, je retourne à ma peinture, pendant que Declan s'installe dans le canapé. Je fixe ma toile, me sentant un peu étourdie d'en avoir été arrachée si brutalement quelques instants plus tôt. Quand je reprends mon pinceau, son poids dans ma main est suffisant pour me ramener dans mon état de concentration précédent.

— Tiens, au fait. Comment ça marche pour ton single ? demandé-je en plongeant mon pinceau dans la peinture.

— Du tonnerre, répond-il très enthousiaste. Et tout ça, c'est grâce à toi.

Mon pinceau hésite un instant et je rougis,

appréciant le compliment, même si je sais qu'il n'est pas mérité.

— C'est toi qui l'as créé, pas moi.

— Je ne l'aurais jamais sorti si tu ne me l'avais pas demandé, insiste-t-il. Je me sens incroyablement bien. Comme si je savais enfin qui j'étais vraiment.

La chaleur irradiant de son corps me chauffe le dos alors qu'il s'approche de moi par derrière, repoussant mes cheveux derrière mon épaule avant d'enrouler un bras autour de moi. Je me laisse aller contre lui et essaie de rester concentrée sur ma peinture, mais les petites étincelles remontant dans mes bras rendent la chose difficile.

— Je sais que tu ne me crois pas quand je dis que tout ça, que c'est grâce à toi, Soph, dit-il d'une voix douce, posant ses lèvres sur la peau nue entre mon cou et mon épaule. Mais pourtant, c'est vrai. Tu m'as prouvé que je pouvais être autre chose que ce que j'étais parti pour devenir. Que je pouvais obtenir plus encore. Que je pouvais rêver plus grand.

C'est étrange d'entendre un garçon comme lui, né dans le luxe et les privilèges, dire ce genre de choses à quelqu'un comme moi, mais je comprends tout de même ce qu'il sous-entend.

Nous essayons tous les deux de trouver notre propre route en dehors des chemins que la vie à tracés pour nous et de nous construire une vie qui corresponde à ce que nous voulons vraiment.

Je souris, même s'il ne peut pas le voir. Nous plongeons dans un silence confortable, parfois brisé par quelques questions, alors qu'il tire une chaise pour venir s'asseoir à côté de moi, son épaule frôlant la mienne.

— C'est magnifique dit-il tout bas, regardant comme hypnotisé, alors que j'applique un autre glacis de couleur sur les couches précédentes peintes avec soin.

— Merci, je bafouille, ne sachant pas trop comment gérer le compliment.

Quand je reporte mon regard sur lui, il hausse les sourcils.

— Tu ne me crois pas ? demande-t-il en fronçant légèrement les sourcils.

— Si, je te crois. Je regarde ma peinture. J'imagine qu'on peut dire qu'elle est réussie, mais je n'en suis pas sûre, car je n'arrive qu'à la voir à travers le prisme de mes insécurités en tant qu'artiste. Enfin, je veux dire, je trouve que c'est beau, moi, mais c'est étrange de l'entendre dire par quelqu'un d'autre.

— Je suis certain que beaucoup d'autres personnes penseraient la même chose, dit-il avec assurance. Tu devrais faire une exposition, ou quelque chose du genre, dans une galerie. Pour laisser les gens voir ce qu'il y a à l'intérieur de ta si jolie tête.

Je garde les yeux sur ma toile et fronce un peu le nez.

— Je ne sais pas si je pourrais faire un truc pareil. Ça serait vraiment trop bizarre. Ces peintures, sont comme des parties de moi. Comment pourrais-je les montrer à des étrangers ? C'est comme toi avec ta musique... c'était difficile, non ?

Il me caresse l'épaule de son nez.

— Oui, c'est vrai que ça n'a pas été facile, dit-il. C'était même terrifiant. Et même après l'avoir fait, je ne peux toujours pas dire que c'était facile, mais ce que je peux dire avec certitude, c'est que ça en valait la peine.

Je le regarde, percevant son honnêteté dans la profondeur de ses iris brunes.

— Je ne sais toujours pas si j'en serai capable, dis-je doucement. Je n'ai jamais peint pour personne d'autre que moi-même.

— Tu peins avec moi aujourd'hui, dit-il, puis il tourne mon menton vers lui du bout des doigts, ses lèvres se posant sur les miennes dans un doux baiser. En quoi est-ce différent ?

Mon cœur accélère brutalement dans ma poitrine et je me détourne de lui, reportant les yeux sur mon art, comme si je voulais pouvoir me rappeler *pourquoi* je ne montre pas ce que je produis.

— Ces peintures... elles disent tout de moi, dis-je. Mes problèmes, toutes les horreurs par lesquelles je suis passée. Tout mon passé perturbé, mes pertes de mémoires, il n'y a rien de *bon* dans ces peintures. Elles sont seulement des représentations tangibles de mon moi brisé et je ne sais pas si quelqu'un pourrait avoir envie de les regarder. Elles ne cachent rien. Ce ne serait pas juste de les exposer. Ce serait comme si je m'exposais *moi-même*.

Ses doigts glissent jusqu'au bout de mes cheveux, jouant avec les mèches blondes et bleues.

— Ces peintures, Soph, elles sont toutes spectaculaires, dit-il d'une voix grave. Et si elles représentent toutes une part de toi, alors elles ne sont pas seulement spectaculaires pour ce qu'elles sont, mais bien à cause de *celle* qui les a produites.

Mon cœur manque un battement. Il n'y a pas le moindre doute quant à la sincérité de ses paroles. Il le pense vraiment.

Je ne sais pas comment c'est arrivé. Comment ces hommes ont pu voir au-delà de la façade que je présente au monde entier et comment ils ont pu s'introduire si profondément dans mon cœur qu'ils sont désormais ceux qui me connaissent le mieux au monde.

Je ne regrette pas une seconde que ce soit le cas.

Nous retombons dans le silence un instant, alors que je me concentre pour terminer ma peinture. Mes coups de pinceaux sont confiants, précis, mais même alors que je suis immergée dans mon art, je suis en même temps tout à fait consciente de la présence de Declan tout près de moi. Je peux sentir la chaleur irradier de sa peau et ça fait monter ma température en réponse.

Il attend, patient et silencieux, jusqu'à ce que j'applique le dernier coup de pinceau et que je le repose sur la palette que j'ai posée sur une petite table à côté du chevalet. C'est seulement là qu'il s'autorise à me toucher à nouveau, m'attrapant par les hanches et me tournant sur ma chaise pour que je me retrouve face à lui. Ses lèvres se posent sur les miennes et je me laisse emporter par son baiser. Je suis sur le point d'enrouler mes bras autour de son cou quand je réalise que mes doigts sont couverts de peinture.

— Merde, murmuré-je, me reculant à peine de lui pour prononcer ces mots. Il faut que je nettoie tout ça.

Il glousse et m'attire plus près de lui encore. Soph, si tu crois qu'un peu de peinture me découragera, j'ai pas dû être assez clair quand je t'ai dit ce que je ressentais pour toi.

Sur ces mots, il me tire de ma chaise et m'assois sur ses genoux, reculant sa chaise vers l'arrière pour s'assurer que je ne me cogne pas dans ma toile en m'asseyant à califourchon sur lui.

Je ris, me retenant à lui pour ne pas perdre l'équilibre et je laisse des petites marques bleues et violettes sur sa chemise. Il m'embrasse passionnément et je ne peux pas me retenir plus longtemps. Je lui rends son baiser, oubliant tout de la peinture qui me couvre les doigts et de mes idées de nettoyage. Oubliant tout, sauf la sensation de son corps sous le mien, chaud, solide et musclé.

Quand nous nous reculons enfin, tous les deux à bout de souffle, je réprime un éclat de rire. Toute la peinture que j'avais sur les mains s'est transférée sur Declan. Il en a sur le visage, le cou, les cheveux. Il est adorable, mais aussi incroyablement sexy.

C'est comme si je venais de le marquer. De me l'approprier de manière visible.

J'aime beaucoup ça.

— Je crois que tu es mon plus beau chef-d'œuvre, dis-je pour le taquiner, faisant glisser mon doigt sur la peinture qui décore sa pommette. Je bouge les hanches, me frottant contre lui et sentant sa queue bandée appuyer contre mon clitoris à travers nos vêtements. Tu es absolument splendide.

— Tu vois ? Je t'avais dit que tu étais une artiste formidable.

Il rit, mais le désir que je vois dans ses yeux me contracte le bas-ventre. Aucun de nous ne plaisante vraiment, et nous en avons parfaitement conscience.

Toute trace de taquinerie disparaît de son expression quand je baisse ma tête vers lui et cette fois, nous nous embrassons comme jamais. Nous nous embrassons comme si nous attendions désespérément de le faire depuis le jour où il a mis un coup de poing dans la gueule de Gray, depuis le jour où ils ont pris parti pour moi, Elias et lui. Faire l'amour avec eux après avait été fantastique, l'une des expériences les plus incroyables de toute ma vie, mais il y a quelque chose de différent, et de tout aussi bon, dans ce qui est en train de se passer aujourd'hui.

Parce que ce moment n'appartient qu'à nous deux.

À Declan et à moi, il concrétise la connexion qui existe entre nous et qui s'est forgée peu à peu lors de ces nombreux moments volés dans les cages d'escalier désertes, sur les toits, au cours de conversations à mi-voix. Declan, peut-être plus que tous les autres, était mon ami avant de devenir bien plus.

Je me frotte plus fort contre lui, cambrant le dos, alors que je fais des mouvements de bas en haut le long de son membre. Je le sens grogner dans ma bouche. Il enroule ses bras autour de moi et se lève, m'emportant avec lui et je serre mes jambes autour de sa taille. Il se dirige vers le canapé, puis s'arrête brutalement, semblant être aux prises avec le même dilemme que moi tout à l'heure.

Je ris, mordant le lobe de son oreille et faisant glisser mes ongles sur son cuir chevelu.

— Je te veux, Declan. Ici et maintenant, murmuré-je caressant son oreille et je le sens frissonner contre moi. Et si tu crois qu'un peu de peinture va m'empêcher de vouloir te baiser, c'est que je n'ai pas dû être assez claire sur ce que *je* ressentais pour *toi*.

Il rit, glissant une main vers le bas pour la passer sous mes fesses, les empaumant et les massant voracement.

— Mais, ton canapé...

— Ce n'est pas *mon* canapé. Je glisse mes mains sous sa chemise, caressant les muscles puissants encadrant sa colonne vertébrale. La fac peut toujours m'envoyer la facture.

J'ai toujours l'argent de Gray sous mon lit et peu importe ce qu'ils me feront payer pour le nettoyage, ça le vaudra jusqu'au dernier centime.

Declan rit de nouveau et reprend sa progression avant de me déposer sur les coussins. Son visage tout peinturluré brille de désir alors qu'il s'agenouille sur les coussins entre mes cuisses écartées. Il entreprend de m'enlever mon haut, puis mon pantalon. Il s'arrête pour se déshabiller à son tour et je me mords la lèvre en le regardant faire. J'ai toujours eu un faible pour les tatouages, c'est d'ailleurs pour ça que j'en ai autant, mais sur lui ? Ils sont carrément ma kryptonite.

Mon clitoris pulse, mon corps tout entier vibre de désir alors que je dévore du regard son torse et ses épaules.

— Tu me laisseras te peindre un jour ? murmuré-je avant de pouvoir m'en empêcher.

Il s'immobilise. Ses joues s'empourprent légèrement et il me montre d'un signe de la main la peinture qu'il a déjà dans les cheveux et sur le visage.

— Je crois que tu l'as déjà fait.

Je lève les yeux au ciel, me redressant pour faire glisser mes doigts sur les dessins ornant son torse.

— Je suis sérieuse, je ne fais pas souvent de portraits, mais je... j'en ai envie avec toi. Si tu m'y autorises.

Son sourire est étourdissant et il me repousse contre les coussins confortables avant de presser son corps contre le mien. Il m'embrasse fougueusement et profondément, sa langue affrontant la mienne et nos corps dansant l'un contre l'autre. Quand il se recule, un sourire étire ses lèvres pleines.

— Sophie, je te laisserai me faire tout ce que tu veux.

Mes sourcils se haussent de surprise et je soulève les hanches pour qu'il me retire ma culotte.

— Ce sont des mots bien dangereux.

— Peut-être, mais c'est vrai.

Il enlève son pantalon, baisse son boxer et à la seconde où nous sommes nus tous les deux, il me prend à nouveau dans ses bras et pose son gland sur ma vulve humide.

Je plante mes talons dans ses fesses et il grogne en s'enfonçant en moi. Son front se pose contre le mien et je l'attire encore plus près de moi pour sentir son poids sur mon corps et le moindre centimètre de sa verge à l'intérieur de moi. C'est comme si j'étais affamée et que je pouvais me gorger de lui à n'en plus finir, sans jamais en avoir assez.

— Je savais que ce serait comme ça, murmure-t-il en m'embrassant alors qu'il commence à me besogner. Ses mouvements sont puissants et profonds. Dès la première fois où je t'ai embrassée, je savais que j'en voudrais davantage. Je savais que je ne me lasserais jamais de toi.

Ses mots expriment si bien mes pensées que j'ai l'impression que mon cœur gonfle dans ma poitrine.

Tomber amoureuse est un sentiment absolument terrifiant, mais ça fait moins peur quand quelqu'un d'autre tombe avec vous.

Un sourire idiot s'étire sur mes lèvres, mais je continue de l'embrasser. Il me rend mon baiser, s'enfonçant en moi alors que nos deux corps s'enroulent l'un autour de l'autre et que nous étalons ce qui reste de peinture sur les coussins. Quand il glisse une main entre nous pour trouver mon clitoris, je décolle immédiatement, me cambrant contre lui et serrant les cuisses autour de sa taille en explosant de plaisir.

— Et d'un, murmure-t-il sur ma peau, faisant glisser

ses lèvres le long de ma mâchoire, alors que je frissonne encore contre lui, les vagues du plaisir se déversant encore les unes après les autres dans mon corps. Je pars sur cinq. Au moins.

Je cligne des yeux en regardant le plafond, trop étourdie de plaisir pour comprendre tout de suite ce qu'il vient de dire.

Mais quand il se retire et me retourne sur le ventre avant de se renfoncer en moi, je comprends soudain ce qu'il a en tête. J'ai déjà fait l'amour avec Declan, je l'ai embrassé comme si ma vie en dépendait, mais aujourd'hui, c'est notre première fois, rien que tous les deux.

Et il semblerait qu'il soit décidé à rendre ce moment mémorable.

CHAPITRE 17

C'est incroyable tout ce qui peut se passer en une semaine.

C'est même *effrayant* tout ce qui peut se passer en une semaine. Parce que sept jours exactement après que Declan est venu dans ma chambre pendant que je peignais, je me retrouve dans le même coin de mon salon, mon petit studio, à mettre les dernières touches à une peinture qui sera l'une des nombreuses autres à être exposées la semaine prochaine.

Mon exposition.

Ces deux petits mots me font un drôle d'effet. Il s'est avéré que Declan pouvait être sacrément convaincant, surtout après six orgasmes. Je maintiens que c'est de la triche de m'avoir ainsi fait perdre la tête de plaisir, pour ensuite me convaincre de partager mes productions avec le monde dans une exposition organisée par une galerie d'art. Comment aurais-je pu me retenir de lui dire oui, alors que je ne savais même plus comment je m'appelais ?

Une fois qu'il a obtenu mon accord, il a parlé à Gray dont la famille dispose de nombreuses relations dans le monde de l'art.

Et il n'aura pas fallu autre chose pour qu'une exposition soit organisée. De plus, ce ne sera pas l'une de ces expositions où je serai reléguée dans un coin, comme un petit poisson nageant dans un océan de requins, non ce sera une exposition rien que pour moi. Je serai la star.

Je suis complètement terrifiée.

Mais aussi très excitée.

Je soupire, posant les yeux sur ma peinture. J'ai encore une dernière toile pour l'expo, mais j'hésite. Je ne suis pas certaine d'être prête à la montrer au monde.

Elle représente le couloir de mes cauchemars.

Oh, ai-je précisé que mes rêves étaient revenus ? Comme si quelque chose avait été débloqué en moi le jour où Declan m'a convaincue d'exposer mes toiles, les rêves sont revenus, plus vivaces et violents que jamais.

Cette toile est la deuxième version de la peinture que j'ai faite la première nuit pendant laquelle j'ai rêvé après être rentrée dans ma chambre universitaire, elle est plus détaillée, les ombres sont plus profondes et elle me retourne l'estomac à chaque fois que je pose les yeux dessus.

Cette peinture contient la part la plus profonde et la plus sombre de mon être : cette part de moi que je ne comprends pas et dont je n'arrive pas à me souvenir.

Je la laisse sécher et je nettoie mes pinceaux avant de me préparer pour aller en cours, me forçant à ne pas la fourrer dans un coin sombre, où la peinture s'étalerait, la rendant méconnaissable et où je pourrais enfin l'oublier.

Je peins le matin ces temps-ci, car c'est le moment de la journée où tout me semble plus clair et plus frais et où les images se transfèrent presque toutes seules sur les toiles. Ça signifie que je dors un peu moins, mais au final, ça en vaut la peine.

Les garçons me rejoignent pour m'escorter en classe, comme d'habitude, et je m'assois à côté de Max pour notre première heure de cours.

La journée s'étire en longueur. Je fais de gros efforts pour maintenir mon niveau scolaire, malgré tout ce qui se passe dans ma vie, mais l'exposition à venir est une énorme distraction pour moi. Je n'ai même pas à me préoccuper de la logistique en plus. Ces temps-ci, je n'ai qu'une envie, peindre. Ce qui fait que rester assise à écouter des cours magistraux est plus difficile que jamais.

Dans l'après-midi, Max m'escorte sur la moitié du

trajet vers mon dernier cours de la journée et nous discutons de l'exposition à venir. Elle a adhéré à l'idée dès le début et nous passons tellement de temps à discuter de tous les détails, que nous sommes toutes les deux en retard en cours. Nous nous séparons, nous dépêchant de rejoindre nos bâtiments respectifs.

Quand j'arrive dans le bâtiment Hurst, je me hâte à l'intérieur. C'est un petit bâtiment qui ne contient que quelques salles de classe et il est donc silencieux quand je m'avance dans son couloir central.

Je ne fais pas attention à la voix que j'entends se réverbérer dans le couloir vide devant moi, mais heureusement qu'au dernier moment j'en prends conscience, car quand je passe l'angle, je tombe sur Cliff, dos à moi, son téléphone collé à l'oreille. Je m'arrête net avant qu'il ne puisse me voir.

Me dépêchant de retourner me cacher à l'angle du couloir, je pose une main sur mon cœur battant à toute allure et tends l'oreille pour écouter ce qu'il dit.

Je ne sais pas à qui il s'adresse, mais il a vraiment l'air sur les nerfs.

— J'ai envie de le faire tout de suite, grogne-t-il. J'en a ma claque d'attendre encore et encore. Tu ne fais que me le répéter et j'en ai plus qu'assez. Je peux gérer ça. Je peux la gérer, elle.

Je fronce les sourcils. Il n'y a aucun doute dans mon esprit sur l'identité de cette *elle*.

C'est moi.

— J'ai envie d'en faire plus. J'ai envie de lui faire payer le fait de m'avoir foutu la honte devant toute l'école. Je n'ai même pas besoin de le voir pour savoir qu'il tremble de rage. Non ! Je ne veux pas qu'elle s'en tire comme ça, continue-t-il.

Je hausse un sourcil. Il ne dit rien pendant quelques secondes, j'imagine que la personne à l'autre bout du fil cherche à le calmer, parce que quand il reprend la parole, sa voix est comme étranglée et contenue.

— Ok. J'attendrai. Mais je ne vais pas lâcher l'affaire pour autant. Tu me l'as promis, putain.

J'entends ses pas se rapprocher soudain, je panique, mais il est trop tard.

Merde, je n'avais pas réalisé qu'il était si proche de moi.

Cliff arrive devant moi, appuyant sur son téléphone pour terminer son appel. Quand il lève les yeux de l'écran et m'aperçoit, ses yeux s'écarquillent. Il fourre le téléphone dans sa poche et marche à grandes enjambées dans ma direction, me plaquant contre le mur, le visage dur.

— Ne t'imagine pas que j'en ai fini avec toi, Sophie, dit-il d'une voix grave. Je sens son souffle chaud sur ma peau. Un frisson d'horreur me parcourt de la tête aux pieds. Ne crois pas que tu es en sécurité. Les Pêcheurs ne seront pas toujours là pour toi, peu importe les mensonges qu'ils te racontent.

Mon cœur bat à tout rompre dans ma poitrine. Son visage est si près du mien que je peux voir les taches de rousseurs qui parsèment sa peau et les deux petites cicatrices sur sa joue. L'une d'entre elle, vient de moi et date d'il y a seulement quelques mois. L'autre est un peu plus longue et semble plus ancienne : aucune idée d'où elle peut bien provenir. J'espère que c'est une autre fille qui lui a cassé la gueule pour se défendre.

— Je n'ai besoin de la protection de personne, je lance, les lèvres retroussées. Je suis suffisamment grande pour prendre soin de moi-même... t'as oublié ?

En lui disant cela, je fixe délibérément la cicatrice qu'il a sous l'œil, pile à l'endroit où mon poing s'est abattu sur sa joue.

Ma menace lui fait de l'effet. Il rougit de colère, les muscles de sa mâchoire tressautent, et il me pousse encore un peu plus fort contre le mur.

— Tu ne peux pas te protéger de tout, se moque-t-il, son visage bien trop près du mien.

Qu'il aille se faire foutre.

Je donne un grand coup de genou, le touchant en plein dans les burnes. Fort. Il vacille, fait quelques pas en arrière, plié en deux par la douleur. Il se détourne de moi, prend une respiration saccadée et jure tout bas.

Mais c'est suffisant. Ce petit mouvement me donne

suffisamment d'espace pour que je puisse quitter son emprise et me casser loin de lui.

— Désolée pour ta bite, je crache par-dessus mon épaule en m'enfuyant à grandes enjambées, je suis surprise d'avoir réussi à la trouver.

Je ne retourne pas dans ma chambre. Au lieu de ça, je file en droite ligne vers le dortoir des garçons, me glissant à la suite d'un autre étudiant, en faisant semblant de ne pas voir le regard qu'il me lance. Les trois Pêcheurs sont encore en cours, mais je sais qu'ils rentreront bientôt.

En les attendant, j'essaie de calmer ma colère et de réfléchir rationnellement à ce qui vient de se passer et à ce que Cliff a dit au téléphone.

Environ une demi-heure plus tard, les Pêcheurs arrivent dans le couloir, se dirigeant vers leurs chambres en discutant. Quand ils m'aperçoivent ils s'arrêtent net.

— Qu'est-ce qui ne va pas ? grogne Gray. Il s'avance rapidement vers moi, suivi de près par Declan et Elias.

Je me lève de l'endroit où je m'étais assise, contre le mur du couloir et époussette mon pantalon en grimaçant.

— Euh... je crois que j'ai peut-être un peu aggravé les choses.

Les garçons ont l'air surpris et inquiets et Gray nous fait tous rentrer dans sa chambre. Une fois que la porte est refermée, je leur explique tout ce qui vient de se passer entre Cliff et moi dans le couloir du bâtiment Hurst.

— Je n'aurais probablement pas dû lui mettre en coup de genoux dans les parties, dis-je en soupirant. Ça ne va faire que le mettre encore plus en rogne contre moi.

Pendant une fraction de seconde, l'inquiétude cède la place à la fierté dans leurs expressions. Elias glousse et Declan et Gray esquissent même un sourire.

— Merde, j'aurais aimé être là pour voir ça, lance Elias en me faisant un sourire. Il glisse un bras autour de moi et m'attire contre lui, pressant un baiser sur mes lèvres. La prochaine fois que tu casses la gueule à Cliff, préviens-moi que je vienne regarder.

— Arrête ça. Je le repousse doucement, mais je ne résiste pas quand il me retient contre lui. Franchement, c'était stupide. Et je ne sais pas à qui il pouvait bien parler, mais il est clair qu'il n'est pas le seul sur le campus à vouloir se débarrasser de moi.

Mon regard se reporte sur Gray malgré moi. Il n'y a pas si longtemps, lui aussi travaillait de concert avec Cliff pour me chasser d'Hawthorne. Il secoue la tête, le regret visible sur son visage et je laisse échapper un soupir.

Je le crois. J'espère que je ne fais pas une grossière erreur en lui accordant ma confiance, mais je crois vraiment qu'il est de mon côté désormais.

Declan se passe une main dans les cheveux, ébouriffant ses courtes mèches noires.

— Une chose est certaine. On doit faire quelque chose avant que ce connard de Cliff ne fasse une connerie, dit-il. Qui sait ce qu'il pourra imaginer faire pour se venger ?

CHAPITRE 18

— Où est Gray ? demandé-je en sortant de ma résidence. Elias et Declan m'attendent dehors, comme à leur habitude, mais je ne vois Gray nulle part. Est-ce que tout va bien ?

— Ouais. Il a dit qu'il nous retrouverait pour le petit-déj, explique Elias. Il a reçu un appel juste avant qu'on parte. Ça semblait important. Mais je crois qu'il va bien.

Declan m'adresse un petit sourire et nous allons retrouver Max et discutons tous ensemble sur le chemin de la cafétéria. Quand nous y rentrons, nous sommes presque seuls dans la grande salle qui est beaucoup plus calme que pendant la pause de midi. Nous ne regardons même pas le menu du jour et nous dirigeons vers le buffet pour charger nos assiettes de toutes sortes de délicatesses qui seront probablement jetées aux ordures d'ici une heure.

Alors que nous nous asseyons à une table, Gray s'approche de nous à grandes enjambées, les mains dans les poches et l'air tourmenté. Son expression change du tout au tout quand il nous aperçoit. Il me sourit faiblement, récupère son assiette et vient nous rejoindre.

Elias lève un sourcil et Gray hoche la tête, une conversation silencieuse passant entre eux deux.

Je les regarde l'un après l'autre et mes yeux s'arrêtent dans les profondeurs vertes de ceux de Gray. Les petites mouchetures bleues de ses yeux sont particulièrement visibles dans cette lumière matinale qui filtre à travers les fenêtres et j'ai soudain l'envie de peindre quelque chose en m'inspirant de ce que je perçois. Ou peut-être n'est-ce qu'une excuse pour pouvoir le fixer pendant des heures.

— Tout va bien ? Je répète la question que j'ai posée à Elias et Declan plus tôt, voulant cette fois obtenir la réponse de Gray.

Il grimace légèrement, mais le cache rapidement.

— Ouais. Tout va bien. J'ai seulement reçu un appel ce matin…

Comme si ces mots l'avaient réveillé, son téléphone se met à sonner. Il jure tout bas et décroche.

— C'est bon ? Vous vous êtes débrouillés ? Sa voix

est presque un grondement. Bien. Hors de question qu'il intervienne une nouvelle fois, dites-lui d'aller se faire foutre.

La conversation se termine et je hausse un sourcil dans sa direction.

— Euh, il se passe quoi là ?

Gray pousse un soupir.

— J'imagine que tu as le droit de savoir, dit-il lentement en regardant les autres. J'ai reçu un appel ce matin de la galerie d'art qui me disait que l'exposition était annulée. Ils m'ont sorti une excuse bidon comme quoi le jour était déjà réservé.

— Quoi ? Je me redresse dans mon siège.

Il me lance un regard rassurant.

— Ne t'inquiète pas, Moineau. J'ai arrangé les choses. Il s'est avéré que c'était encore une des idées de Cliff pour te faire du mal. Nous avons réservé la galerie, mais il s'est arrangé pour tirer quelques ficelles et prétendre qu'il l'avait réservée avant nous.

— Ce sale con, murmuré-je, essayant tant bien que mal de repousser la rage que je sens monter en moi. Il est si mesquin.

Il est trop tôt dans la journée pour avoir à gérer ce genre de choses et même s'il m'a déjà fait bien pire, ce dernier coup me fait particulièrement souffrir. Ça sera ma première exposition et c'est très important pour moi. Je ne parle même pas de l'argent que je pourrais me faire, si j'arrive à vendre mes toiles, je parle du fait de pouvoir partager quelque chose d'important pour moi avec le monde.

Declan attrape ma main sous la table, les cals sur ses doigts frottant gentiment le dessus de ma main.

— S'il essaie de recommencer ses conneries, ça ne passera pas deux fois, assure Gray d'une voix ferme. L'expo se déroulera comme prévu.

Pourtant, au cours des jours précédant l'exposition, je ne peux pas m'empêcher de penser que quelque chose est sur le point de mal tourner. Cliff est calme, bien trop calme, et je ne sais pas si c'est parce qu'il prépare un sale coup ou s'il est sincèrement effrayé par l'influence des Pécheurs. Même si je préférerais de tout cœur que ce soit la dernière option, je ne suis pas certaine que Cliff ait la présence d'esprit d'être effrayé par quoi que ce soit. J'ai plutôt l'impression que c'est un connard qui se croit tout permis et à qui on a fait croire depuis la naissance que le monde tournait autour de lui.

Je suis rassurée de savoir les garçons à mes côtés, car ils ne me laissent pas le temps de douter de moi-même. Alors que je travaille sans relâche pour terminer les peintures pour l'expo et faire que tout se déroule au mieux, ils sont là pour me soutenir dans toutes les étapes, me forçant à m'arrêter quand j'oublie de manger et faisant fuir quiconque menacerait de me déranger quand je travaille. Je remarque que Max commence à en avoir un peu assez de leur comportement de mâles alpha de base, mais quant à moi, je ne m'en plains pas.

Ils me soutiennent. Et dans tout ce qu'ils disent et dans tout ce qu'ils font, je sens leur appui et leurs encouragements.

Je suis entièrement consumée par mon art, d'une manière qui ne m'était encore jamais arrivée. Vu que j'ai beaucoup travaillé au début de ce semestre pour prendre de l'avance dans mon travail universitaire, je peux me permettre de manquer quelques cours et de faire passer mes études au second plan un moment sans risquer de faire dégringoler ma moyenne.

Je ne sais pas vraiment à quoi m'attendre avec cette exposition et j'essaie de ne pas trop y penser. Je sais que si je me laisse emporter, je ne vais plus penser qu'au fait que mes peintures vont se retrouver en face de dizaines, voire de centaines de personnes.

Et ce ne sont d'ailleurs pas que mes peintures.

C'est *moi* tout entière qui vais m'exposer.

Je n'ai jamais rien fait de tel. Je n'aurais même jamais pensé le faire de ma vie. Ça me terrifie, mais en même temps c'est tellement grisant !

Pour être parfaitement honnête, je ne l'aurais jamais fait si Declan ne m'avait pas poussée. Puis ensuite Elias. Et enfin Gray. Ça n'aurait jamais été possible sans leurs relations, leur soutien et le fait qu'ils ont cru en moi.

J'arrive de mieux en mieux à ne plus enfouir mes émotions au plus profond de moi, mais ce n'est pourtant pas le moment de réfléchir à ce que je suis en train de commencer à ressentir pour eux. Je dois me rendre à ma putain d'exposition.

— Tu es prête, Blue ? Elias toque à la porte de ma chambre qui est déjà ouverte.

Je me retourne dans la petite robe noire qui a été déposée sur ma table de nuit dans une jolie boîte crème la veille. Je me déhanche un peu et accroche son regard. La robe est chic et élégante, féminine juste comme il faut. Je ne sais pas lequel d'entre eux me l'a offerte, mais je ne vais pas me prendre la tête à essayer de deviner. Je vais seulement en profiter, car je l'adore.

Il siffle tout bas.

— Eh bé putain, Blue, *putain*.

Declan et Gray entrent dans la chambre à sa suite et les trois hommes s'entassent dans l'embrasure de ma porte en me lançant des regards appréciateurs. Mon corps entre en surchauffe, ce qui n'a rien d'étonnant vu comment ils me regardent. Mais ce qui me surprend le plus, c'est la manière dont mon cœur semble soudain trop grand pour ma poitrine, comme s'il cherchait à gonfler au-delà de ma cage thoracique. J'essaie de cacher le torrent d'émotions qui m'assaille et me déhanche de manière coquine pour leur donner une belle vue de mon cul.

— Continue à faire ça, Moineau, dit Gray d'une voix grave. Et nous ne serons jamais à l'heure pour l'expo.

Vu la manière qu'il a de me regarder, je peux jurer qu'il est très sérieux. Elias et Declan hochent la tête à leur tour. Merde, j'ai même l'impression que Declan est en train de se retenir de toutes ses forces. Son regard parcourt mon corps d'une telle façon que j'ai d'un coup envie que ce soit ses mains qui me caressent comme ça.

— Allez, il est temps de partir. Max s'avance dans la chambre en les poussant, regardant l'heure sur son téléphone. Il faut qu'on décolle dans moins de cinq minutes si on ne veut pas être en retard. Elle lève les yeux de son téléphone et me lance un sourire enchanté. Eh bin, Sophie, tu es toute belle !

— Merci, dis-je en levant les yeux au ciel. Je ne fais que rarement des efforts vestimentaires. Et aujourd'hui, je porte simplement une robe de soirée, mais à en juger par leurs réactions, on pourrait croire que je porte une robe de princesse. Puis je lui souris. T'es canon toi aussi.

Elle aussi porte une robe de soirée, d'un bleu profond qui met en valeur ses longues jambes et ses formes généreuses. Ses cheveux noirs sont relevés et elle a accessoirisé sa tenue avec des bijoux dorés qui attirent l'attention sur ses yeux. Si elle croit que je serai la seule à attirer tous les regards, elle a tort, je sais qu'elle va en faire tourner des têtes, ce soir.

Quand nous arrivons devant le bâtiment très moderne où se tient mon exposition, j'ai l'horrible impression que je vais me mettre à vomir d'un instant à l'autre, mais Declan me tend son bras et me conduit à l'intérieur, me faisant un sourire qui apaise un peu ma nervosité. J'aimerais dire que je ne m'accroche pas à lui comme une naufragée à son radeau de sauvetage, mais pourtant, c'est ce que je fais.

Mais ça, c'est avant que je n'arrive dans la salle où sont exposés mes tableaux. Là, je me détache de lui et plaque mes deux mains sur ma bouche en découvrant l'installation.

Putain de merde.

Je ne suis même pas certaine que ma pensée se matérialise en mots. Je n'arrive plus à parler. Je parviens à peine à respirer.

Les Pécheurs ont insisté pour que je ne voie pas la galerie d'art avant que tout soit prêt, c'est donc la première fois que je remets les pieds ici depuis le début de l'installation, une semaine auparavant. Ces derniers jours, je me suis contentée de donner une à une mes peintures à peine sèches aux garçons pour qu'ils les installent, me forçant à me défaire temporairement de mes œuvres préférées. Mais ce que je vois aujourd'hui devant moi…

— C'est extraordinaire, murmuré-je, admirant mes pièces.

Mon art.

Mais est-il vraiment mien ?

Je n'ai regardé mes tableaux qu'à travers mes propres yeux, à la lumière faible filtrant de ma petite fenêtre ou sur les murs de ma chambre universitaire. Jamais exposés comme ça, comme une vraie artiste, une artiste légitime. Je les regarde sous un nouveau jour et j'ai l'impression de découvrir pour la première fois tous ces tableaux et ces dessins artistiquement disposés sur les murs de la galerie.

Quand les garçons m'ont demandé si j'avais des instructions particulières à leur donner concernant la mise en place, je n'ai pas vraiment compris de quoi ils parlaient, mais maintenant, tout est clair. Les peintures qui pour moi, n'avaient aucun rapport les unes avec les autres, se retrouvent arrangées en séquences qui guident le regard de l'une à l'autre, comme si dès le départ, j'avais prévu d'en faire une série. D'autres tableaux que je n'aurais pas jugés excellents sont exposés seuls, comme si c'étaient des équivalents de Mona Lisa et une foule dense d'hommes en costume et de femmes en robes de soirées les admirent en discutant à mi-voix.

— C'est réel tout ça ? demandé-je en me retournant vers les trois garçons, sans plus me préoccuper de repousser la brûlure des larmes qui me montent aux yeux. C'est vraiment réel ?

Elias sourit.

— C'est réel. Et tu le mérites, Blue. Laisse-moi te présenter à mes parents.

Il fait signe à un couple plus âgé qui se tient un peu plus loin et mes yeux s'agrandissent tant la ressemblance entre les trois est frappante. Je fais de mon mieux pour ne pas me renfermer totalement sur moi-même. Je me sens étrangement nerveuse à l'idée de rencontrer ses parents, alors que je n'ai jamais été du genre timide et que généralement, je ne laisse personne me faire me sentir mal d'être qui je suis.

— Papa, maman, Voici Sophie Wright, annonce Elias, de la fierté dans les yeux. C'est elle l'artiste derrière cette exposition.

L'expression de sa mère s'adoucit en me regardant et elle me serre doucement la main de ses doigts délicats.

— Merci de partager votre talent avec nous, Sophie, dit-elle. Je n'aurais jamais cru qu'une voix puisse être élégante, mais c'est pourtant le cas de la sienne. Ce sont des pièces absolument magnifiques.

Le père d'Elias m'offre le même genre de compliments et je parviens, on ne sait comment, à les accepter sans trop me sentir mal à l'aise. Après quelques instants, ils s'en vont, et Elias les accompagne pour aller saluer une relation de travail de son père.

— Allez viens, Moineau. Allons saluer les invités, suggère Gray en me tendant son bras.

Arg. Ça, je n'en ai vraiment aucune envie. Même si c'est génial de voir autant de monde admirer mes productions, c'est une tout autre chose d'imaginer aller leur parler.

— Tout va bien se passer. Gray semble lire dans mes pensées et un sourire se dessine sur ses lèvres. Ils ont envie de te rencontrer. Tu ne peux pas mettre tous ces chefs d'œuvre aux murs et t'attendre à ce que personne ne réagisse.

Je réprime un sourire. Gray a vraiment prouvé qu'il était de mon côté en se dressant contre Cliff et en se servant des connexions de sa famille dans le monde de l'art pour mettre sur pied cette incroyable exposition. Mais il n'a pas l'air de vouloir s'arrêter là et il profite de la moindre occasion pour me prouver encore et encore qu'il me soutient.

J'aime beaucoup ça.

Nous déambulons dans la galerie. Je rencontre plusieurs personnes gravitant autour des Pêcheurs et la soirée passant, j'apprends que ni les parents de Gray, ni ceux de Declan n'ont pu se libérer pour venir. À ma grande surprise, je remarque de-ci de-là quelques visages que j'ai croisés à la fac : un mélange d'étudiants et de personnel de l'université, semblant espérer que ce soir se termine en drame, mais également un peu intimidés par l'exposition en elle-même.

— Merde, murmure Gray en m'éloignant doucement d'un couple âgé qui nous a abordés pour me complimenter. Alan Montgomery est ici.

Mes sourcils remontent malgré moi.

— Montgomery. Tu veux dire... le père de Cliff ?
— Oui. Il est juste là.

Il me désigne un homme élégant vêtu d'un costume de marque, il est beau comme une star de cinéma avec ses cheveux roux barrés de quelques mèches grises. Il ressemble en tout point à l'idée que je me faisais du père de Cliff et à sa vue, un sentiment de malaise commence à me nouer l'estomac.

Je ne le connais pas, mais connaissant son fils, je ne suis pas sûre de vouloir en savoir plus sur lui.

— Merde. Qu'est-ce qu'il fout là ? demandé-je, mon épaule frottant contre celle de Gray, alors que je pivote la tête pour scanner la salle des yeux. Tu crois que Cliff est là, lui aussi ?

Oserait-il ?

Et même s'il décidait de venir, que pourrais-je faire pour l'en empêcher ? Est-ce que ça vaudrait la peine que je fasse une scène pour lui interdire l'entrée de ma propre exposition ? Probablement pas et il doit certainement le savoir lui aussi.

Gray fronce les sourcils et son regard se durcit. Il

me désigne une direction d'un coup de menton, je suis son regard et tombe sur Monsieur Connard en personne qui marche au milieu de la foule.

Il s'arrête à côté de son père et les deux se penchent l'un vers l'autre pour converser discrètement. Je sens mon rythme cardiaque s'accélérer. Cliff a l'air pincé, tendu et son père a l'air d'être en train d'essayer de le calmer. Pendant une seconde, j'espère qu'Alan sait à quel point son fils est stupide et qu'il ne le laissera pas faire quoi que ce soit.

Mais je ne sais pas pourquoi, je me dis soudain que ça n'arrivera pas. Alan Montgomery n'a manifestement rien fait pour calmer les pires tendances de son fils jusque-là et ça m'étonnerait qu'il commence ce soir.

J'essaie de ne pas les regarder, mais toutes les cinq minutes, je me retrouve à chercher Cliff dans la foule malgré moi, priant pour qu'il ne soit pas en train de détruire mes peintures ou de diffuser des photos ou des vidéos de mon strip-tease. Merde, s'il a vraiment récupéré des emails entre Brody McAlister et sa femme décédée, il serait bien capable de les coller au mur.

Heureusement, il ne fait rien de tout cela. Il semble satisfait de me lancer des regards noirs de temps en temps, tout en discutant hypocritement avec les autres invités, comme s'il voulait me provoquer et faire en sorte que je sois celle qui lance les hostilités.

Dans la foule, je remarque d'autres visages connus

et pas franchement bienvenus. Caitlin et ses groupies sont là elles aussi et je me demande si Cliff ne les a pas invitées simplement pour me foutre en rogne. Reagan et Gemma me lancent des regards noirs pendant que Caitlin critique mes œuvres de sa voix de crécelle, en disant qu'elles manquent d'originalité et qu'elles sont trop simplistes.

Heureusement, je n'ai pas le temps de m'inquiéter du fait que cette pouffiasse prétentieuse critique ou non mon art, car de nouvelles personnes me sont présentées et je reçois de nombreux compliments de parfaits inconnus. Je parle même à certains qui veulent acheter mes pièces, mais je refuse, en dépit des sommes astronomiques qu'ils me proposent.

Declan avait raison. Il y a quelque chose d'extraordinaire à montrer son art au monde comme ça. Un jour, je serai contente de vendre mes toiles, mais pas tout de suite, pour l'instant, j'aurais l'impression de permettre à quelqu'un de posséder une partie de moi.

En fin de soirée, je me mets en retrait dans un coin sombre et observe les gens déambuler, parler entre eux et admirer mon art. Je suis toujours sur un petit nuage, c'est un sentiment qui me fait un bien fou et me permet de ne plus penser aux autres merdes qui me sont récemment tombées dessus.

Ce soir je suis hors de la fac, loin de tous mes problèmes avec Cliff. Je fais quelque chose qui est complètement *moi* et j'adore ça. Je n'aurais jamais pensé que ça puisse être aussi agréable et que je serais aussi impatiente et excitée de partager cette partie de moi si vulnérable avec tous ces gens.

— Hey, te voilà, me dit Declan à mi-voix en arrivant derrière moi. Je te cherchais. Il enroule ses bras autour de moi et me serre contre lui avant que je n'aie le temps de me retourner. Je me laisse aller contre lui.

— Je n'arrive toujours pas à y croire, murmuré-je, alors qu'il me retourne pour que je me retrouve face à lui. Merci, Declan.

— Je n'ai pas fait grand-chose. Tout le mérite te revient. Il sourit presque timidement, faisant glisser ses mains un peu plus bas, de manière à ce qu'elles se retrouvent posées juste au-dessus de mes fesses. Peut-être que ce n'est pas très approprié pour une exposition dans une galerie chicos, mais je n'en fous.

— Je n'aurais jamais cru être quelqu'un capable d'exposer son art, admis-je. Mais voir autant de gens regarder mes peintures, les étudier, les absorber, merde, même m'offrir de l'argent pour les acheter : c'est vraiment trop incroyable.

— Ils t'aiment Soph, dit-il en se penchant pour m'embrasser, sa langue cherchant doucement la mienne alors que j'entrouvre les lèvres pour lui.

Tout comme je t'aime moi aussi.

Il ne le dit pas. Peut-être ne le pense-t-il même pas.

Peut-être que tout ça, c'est dans ma tête et que mon esprit comble les blancs et se berce d'illusions. Mais pendant une seconde d'une grande intensité, avec son corps pressé contre le mien et ses lèvres dévorant les miennes, je réalise enfin la vérité.

Je suis en train de tomber amoureuse.
Pas seulement de Declan.
Pas seulement d'Elias.
Pas seulement de Gray.
Mais de tous les trois.

CHAPITRE 19

L'exposition se termine bien plus tard que je ne l'aurais imaginé. Les invités s'attardent jusqu'à bien après minuit, même si tous ceux que je connais de la fac sont partis depuis longtemps déjà.

— Le propriétaire de la galerie te fait dire que tes œuvres te seront réexpédiées la semaine prochaine, me dit Gray. Mais si tu préfères, il est tout à fait possible d'en entasser le plus possible dans le coffre de ma voiture dès ce soir, continue-t-il.

— Je crois que ça va aller. Je laisse échapper un soupir, réalisant soudain à quel point je suis fatiguée. Mais je ne veux pas que quelqu'un ait à…

— Ne t'inquiète pas de ce genre de détails, Moineau. Il rit. Tu viens de faire une belle publicité à cette galerie d'art et je suis prêt à parier qu'ils se plieront en quatre pour t'aider.

Je rougis malgré moi. Les dernières heures m'ont donné un regain d'énergie et de confiance en moi que je ne pensais pas posséder. J'ai toujours du mal à réaliser que cette soirée ait été un vrai succès et que des gens, de parfaits étrangers, aient vu mes œuvres et les aient appréciées.

Elias et Declan nous rejoignent. Elias entoure mes épaules de son bras et me serre contre lui. Alors que nous nous dirigeons vers la voiture de Gray les trois garçons discutent avec animation du succès de la soirée. Gray m'étonne même en lançant que la galerie serait probablement intéressée d'organiser une nouvelle exposition de mes œuvres.

— Surtout si tu ne vends pas tout de suite. Il baisse des yeux brillant de fierté vers moi. Non pas, ajoute-t-il rapidement, que ce soit une mauvaise chose. Mais si tu choisis de ne rien vendre, les gens voudront revoir tes productions. Et si alors tu choisis de vendre, tu pourras probablement mettre les prix que tu veux et trouver preneur.

Je ris.

— Ouais, c'est ça. Même si sa prédiction semble un peu tirée par les cheveux, ça me fait plaisir de l'entendre.

— Je suis sincère, Moineau, dit-il d'un ton taquin. Tu es la prochaine grande star.

Alors que nous atteignons le parking, je réalise

soudain que Max ne nous accompagne pas. Ça doit bien faire une heure que je ne l'ai pas vue.

— Hey, où est Max ? demandé-je soudain.

Declan me lance un sourire complice.

— Elle nous a dit de te dire qu'elle laissait Aaron la raccompagner à la fac. Il lève un sourcil. Il semblerait qu'il se passe vraiment quelque chose entre ces deux-là.

Je note mentalement de lui envoyer un message, pour m'assurer qu'elle va bien, même si Aaron est le moins insupportable de tous les Saints, je me méfie tout de même de lui. Il est pote avec Cliff, comment pourrais-je lui faire confiance ?

La fac n'est qu'à une demi-heure de route et quand nous nous garons sur le campus, l'épuisement que j'ai ressenti à la fin de l'exposition a été remplacé par une nouvelle décharge d'adrénaline. Je ne pourrai jamais dormir.

Peut-être que les garçons ressentent la même chose, car en traversant le campus silencieux, éclairé par la lumière faiblarde des lampadaires, je réalise que Gray ne nous conduit pas vers ma résidence, ni même vers la sienne.

— On va où ? demandé-je.

Il me lance un regard par-dessus son épaule qui m'échauffe instantanément.

— Tu vas voir, dit-il seulement et vu que les deux

autres Pêcheurs ne lui posent pas de questions, j'imagine qu'ils savent déjà où nous nous rendons.

Ils m'emmènent vers un bâtiment dans lequel je ne suis encore jamais entrée. Malgré l'heure tardive, nous parvenons à y pénétrer par une porte déverrouillée et je me demande vaguement quelles faveurs ils ont dû solliciter et auprès de qui, pour avoir ce privilège, puis je décide de ne plus y penser.

Ma peau fourmille d'excitation, alors que nous gravissons une longue volée d'escaliers débouchant sur un couloir, puis nous en empruntons une dernière, plus petite cette fois-ci. Je sais que nous sommes tout en haut du bâtiment, mais quand Gray ouvre enfin la porte, je suis choquée d'apercevoir une immense étendue de ciel nocturne clair, piqueté d'innombrables étoiles, l'air extérieur frais soulevant doucement quelques mèches de mes cheveux.

— Putain. Mais c'est magnifique, dis-je dans un souffle, prenant la main que Gray me tend pour me conduire sur le toit. Comment avez-vous fait pour...

Ma question reste en suspens, alors qu'il me guide vers un endroit du toit où sont disposées quelques grandes chaises de jardin. J'ai l'impression que c'est un endroit qu'ils fréquentent suffisamment souvent pour le considérer comme le leur. Je ne sais pas s'il leur appartient vraiment, ou si c'est seulement l'une de ces cachettes, connues seulement de certains étudiants, mais en tout cas, j'adore.

Alors que nous nous installons, Declan sort une bouteille de whisky qu'il a dû récupérer dans la voiture. Il la débouche et me la tend.

J'accepte la bouteille et en bois une longue gorgée, laissant le liquide brûler mon œsophage, avant de se transformer en chaleur agréable dans mon ventre.

Quand je lui redonne, il se lève et la lève vers le ciel, comme s'il portait un toast.

— À Soph, pour la remercier de partager son talent et son âme avec nous. Son regard accroche le mien et il maintient le contact un instant, avant de boire une gorgée.

— À moi. Elias lui prend la bouteille. Toujours debout, il déclare à son tour : À Blue, qui a le plus beau cul que j'ai jamais vu !

Le sourire un peu idiot qu'il me lance fait que je tends le bras pour lui donner une tape affectueuse sur les fesses.

— Quoi ? demande-t-il en souriant largement, avant de boire une gorgée de la bouteille. C'est la vérité et tout le monde n'est pas poète comme Declan.

Je lève les yeux au ciel, le cœur battant fort dans ma poitrine. Je ne sais pas si c'est le whisky qui m'échauffe déjà le sang ou si je ne suis toujours pas redescendue après l'intense excitation de l'exposition, mais ce soir, je me sens libre et pratiquement invincible.

Quand la bouteille passe à Gray, il en boit une longue gorgée, son cou ondulant avec le mouvement. Quand il repose la bouteille, il se tourne vers moi et me fixe dans la pénombre.

— À Moineau, qui a le plus grand cœur de tous ceux que je connais.

Nous retombons dans le silence un moment, mais aucun de nous ne se sent le besoin de le combler. Je sais en tout cas, que je n'en ai aucune envie. Je ne saurais de toute façon pas vraiment comment verbaliser mes émotions et ce que ces trois hommes me font ressentir.

Gray dit peut-être que j'ai le plus grand cœur de tous ceux qu'il connaît, mais c'est uniquement parce que ses amis et lui ont réussi à l'ouvrir et à lui donner de la place pour se développer.

Nous restons sur ce toit pendant environ une heure, à discuter et à boire. Ça me fait la même sensation que quand je passe du temps à discuter et à fumer avec Declan : c'est facile, confortable.

Cette pensée me fait réfléchir et je me lève de ma chaise, alors que Gray et Declan se moquent gentiment d'Elias à propos d'une blague qu'il a tentée de faire l'année dernière et qui a franchement mal tourné. Je marche et m'arrête devant le petit muret qui entoure le toit, baissant les yeux sur le campus faiblement éclairé en contrebas et écoutant distraitement les voix graves des hommes derrière moi.

Quelque part, au milieu de tout ça, je me suis liée d'amitié avec les Pécheurs. C'est bien plus qu'une attirance ou une connexion chimique irrésistible entre nous, non, je les *apprécie* vraiment. Nous allons bien ensemble. Ils sont durs eux aussi et un peu abîmés, comme moi. Je n'aurais jamais cru que des gosses de riches comme eux, élevés dans les privilèges, puissent porter le même genre de cicatrices au fond d'eux que quelqu'un comme moi.

Mais j'aime leurs cicatrices et leurs blessures. Je ne crois pas qu'ils m'auraient autant attirés s'ils avaient été parfaits.

La bouteille de whisky est presque vide à présent et je suis un peu bourrée. Je vacille un peu en regardant les pelouses parfaitement tondues et les bâtiments magnifiques. Tout à l'air si parfait de là-haut, si inoffensif. Si *agréable*.

— Hey, Blue. Reviens un peu par ici.

La voix d'Elias me rappelle et même s'il ne me dit pas de faire attention à ne pas tomber, je sais qu'il s'inquiète pour moi. C'est une sensation étrange, d'avoir ainsi des gens qui se soucient de moi. Mais j'aime ça.

Je lui lance un coup d'œil par-dessus mon épaule,

avant de revenir vers les chaises sur lesquelles les garçons sont affalés.

Quand je les atteins, Elias m'attrape la main et l'embrasse, avant de me tirer sur ses genoux. Je m'assois sur lui, mon dos collé contre son torse. Je m'adosse tranquillement à lui, alors qu'il continue à discuter avec les autres et je me laisse bercer par le grondement de sa voix dans sa poitrine.

Ses mains caressent mon corps, de manière possessive, tout en étant décontractée. Et pas un centimètre ne reste intouché.

Pas un seul.

Lentement, je sens la chaleur monter en moi. Ils continuent à discuter à voix basse tous les trois, leurs voix graves sont douces dans la nuit tranquille et Elias fait glisser ses mains sur mes courbes. Mais à chaque nouvel endroit qu'il caresse, mon corps répond avec une ferveur renouvelée.

Je me repositionne sur ses genoux, écartant légèrement les jambes. Je porte toujours la robe de soirée noire que j'avais enfilé pour l'exposition et le mouvement la fait remonter haut sur mes cuisses, exposant encore plus de peau. Elias s'immobilise, puis baisse sa main, la faisant glisser le long de ma cuisse, encore plus haut.

Le bout de ses doigts frôle la dentelle de ma culotte,

effleurant mon clitoris à travers la fine barrière de tissu. Je frémis.

Instantanément, la conversation entre les trois hommes s'interrompt. Je réalise soudain que les deux autres m'observent intensément.

Un frisson d'anticipation me parcourt. Je me sens presque nerveuse et ce n'est pas dans mes habitudes de l'être quand il est question de sexe. Mais cette nervosité n'a rien à voir avec une quelconque timidité, mais avec la signification de ce que l'on s'apprête à faire.

Je ne sais pas comment c'est arrivé, mais je commence à développer des sentiments pour ces trois hommes. Et ils semblent l'avoir accepté. Ces alphas possessifs, ces hommes qui sont habitués à obtenir ce qu'ils désirent, sont d'accord pour me partager entre eux trois.

Mais ce que cela signifie exactement et comment cela fonctionnera exactement n'a pas encore été décidé.

Mais moi, je sais comment je voudrais que ça fonctionne. Tout ce à quoi j'ai besoin de penser, c'est au jour où ils se sont tous réunis autour de moi, sur le lit de Gray. C'est comme ça que je veux que ça se passe entre nous.

Je décide donc de les tester un peu.

J'écarte un peu plus les jambes, accueillant les doigts d'Elias. Il fait un bruit de gorge si grave que je sens plus la vibration que je n'entends réellement le son et ses doigts caressent la bordure de ma clotte avant de se glisser en-dessous. Il les fait glisser sur ma vulve et je sais que je suis déjà trempée de désir.

Gray se mord la lèvre inférieure et ses yeux sont fixés sur mon entre-jambe. Declan est penché en avant sur sa chaise et même sous la faible lumière de la lune et des quelques réverbères, je sais qu'il bande. Je peux voir la bosse dans son pantalon.

Souriant un peu, j'écarte encore les cuisses les laissant me voir davantage et permettant à Elias de pousser le tissu de ma culotte sur le côté et commencer à me baiser avec ses doigts.

Ma chatte se contracte de plaisir et Gray grogne doucement.

— Merde, Moineau. Tu aimes ça ?

Pour toute réponse, je souris davantage et laisse tomber ma tête en arrière, sur l'épaule d'Elias, tout en accrochant mes jambes autour des siennes. Il écarte à son tour les jambes, ouvrant mes cuisses encore plus.

Je peux sentir sa verge presser contre mes fesses. Il donne des petits coups de hanche vers le haut, en rythme avec les mouvements de ses doigts. Son pouce se pose sur mon clitoris et je commence à me tortiller sur ses genoux, la pulsation du désir se faisant de plus en plus intense dans mon corps.

— Qu'est-ce que tu veux, Blue ? murmure-t-il contre mon oreille, y déposant de petits baisers, alors que nous regardons les deux autres nous regarder. Je sens que tu veux quelque chose, dis-moi quoi.

— Baise-moi, murmuré-je, un frisson d'anticipation, descendant le long de ma colonne vertébrale à ces mots. Comme ça, pendant que Gray et Declan nous regardent. Je veux que tu me baises devant eux.

Ces mots sont destinés à Elias, mais je crois que les deux autres doivent les entendre ou du moins, devinent plus ou moins ce que je viens de dire, car ils poussent tous les deux un grognement d'approbation. Declan pose une main entre ses jambes et serre sa verge à travers son pantalon, serrant les dents.

Oh, oui.

J'ai envie de le voir faire ça et tellement plus encore. Je veux les voir jouir pendant qu'Elias sera enfoncé jusqu'à la garde en moi. Je veux qu'ils puissent basculer dans le plaisir en regardant leur pote me besogner et en s'imaginant être à sa place.

— Ici ? Sur le toit ?

Peut-être que si c'était quelqu'un d'autre qui me posait cette question, je me dirais qu'il espère que je change d'avis et que baiser sur le toit de l'un des bâtiments de l'école pendant que deux autres personnes nous regardent est bien trop risqué, irresponsable même.

Mais c'est Elias. Et même s'il pose la question, je peux sentir à quel point il a envie que je lui dise oui. Sa verge frotte contre mes fesses, il change son doigt de position et commence à me faire gémir en caressant mon point-g.

— Oui. J'ai de plus en plus de difficultés à réfléchir. Ses doigts accélèrent leur mouvement et s'il continue comme ça, je vais jouir avant même qu'il ne me pénètre. Ici, maintenant. Sur le toit, je veux que tu me… oh putain !

Comme s'il sentait à quel point j'étais proche de la jouissance, il accélère soudain et enfonce ses doigts plus profondément en moi, jusqu'à ce que le plaisir me submerge. Mes muscles se tendent et j'essaie de serrer les cuisses, mais il les maintient largement écartée, laissant Gray et Declan voir clairement les mouvements de ses doigts en moi pendant que je jouis.

Quand il ressort ses doigts de ma chatte encore palpitante de plaisir et les lèche avec application, Declan grogne.

— Putain de merde, j'ai jamais été aussi excité de ma vie.

Je bats des cils dans sa direction et ça le fait rire. Je suis tentée de me lever et d'aller le rejoindre, de le laisser me goûter à son tour et savourer les sensations que sa langue experte est en mesure de me donner.

Mais ce sera pour une autre fois. Pour l'instant, je sais pertinemment ce que je veux.

Je me repositionne, laissant Elias remonter le tissu

de ma robe jusqu'à ce qu'elle se retrouve en boule au niveau de ma taille. J'ai les jambes tellement écartées que ma robe ne cachait déjà plus grand-chose au regard des deux autres, mais maintenant qu'elle est complètement relevée, je me sens encore plus exposée.

Ma petite culotte en dentelle est tout ce qui sépare ma chatte de l'air froid de la nuit et Elias me surprend en se saisissant à deux mains du tissu fin et en le déchirant d'un coup sec. Je pousse un cri alors qu'il se débarrasse du tissu et je l'entends glousser dans mon dos.

— J'ai toujours voulu faire ça, admit-il.

— Tu n'as jamais déchiré la culotte de personne ? je lui demande, alors qu'il glisse un doigt sur ma vulve humide étalant mes fluides à la vue des deux autres. Je ne crois pas qu'ils aient cligné des yeux depuis que ma robe est remontée sur mes cuisses. Mon entre-jambe est gonflé, échauffé, comme si leurs regards généraient réellement de la chaleur.

Elias rit doucement à nouveau.

— Je n'ai jamais été avec une fille qui m'a donné envie de le faire. Personne ne me rend fou comme tu le fais, Blue.

Je me trémousse contre lui, lui montrant à quel point j'apprécie son compliment en frottant mes fesses contre sa queue bandée. Il jure tout bas, m'attrapant les hanches pour m'immobiliser.

— Merde, laisse-moi te pénétrer d'abord. Si je gicle dans mon pantalon, les deux autres connards en face se foutront de moi pendant le reste de ma vie.

Je ris franchement en entendant ça, mais je décide de ne pas le torturer plus longtemps il me déplace sur ses genoux, me manœuvrant pour avoir la place de dézipper son pantalon et le baisser suffisamment pour en extraire sa verge. Alors qu'il la sort de son pantalon, je vois les deux autres qui font de même. Ils sont tous les deux assis et Declan est un peu avancé vers l'avant, un coude posé sur son genou, pendant que son autre main s'est enroulée autour de son membre. Gray est reculé dans son siège, se branlant d'un mouvement lent, ses yeux ombrageux n'en perdant pas une miette.

J'ai l'impression que mon corps brûle de l'intérieur et l'orgasme que je viens d'expérimenter quelques minutes auparavant est déjà oublié et tout en moi en demande davantage.

Encore.

Encore.

Merde, c'est peut-être une bonne chose que je me retrouve à sortir avec trois mecs à la fois. Je suis vraiment insatiable ces derniers temps, je n'ai encore jamais ressenti ça. J'ai toujours aimé le sexe, même si la plupart du temps, c'était plus un échappatoire qu'autre chose, mais depuis que j'ai rencontré ces trois hommes, c'est devenu bien plus que ça. Je n'ai jamais réagi de cette manière avec quiconque avant eux. Ils ont la capacité de faire naître un véritable brasier en moi d'un simple mot, d'un simple toucher ou d'un simple baiser.

Elias me soulève un peu et me pénètre. J'entends son expiration saccadée qui se transforme en long soupir, alors qu'il incline ses hanches vers le haut, m'emplissant d'un long mouvement fluide.

C'est bon. Plus que bon même, parfait.

Ma tête retombe une nouvelle fois en arrière, sur son épaule et j'ai envie de fermer les yeux, pour me concentrer sur les sensations incroyables qui jaillissent en moi. Mais je n'arrive pas à décrocher mon regard de Declan et de Gray. Je n'ai pas envie d'en rater la moindre seconde.

— Ils aiment te regarder, me murmure-t-il, la voix un peu tendue, alors qu'il se renfonce en moi. Et moi aussi. Tu sais à quel point tu es belle quand tu te laisses aller, Blue ? je n'ai jamais rien vu de tel.

Declan se branle de plus en plus vite, son torse se soulève vite et amplement, au rythme de sa respiration. Il s'est débarrassé de sa veste il y a déjà un bon moment et a remonté ses manches et je vois ainsi, la main enroulée autour de sa queue est l'une des choses les plus sexy que j'aie jamais vues. Gray a toujours les yeux rivés sur moi, une intensité brutale dans le regard et je sais que même si tout ça l'excite, une part de lui-même n'a qu'une envie, m'arracher des bras d'Elias, me plier contre le petit muret entourant le toit et me baiser de toutes ses forces, jusqu'à ce que mes genoux cèdent sous ses assauts. Le fait qu'il n'ait pas fait le moindre mouvement dans ce sens, indique la force du lien qu'il partage avec les deux autres.

La force du lien qui existe entre nous quatre.

Ce lien a failli se rompre il y a quelques temps, mais comme un élastique étiré, il a repris sa forme originelle et j'ai même l'impression qu'il est encore plus fort qu'avant. Car les choses ne sont pas simplement redevenues comme avant. Elles se sont transformées en quelque chose de différent. D'encore meilleur.

Le plaisir monte de nouveau en moi, alors qu'Elias me baise par derrière, ses doigts se reposant sur mon clitoris et le caressant doucement en cercles. Il n'essaie pas de me pousser vers l'orgasme cette fois-ci. Il prend son temps, mais je le sens tout de même monter en moi, de concert avec le fourmillement caractéristique dans mes extrémités et le battement accéléré de mon cœur.

— Merde, gronde-t-il tout bas, ses hanches pistonnant plus vite. Il ne peut pas me pénétrer aussi profondément qu'il le voudrait dans cette position, mais la pression de ses doigts son mon clitoris compense largement. J'y suis presque, Blue. Putain, t'es trop bonne. Tu peux jouir encore ? Jouis avec moi. Laisse-les t'admirer.

Gray et Declan se branlent brutalement désormais,

vite et fort. Et je peux voir qu'ils sont proches eux aussi, mais ils m'attendent. Ils veulent me voir, tout comme Elias veut me sentir jouir.

Je leur donne ce qu'ils attendent.

Quand l'orgasme explose, je les laisse tout voir de moi. Ma tête se presse contre l'épaule d'Elias et je frotte mes fesses contre lui, jouissant fort sur sa queue, serrant mes muscles intimes et ondulant des hanches, comme si j'essayais de l'essorer complètement.

— Merde. Oh putain, oui !

Avec un grognement rauque, Elias enroule un bras autour de mon ventre, m'écrasant contre lui alors que je le sens décharger en moi. Declan explose une seconde plus tard, un jet de sperme retombant sur sa main. Gray laisse échapper un grognement sourd et quand mes yeux se braquent sur lui, je vois ses hanches aller violemment à la rencontre de sa main. Sa chemise blanche est tachée de sperme et son corps s'avachit sur la chaise, tout comme le mien est avachi contre Elias.

La nuit redevient silencieuse alors que nous reprenons tous notre respiration. Elias est toujours enfoncé en moi et j'ai soudain pleinement conscience de ce que les deux autres en face de nous ont pu voir de la scène. Ma chatte se contracte sous le contre-coup du plaisir et Elias grogne, brisant le silence.

Declan glousse, enlevant sa chemise pour s'essuyer. Je suis certaine que c'est une chemise haut de gamme, mais il ne semble pas gêné de s'en servir comme d'un vulgaire chiffon.

— Tu sais, je ne savais pas vraiment à quoi m'attendre quand j'ai compris que ça – il fait un geste nous englobant tous les quatre – allait devenir quelque chose. Mais putain, je crois que je commence vraiment à aimer ça.

CHAPITRE 20

Je viens tout juste de m'asseoir, une tasse de café à la main, quand Max débarque comme une tornade dans ma chambre sans même frapper. Je jure tout bas quand le liquide brûlant m'éclabousse les mains et se renverse sur mes genoux.

— N'en dis pas plus avant d'avoir entendu ça. Elle me scrute un instant. Tu viens juste de te réveiller ou quoi ?

Il est presque midi, mais nous sommes samedi et je trouve que ma grasse matinée est tout à fait justifiée. De plus, j'en avais un grand besoin. J'étais épuisée, pas seulement par l'exposition, mais aussi par tout ce qui s'est passé *après*.

— Ouais, je me suis couchée tard, dis-je en soufflant sur ce qui reste de mon café, tout en essayant de repousser les images qui envahissent mon cerveau au souvenir de cette nuit.

Le poids de l'excitation est toujours présent dans mon corps et j'ai toujours l'impression de flotter sur les sensations incroyables de mon exposition. J'ai dormi comme une masse la nuit dernière, mais mon sommeil a été peuplé de rêves et de souvenirs de la soirée, à la fois dans la galerie d'art, puis sur le toit avec les garçons, comme si mon cerveau tentait de tout revivre encore une fois pour bien comprendre ce qui venait de se passer et de stocker précieusement ces souvenirs pour plus tard.

— Félicitations d'ailleurs, me dit-elle en souriant. Je suis partie sans dire au revoir hier, mais c'était pour la bonne cause. J'imagine que les garçons t'en ont déjà parlé, mais j'ai pu passer du temps seul à seul avec Aaron hier soir.

Je lève un sourcil alors qu'elle s'installe sur mon canapé. Ses yeux noisette pétillent quand elle se tourne vers moi, s'installant sur les coussins une jambe pliée sous elle.

— Tu te rappelles quand je t'ai dit que j'allais fouiner un peu ? Je t'avais dit que je sentais un truc avec Aaron, mais hier, il a commencé à me donner des signaux plus précis, alors je me suis dit que j'allais tenter ma chance.

— D'accord. Je lève les sourcils, reposant ma tasse pour lui accorder toute mon attention. Je n'ai jamais été particulièrement partante avec cette idée, principalement parce que je n'ai aucune envie que Max se mette en danger. Je n'ai jamais ressenti de malaise ou de mauvaises vibrations de la part d'Aaron, mais sachant avec qui il traîne, je n'ai pas vraiment envie de lui donner le bénéfice du doute.

— Enfin bref, on a parlé et ça s'est bien passé. Je lui ai donc demandé s'il voulait revenir sur le campus avec moi pour prendre un verre, continue-t-elle. Il a dit oui tout de suite.

— Évidemment. Je lui lance un regard appuyé. Ça ne m'étonne pas du tout.

Elle rougit très légèrement et une nouvelle fois, je me demande ce qui se passe réellement entre Aaron et elle. C'est elle qui a proposé de s'intéresser à lui pour essayer de découvrir des choses compromettantes sur Cliff, mais je crois sincèrement qu'elle commence à s'intéresser de plus en plus à lui.

— Nous sommes donc allés prendre quelques verres dans ma chambre. Et tu sais, avec l'alcool et tout... sa voix traîna un peu et elle rougit. Il a commencé à se passer des trucs, rien de bien intense...

— Rien de bien intense ? répété-je en m'adossant aux coussins du canapé tout en plissant les yeux. Allez, me raconte pas de salades, Max.

— On s'est juste embrassés un peu, dit-elle. Puis elle se reprend et ajoute : On s'est *beaucoup* embrassés, j'avoue, mais ce n'est pas la question. L'important c'est que j'ai des infos sur Cliff.

Après avoir attendu pendant des semaines pour trouver quelque chose que nous pourrions utiliser contre Cliff, je devrais être un peu plus contente, pourtant, je n'arrive pas à penser à autre chose qu'à Max et Aaron qui semblent sortir ensemble.

Je sais que c'est son choix et je sais aussi qu'elle n'aurait pas laissé les choses aller si loin si elle n'en avait pas eu envie, mais... une partie de moi commence à se demander si elle ne s'est pas portée volontaire tout simplement parce qu'elle avait envie de se rapprocher de lui.

L'apprécie-t-elle sincèrement ?

J'ai envie de la presser de questions sur le sujet, pour savoir si mes doutes sont fondés, mais avant que je ne puisse en dire plus, elle se penche en avant, les yeux grand-ouverts.

— Écoute ça, dit-elle. Cliff a engagé une pute pour perdre sa virginité. Il fallait bien que quelqu'un se dévoue.

Mes sourcils remontent tout seuls.

— Quoi ? C'est quoi ce bordel ? Tu plaisantes ?

Max fait un petit bruit moqueur. Tu crois que je plaisante quand il s'agit de la vie sexuelle de Cliff

Montgomery ? Oh que non, je ne plaisanterais pas avec ça. Sa voix baisse d'un ton. Mais c'est pas tout. Et c'est d'ailleurs ça que nous allons pouvoir utiliser contre lui. Donc, il a engagé une prostituée pour être sa première, mais après... les choses ont dégénéré.

Je fais la grimace. *Merde, j'aurais voulu ne pas avoir à poser cette question.*

— À quel point ?

— Je ne suis pas trop sûre. Tout ce que je sais c'est que Cliff ne voulait plus la laisser partir. Je crois qu'il a essayé de la kidnapper ou un truc du genre, ou qu'il croyait qu'il était amoureux d'elle. Un peu comme la fixation qu'il fait sur toi. Aaron ne m'a pas donné beaucoup de détails sur le sujet, mais c'est peut-être parce qu'on... non, rien, laisse tomber.

Elle se racle la gorge et j'ai envie de lui demander si c'était parce qu'il était trop occupé par elle, mais je ne dis rien.

— Aaron ne semblait pas être au courant des détails de toute manière, ajoute-elle. Toute cette histoire s'est produite il y a quelques années. Tout a été étouffé et Cliff lui en a seulement parlé une fois, quand il était totalement bourré. Mais en tout cas, Aaron est au courant que le père de Cliff a dû intervenir pour régler la situation et qu'il a payé la fille pour qu'elle se taise.

— Merde. C'est tordu tout ça, dis-je en retournant cette information dans mon cerveau. Puis un sourire vicieux illumine d'un coup mon visage. C'est absolument parfait.

— C'est ce que j'ai pensé moi aussi. Max à l'air toute fière d'elle. C'est exactement ce dont on avait besoin. Son père s'est déjà mouillé une fois pour couvrir les conneries de son fils et il n'y a aucune chance qu'il veuille se mêler une nouvelle fois de cette histoire et prendre le risque que tout se sache. Et même si Cliff se fout pas mal de ce qu'il a bien pu faire à une pauvre prostituée, ça m'étonnerait que sa famille prenne le risque de voir ternir sa réputation. Elle repousse ses cheveux noirs derrière son épaule. Ce qui veut dire que nous avons notre moyen de pression. Ça sera peut-être suffisant pour qu'il te foute enfin la paix.

— Tu es vraiment incroyable. Je reprends ma tasse de café, l'esprit tournant à plein régime, étourdie par les possibilités.

— Je sais. Elle hausse les épaules et sourit. Puis ses joues rosissent un peu. Si tu as besoin que j'obtienne plus d'informations d'Aaron, je suis certaine que je peux...

Je hausse un sourcil en prenant mon téléphone qui manque de glisser entre les coussins du canapé.

— Tu es certaine que cette offre n'a vraiment rien à voir avec la *source* qui te donne toutes ces informations ?

Elle grimace, l'air un peu coupable. Je marque une

pause, mon doigt au-dessus du bouton appel de mon téléphone.

— Hey. Ce que tu fais et avec qui tu le fais ne regarde que toi, lui dis-je. Je ne te juge pas. Et tu n'as pas besoin de ma permission pour sortir avec qui bon te semble. Moi, tout ce qui m'importe c'est que tu sois en sécurité. Je ne connais pas vraiment Aaron, mais s'il traîne avec Cliff...

— Je sais. Max m'interrompt, le visage un peu défait. Elle secoue la tête. Le truc, c'est qu'il ne ressemble pas du tout à Cliff. Il a l'air d'être quelqu'un de vraiment bien. Intelligent, rigolo. Mais t'as raison, comment un mec bien pourrait-il être pote avec un trou du cul pareil ? Je dois être plus intelligente et ne pas me laisser emporter par tout ça. Mais c'est... difficile. Elle glousse doucement.

— Je ne dis pas que les gens ne peuvent pas réserver de bonnes surprises. Je pousse son genou avec le mien. Regarde les Pêcheurs. Ils ont tous été plus surprenants les uns que les autres et je n'aurais jamais cru que notre relation deviendrait ce qu'elle est actuellement.

Elle semble un peu ragaillardie et je reporte mon attention sur mon téléphone pour appeler Gray. Il décroche rapidement et le son de sa voix fait ressurgir les souvenirs de la nuit dernière.

— Moineau, ça va ? Tout va bien ?

Je me demande s'il décrochera toujours son téléphone comme ça et me parlera avec cette inquiétude que je sens poindre dans sa voix. J'aime à penser qu'un jour, les choses se seront suffisamment calmées pour que les hommes importants de ma vie ne s'imaginent pas automatiquement que quelque chose de terrible s'est produit à chaque fois que je les appelle.

On y arrivera. Je me fais cette promesse à moi-même. Un pas après l'autre.

— Salut. Tout va bien. J'ai une bonne nouvelle, lui dis-je en lançant un regard vers Max. Enfin, Max a une bonne nouvelle. Elle a trouvé des trucs intéressants la nuit dernière. Tu peux aller chercher Declan et Elias et nous rejoindre chez moi ?

Je n'ai pas eu besoin de lui dire deux fois. Moins de cinq minutes plus tard, il passe la porte, suivi par les deux autres. Trois paires d'yeux se posent immédiatement sur moi et je rougis de la tête aux pieds.

Leurs regards s'échauffent un peu et je sais que je ne suis pas la seule à repenser à ce qui s'est passé la nuit dernière.

Je me racle la gorge et me concentre sur ce qui est important aujourd'hui.

— Max, raconte leur tout ce que tu m'as dit.

Les garçons sont tous dégoûtés par cette histoire, autant que je l'ai été, mais ils sont d'accord pour dire que c'est l'info parfaite pour forcer Cliff à me lâcher.

Ce qu'il a fait pour essayer de faire annuler mon expo n'était pas grand-chose, mais il semble sage de ne pas lui donner la chance de faire pire. Gray l'appelle donc rapidement en lui disant seulement qu'il a besoin de le voir.

Je me demande s'il va refuser, mais peut-être que le ton de Gray le fait hésiter, puisqu'il finit par accepter.

Quelques heures plus tard, nous nous retrouvons dans un bar miteux choisi par Gray. Mon corps bourdonne sous l'effet de l'adrénaline et je vois la même chose sur les visages tendus des autres, alors que nous nous dirigeons vers l'endroit où nous attend Cliff.

Il n'est pas seul. Tout comme moi, il a amené du renfort : Shane et Aaron l'accompagnent.

La seule personne qui n'a pas l'air sur le point de craquer est Gray, mais je peux tout de même sentir la tension nerveuse irradier de son corps quand il me frôle. Il me prend la main sans hésitation et la serre dans la sienne. Son toucher envoie une petite vague de réconfort dans mon corps, suffisante pour me donner la force de lever les yeux vers Cliff et de soutenir son regard. Une vague de colère, chaude et violente menace de me submerger, mais je me concentre sur les doigts de Gray entrelacés avec les miens.

— Dis-moi pourquoi tu m'as fait venir ici, bordel ? lance Cliff.

Gray lui lance un sourire méprisant et ne s'assoit pas. Il se penche au-dessus de la table, regardant Cliff comme un loup regarderait son prochain repas.

— Ne t'inquiète pas, nous ne sommes pas là pour te faire perdre ton temps, dit-il. Nous sommes au courant pour la pute. Tu sais ? Celle que tu as essayé de séquestrer contre sa volonté.

Toute couleur quitte le visage de Cliff.

Et ce n'est pas le seul.

Le regard d'Aaron passe une fraction de seconde sur Max et il pâlit légèrement. Je repousse l'envie de lui prendre la main pour la rassurer. Je n'avais aucune idée que Cliff ramenait du renfort et je peux sentir la panique émaner d'elle, même si elle ne le montre pas.

Aaron le voit lui aussi. Il la regarde une fois encore, mais ne dit rien à Cliff.

De ce que j'en sais, hier soir est le seul moment où Max et Aaron se sont retrouvés seuls, mais je me demande bien quel genre de sentiments ces deux-là partagent.

Je prie en silence pour que Gray ne mentionne pas d'où il tient ses informations. La dernière chose que je veux, c'est impliquer Max encore davantage dans cette histoire de menaces et de chantage.

Mais Gray ne dit rien de plus. Max et Aaron restent

eux aussi silencieux, échangeant périodiquement des regards nerveux, comme s'ils décidaient d'un commun accord de ne pas se dénoncer. Je laisse échapper un petit soupir en espérant que Cliff ne remarque pas leurs échanges silencieux, mais je crois qu'il est bien trop enragé pour remarquer quoi que ce soit.

Il est rouge, du cou jusqu'à la pointe de ses oreilles et serre les dents en écoutant parler Gray. Il a l'air d'être prêt à bondir par-dessus la table pour mettre son poing dans la gueule de Gray, mais il se maîtrise, prouvant que j'avais raison : cette information est un très bon moyen de pression et il n'a aucune envie que ça se sache. Il ne va attaquer personne… pour l'instant.

— C'est terminé, Cliff, dit Gray à voix basse. Continue d'emmerder Sophie et on diffusera cette information dans toute l'école et sur internet. J'achèterai des emplacements publicitaires s'il le faut pour m'assurer que tout le monde soit au courant et on n'arrêtera pas avant que le monde entier sache quel psychopathe tu es.

Sur ces mots, les Pécheurs, Max et moi quittons le bar. Cliff ne fait pas le moindre mouvement pour nous arrêter et quand la porte se referme derrière nous et que nous avançons dans l'air doux de la Californie, j'aimerais me sentir triomphante.

Mais le nœud dans mon estomac me fait dire que rien n'est encore terminé.

Ce n'est que le début.

CHAPITRE 21

Au moment où nous rentrons sur le campus, je suis parvenue à me débarrasser de mes pensées les plus sombres en les mettant sur le compte de ma nervosité. Cliff ne fera rien contre nous, pas alors que nous avons de quoi le faire chanter : des informations dont les répercussions se feraient sentir bien au-delà de la bulle de l'université d'Hawthorne dans laquelle nous sommes pour l'instant. C'est clair qu'il n'aurait aucune envie que ça se sache au sein d'Hawthorne, mais ces casseroles le suivraient même après la fac. Il les traînerait derrière lui dans les cercles d'influence de son père, dans les affaires, *partout*.

— Putain, ouais ! On l'a fait. Elias pousse un cri sur le parking sombre. Faut croire que le chef des Saints n'est pas si vertueux que ça en fait.

Il me prend dans ses bras et presse un baiser joyeux sur mes lèvres en me faisant tourner.

— Qui dirige Hawthorne maintenant ? dit-il en souriant. Devrions-nous te sacrer reine Sophie ? Parce que je crois bien que Cliff vient tout juste d'être détrôné.

— C'est un peu étrange d'imaginer qu'il ne va plus être sur mon dos désormais. Je réprime un rire. Peut-être que je vais pouvoir apprécier la fac maintenant.

— Il faudra tout de même que tu continues de faire attention, me dit Declan en me tirant doucement des bras d'Elias. Mais on est là pour ça.

Il a raison. Ce n'est pas comme si Cliff avait été complètement neutralisé. Je l'ai frappé en plein dans l'ego deux fois désormais : la première fois en lui cassant la gueule et ensuite en ne me laissant pas intimider par ses menaces. Je m'attends donc à ce qu'il continue de me faire des crasses, comme tenter de faire annuler mon exposition par exemple. Mais au moins, je pense qu'il n'essaiera plus de me faire condamner pour meurtre.

Declan pose deux doigts sous mon menton, inclinant ma tête vers lui et mes lèvres viennent se poser sur les siennes avant même que je n'aie eu le temps de réfléchir. Son baiser est lent, plein de promesses, protecteur. Il scelle ce qu'il vient de me dire avec une intensité qui va bien au-delà des mots et je me laisse envahir par cette sensation un moment.

Quand nous nous séparons, mon cœur bat à toute vitesse dans ma poitrine. Je croise le regard de Gray dans la lumière déclinante du jour sur le parking et ses yeux verts ont aujourd'hui une teinte qui se rapproche de son nom : grise.

— Viens un peu par ici, Moineau.

Sa voix sonne à moitié comme une supplique et à moitié comme un ordre et même si ce n'est pas dans ma nature d'obéir, je m'avance vers lui malgré tout, un sourire s'étirant sur mes lèvres.

— Tu m'as appelée ?

Il grogne doucement, m'attrapant par le poignet dès qu'il le peut et me tirant vers lui le reste de la distance qui nous sépare. Mon corps s'écrase contre le sien une seconde avant que nos lèvres se rencontrent.

Quand Gray m'embrasse, ça me fait toujours le même effet qu'une bonne rasade de whisky, ça me réchauffe de l'intérieur. Mes poumons brûlent et ma peau me démange, comme si du feu coulait dans mes veines.

Max lève un sourcil quand je me recule et je lève les yeux au ciel. Je sais qu'elle ne me jugera jamais, même si ma vie peut paraître bien étrange aux autres personnes. Merde, tout ça était déjà étrange pour moi seulement quelques mois auparavant, mais actuellement, je ne peux plus imaginer ma vie sans les

Pêcheurs. Je ne peux pas m'imaginer devoir choisir entre eux trois.

Le côté charmeur d'Elias, son optimisme et sa douceur. La connexion silencieuse que je partage avec Declan et qui va bien au-delà des mots. L'alchimie explosive et destructrice qu'il y a entre Gray et moi. Jamais je n'aurais pensé, en mettant pour la première fois les pieds à Hawthorne et en rencontrant les deux autres Pêcheurs, que les choses tourneraient comme ça et qu'il y aurait autre chose pour moi que seulement Gray.

Mais tous les trois.

Je me racle la gorge alors que nous marchons vers les résidences universitaires, remarquant que Max est un peu à la traîne. Je sais qu'elle est heureuse, mais j'ai aussi l'impression qu'elle a besoin de parler de quelque chose : de *quelque chose* qui se prénomme Aaron, si je ne me trompe pas.

— Je vous retrouve plus tard les gars, leur dis-je en ralentissant le pas pour me mettre à la hauteur de mon amie. J'ai besoin de discuter un peu avec Max.

Gray hausse un sourcil mais ne dit rien. Nous nous séparons et ils se dirigent vers les bâtiments des garçons, tandis que nous changeons de direction pour aller vers ceux des filles. Max me lance un regard reconnaissant et laisse échapper un petit soupir.

— C'est à propos d'Aaron, n'est-ce pas ?

J'essaie de garder une voix neutre. J'ai plein de choses à dire sur ce mec, mais avant tout, je veux la laisser dire ce qu'elle a sur le cœur sans craindre d'être jugée.

Les derniers rayons du soleil filtrent à travers les arbres qui parsèment les pelouses du campus et Max garde le regard rivé sur le chemin que nous arpentons.

— Ouais, dit-elle doucement. Je ne sais pas trop quoi penser de ce qui vient de se produire. Ne te méprends pas. Je suis contente pour toi, je suis vraiment soulagée que nous n'ayons plus ce connard de Cliff sur le dos, mais c'est seulement…

— Max. Je l'arrête en posant une main sur son épaule. Tu n'as pas à te sentir mal. Tu sais que tu peux tout me dire, je suis sérieuse.

Elle lève enfin les yeux vers moi.

— Je sais.

— Dis-moi alors. Qu'est-ce qui ne va pas ?

— Je crois que je commence à avoir des sentiments pour Aaron, admet-elle d'une voix un peu étranglée. Ça ne me surprend pas, mais l'entendre l'admettre ne le rend que plus réel. Je sais qu'il peut être vraiment con parfois. Je veux dire, regarde avec qui il traîne, déjà ! Mais je ressens pourtant *quelque chose*.

Je ne dis rien, j'attends qu'elle continue, à son rythme.

— Le truc c'est… Elle se mord la lèvre. Je me sens

un peu coupable de l'avoir utilisé comme ça. Je sais que c'est idiot. Elle fronce les sourcils alors que nous continuons notre marche à travers le campus désert. Mais ce qui m'étonne le plus c'est qu'il n'a rien dit de nos conversations quand nous avons fait face à Cliff ce soir.

— Ouais. J'ai pensé à ça moi aussi, admis-je. Je suis contente que Gray n'ait pas mentionné d'où nous tenions l'information d'ailleurs, mais j'aurais cru qu'Aaron le ferait. Je ne m'attendais pas à ce qu'il soit là. Tu imagines bien que je ne t'aurais pas demandé de venir sinon. Il aurait tout à fait pu te dénoncer et dire que tu t'étais servie de lui pour obtenir des informations sur son pote.

— Il a probablement fait ça pour se protéger lui-même de la colère de Cliff, marmonne-t-elle. Peut-être qu'il sait à quel point son "pote" est complètement déséquilibré et qu'il ne veut pas risquer de l'énerver en lui avouant ce qu'il m'a dit.

— C'est une possibilité.

Je pousse un soupir, me demandant pourquoi je ne suis pas en train d'acquiescer avec enthousiasme à ce qu'elle me dit. Si elle a des doutes à propos d'Aaron, je devrais probablement en rajouter pour l'éloigner de lui et non pas tenter de les effacer. Mais peut-être est-ce en me rappelant de la manière dont ça a commencé entre les Pécheurs et moi qui me fait me comporter comme ça, en comparant la manière si tordue avec laquelle tout a commencé et comment tout s'est transformé en la chose la plus belle qui me soit jamais arrivée.

— Mais au final, il t'a tout de même protégée en faisant ça, ajouté-je d'une voix douce. Non seulement il a gardé son calme et s'est protégé lui-même, mais également, il a évité qu'une énorme cible ne se retrouve peinte sur ton dos. S'il avait dit que tu étais sortie avec lui seulement pour obtenir des informations sur Cliff, je suis presque certaine que ce dernier t'en aurait voulu beaucoup plus à toi qu'à son cher copain.

Elle grogne en se passant la main dans les cheveux.

— Tu vois, c'est pour ça que je ne sais plus quoi en penser, dit-elle. Mon cœur me dit de croire qu'il l'a fait pour moi, alors qu'en réalité, il l'a probablement uniquement fait pour se protéger lui-même. C'est stupide. *Je* suis stupide.

— Non, pas du tout, lui dis-je. Écoute, je ne suis pas la mieux placée pour juger des relations qui commencent bizarrement. Si Aaron te plait, ne fais pas une croix sur tes sentiments simplement parce que tu n'arrives pas à comprendre ce qu'il s'est passé. Aaron n'est pas innocent dans cette affaire : il est pote avec Cliff et il le soutient depuis un long moment. Et Cliff est une vraie ordure, ok ?

— Tu as raison. Elle incline la tête sur le côté en fronçant les sourcils. Mais tu sais le plus étrange ? C'est presque comme si Aaron savait ce qu'il faisait quand il m'a parlé de l'histoire avec la pute. Peut-être qu'il a fait ça consciemment en fait. Peut-être qu'il a tout simplement essayé de m'aider. De t'aider, toi. Peut-être qu'il voulait qu'on s'en serve contre Cliff.

Je hausse les épaules. Je ne sais pas trop quoi penser de tout ça, mais je suis sûre d'une chose, Max commence à avoir de vrais sentiments pour cet Aaron et pour être honnête, si on oublie le fait qu'il soit pote avec Cliff, il n'a vraiment rien fait de mal.

— Écoute, lui dis-je. Suis ton instinct. Si tu as envie de le revoir, ne te gêne pas. Mais à la seconde où il s'en prend à ma meilleure amie, qu'il sache que je le tuerai de mes propres mains. Je ne ferai pas d'exceptions. Il n'aura pas non plus de seconde chance.

Max laisse échapper un petit rire.

— C'est bien la raison pour laquelle je suis amie avec toi.

Nous restons silencieuses le reste du trajet. Quand nous atteignons son bâtiment, elle n'y entre pas et reste à la porte.

— Je crois que je vais essayer d'aller le retrouver, dit-elle doucement. Aaron je veux dire. Je voudrais essayer de dissiper les malentendus et voir si... s'il se passe vraiment quelque chose ou si c'est seulement dans ma tête.

Je hoche la tête.

— D'accord. Bonne chance.

Je suis sur le point de lui proposer de venir avec elle, mais je me retiens, je sais qu'elle préfère y aller seule. Les regards qui sont passés entre Aaron et elle tout à l'heure, me font penser que ce qui est en train de naître entre eux est bien réel. Je suis certaine qu'elle n'a aucune envie que je la chaperonne ce soir, surtout en sachant que son ami me hait de tout son être.

Franchement, je ne sais pas quoi penser du fait que Max ait craqué pour l'un des Saints, mais elle ne juge pas ma relation étrange avec les Pécheurs. Je lui dois bien le bénéfice du doute sur ce coup-là.

Si elle avait été intéressée par Cliff, ça aurait été une tout autre histoire. Mais Aaron semble différent.

Laissant Max gérer comme une grande ses problèmes de mec, je me dirige vers ma chambre l'estomac dans les talons.

La cafétéria est fermée à cette heure-ci et je sais qu'il n'y a pratiquement rien de comestible dans ma chambre. Donc au lieu de m'embêter à chercher dans mes placards que je sais être vides de toute manière, je pose mon sac dans ma chambre, prends un sweat à capuche et me dirige à pied vers un quartier du centre-ville comptant un bon nombre de bars et de petits restaurants.

J'opte pour de la nourriture réconfortante ce soir et je me dirige vers un bar qui sert des burgers bien gras et des frites. Je n'attends pas longtemps pour être servie, mais quand je sors du bar, les mains enfoncées dans les poches, il fait déjà nuit.

Je tourne à gauche et marche sur le trottoir en direction du campus, cherchant mon téléphone dans ma poche pour envoyer un message aux garçons. Je sélectionne le numéro d'Elias, et mes pouces volent sur l'écran, écrivant le message à toute vitesse.

Soudain, j'entends un crissement de pneus.

Il y a un bruit sourd et des phares aveuglants découpent des ombres dures devant moi, allongeant ma propre ombre démesurément, jusqu'à ce que je ressemble à une espèce de monstre.

Merde. Cette voiture est tout juste derrière moi.

Mon estomac se met en boule et une décharge d'adrénaline envahit mon corps, me permettant de me jeter sur le côté à la dernière seconde, mon corps réagissant totalement à l'instinct.

La voiture sort de la route et monte sur le trottoir, passant à seulement quelques centimètres de moi, alors que je m'écrase sur le sol. La voiture sombre accélère en s'enfuit rapidement, les pneus crissant dans la nuit, alors que je laisse échapper un chapelet de jurons, mes poignets et mes fesses endoloris par l'impact sur le goudron.

Mon cœur bat à toute allure et je me relève, les membres tremblants et la respiration hachée.

Putain de merde. C'était quoi ça ?

Je titube dans la direction dans laquelle est partie la voiture, mon cerveau me poussant à récupérer le numéro de la plaque d'immatriculation ou d'autres détails qui me permettraient de l'identifier, même si la voiture est depuis longtemps hors de vue.

Je fais à peine trois pas, avant d'être frappée par une vague de souvenirs, j'ai l'impression de me prendre un mur de briques en pleine tête.

Je sursaute violemment et je m'arrête malgré moi, mes yeux s'ouvrant en grand. Mais je ne vois presque plus la rue dans laquelle je me trouve. À la place, je vois une cage d'escalier plongée dans l'obscurité. Chaque nouveau souvenir qui se forme dans mon esprit me fait battre le cœur un peu plus vite.

Des mains sur mon dos.

Quelqu'un qui me pousse.

Mon corps chutant dans les escaliers, sans que je ne puisse rien faire pour l'arrêter.

Un autre corps en haut des escaliers. Quelqu'un se tenait là-haut à me regarder, éclairé par derrière pas la lumière faible du couloir.

Bordel de merde.

Je reviens progressivement dans la réalité, une main plaquée sur ma poitrine, comme pour retenir mon cœur et l'empêcher de tomber par terre.

Quelqu'un veut me tuer.

Et il vient juste d'essayer à nouveau.

Cliff.

C'est pas vrai.

Une colère noire me traverse alors que je tâtonne à la recherche de mon téléphone, le retrouvant au sol, à l'endroit où il est tombé quand je me suis jetée sur le côté. Par je ne sais quel miracle, l'écran n'est pas cassé, la coque est seulement un peu abîmée sur un côté, une preuve de ce qui vient de se passer.

Mes mains tremblent quand je le déverrouille, j'appuie sur le bouton appel de la dernière personne contactée. C'est Elias et il décroche à la première sonnerie.

— Salut, Blue. Je peux l'entendre sourire dans le téléphone. Tu viens nous retrouver ? On et tous chez Gray là…

— Elias. Ma gorge se serre. Quelqu'un essaie de me tuer.

Il reste silencieux une fraction de seconde.

— Où es-tu ? dit-il ensuite et même si sa voix est calme, je peux sentir la panique sous-jacente.

— Je vais bien pour l'instant. Je lui explique ensuite que je suis allée manger dans un petit restaurant et ce qui s'est passé ensuite. Je rentre à pied, je suis presque arrivée…

— Gray part immédiatement pour venir te

chercher, lance-t-il, mais ne reste pas immobile, continue à marcher. Ne raccroche pas.

Je reste au téléphone avec lui et moins de dix minutes plus tard, je reconnais la voiture de Gray qui s'arrête à côté de moi. Je frémis légèrement quand ses phares illuminent l'obscurité autour de moi, me rappelant brutalement l'autre voiture qui a failli m'écraser quelques instants plus tôt. Il sort et passe par-dessus le capot, les yeux fixés sur moi.

— Gray est arrivé, dis-je à Elias.

— Laisse-moi lui parler.

Je donne le téléphone à Gray et il assure à Elias que c'est bien lui avant de raccrocher. Je m'apprête à monter dans la voiture, mais Gray me plaque contre lui et presse ses lèvres contre les miennes. Son cœur bat fort contre moi et il m'embrasse profondément, je peux pratiquement sentir le soulagement passer de son corps au mien.

— Nous allons te ramener à la maison, dit-il d'une voix grave et sombre.

Il m'aide à monter dans la voiture et pour une fois, je ne l'en empêche pas. Généralement, je ne supporte pas que les mecs pensent que je ne suis pas en mesure de me débrouiller toute seule, mais je sais que ce n'est pas pour ça que Gray se comporte de la sorte. Il le fait, car il lui est quasiment impossible de ne pas me toucher et il cherche une excuse pour prolonger le contact.

Et si je suis honnête avec moi-même, je ressens la même chose.

Dans la voiture, il m'agrippe fermement la main, manœuvrant la voiture d'une main. Sur le chemin du retour vers le campus, nous sommes tous les deux sombres et silencieux.

J'essaie d'appeler Max, mais elle ne décroche pas. Je lui laisse donc un message, lui disant de me retrouver chez Gray aussi vite que possible. Je sais qu'elle voulait essayer d'arranger les choses avec Aaron, mais je sais aussi qu'elle sera dans tous ses états si elle apprend que je ne lui ai pas raconté immédiatement ce qui vient de m'arriver.

Quand nous arrivons dans la chambre de Gray, Declan et Elias me sautent littéralement dessus et me regardent sous toutes les coutures pour s'assurer que je vais bien.

— Ça va, leur dis-je, les laissant me serrer tour à tour dans leurs bras et m'embrasser, comme si en faisant cela, ils s'assuraient que je sois vraiment en un seul morceau. J'ai juste eu peur, c'est tout.

Ils me demandent encore une fois de leur raconter tout ce dont je me rappelle au sujet de la fête étudiante et du fait que je me souvienne maintenant avoir été poussée dans les escaliers, puis ensuite comment cette voiture a essayé de m'écraser.

— Je sais que ça pourrait être seulement un accident… commencé-je.

— Non, lance Gray d'un ton ferme. Nous n'allons pas envisager cette possibilité, même si c'est le cas. Tu crois que c'était Cliff ?

— Je n'en suis pas sûre. Ma gorge est serrée et irritée. J'ai peur et ça m'énerve. Mon instinct combatif, celui qui me pousse à régler mes problèmes avec mes poings est en train de monter en moi. Je n'ai pas bien vu la bagnole, mais ça n'avait pas l'air d'être la sienne. Du moins pas celle que je l'ai vu conduire sur le campus. Il en a peut-être d'autres.

— Pour ma part, je le considère comme le principal suspect, dit Elias sur un ton on ne peut plus sérieux. Sachant qu'on vient tout juste de le menacer.

— Mais pourquoi voudrait-il me tuer ? demandé-je en serrant les poings.

— Pour te faire taire une fois pour toutes, dit Declan d'une voix sombre. On dirait qu'il est prêt à sauter à la gorge de quelqu'un. Parce que cette sale fouine dégueulasse a peur de ce que tu pourrais lui faire.

— Mais les escaliers alors ? Je demande, verbalisant mes pensées à voix haute. Ça pourrait être lui aussi qui m'aurait poussée dans les escaliers ?

Gray me conduit vers le canapé. Je suis contente de sentir son corps solide contre le mien. Il s'assoit à côté de moi et se tourne pour me faire face, se passant une main sur le menton. J'ai l'impression que sa mâchoire est assombrie par une barbe naissante, mais c'est peut-être la lumière qui me joue des tours.

— J'étais avec lui à l'étage, dit-il, un muscle de sa mâchoire tressaute, alors qu'il serre les dents. Je sais qu'il déteste repenser au marché qu'il a passé avec Cliff. Je déteste y repenser moi aussi, peu importe quelles étaient ses motivations.

— Mais on t'a retrouvée environ cinq minutes après que je sois parti de la pièce. Il aurait pu avoir le temps de s'en prendre à toi dans l'intervalle.

Merde.

Je déteste ça.

J'avais laissé le mystère de ma chute dans les escaliers et de ma mémoire manquante passer au second plan ce semestre, les repoussant pour me concentrer sur des problèmes plus pressants. Mais avec ces nouveaux souvenirs refaisant surface dans mon cerveau, je me dis soudain que j'aurais dû passer plus de temps à essayer de les en extirper plus tôt. Parce que si mes souvenirs sont exacts, le danger auquel je fais face va bien au-delà du risque de me faire inculper pour un meurtre que je n'ai pas commis et me faire harceler par les autres étudiants.

Quelqu'un veut ma mort.

Et il a essayé de me tuer, deux fois.

— Où est Max ? demande soudain Declan en fronçant les sourcils.

Je lève mon téléphone vers lui en faisant la grimace.

— Je ne sais pas. J'ai essayé de l'appeler tout à l'heure, mais elle ne décroche pas.

La dernière fois que je lui ai parlé, elle était sur le point d'aller retrouver Aaron pour essayer d'arranger les choses avec lui et je me demande si ce silence radio signifie que leur conversation s'est bien finie, ou le contraire. Si ça s'est bien passé, elle est peut-être toujours avec lui. Mais je me dis aussi que si ça s'était mal passé, elle m'aurait appelée pour m'en parler.

Je suis sur le point de l'appeler de nouveau quand mon téléphone se met à sonner dans ma main et me fait sursauter. Son nom s'affiche sur l'écran et je laisse échapper un soupir avant de décrocher.

— Salut ma grande. Je lève le téléphone à mon oreille. Il me tarde de savoir comment les choses se sont passées avec Aaron, mais avant ça...

— Écoute-moi très attentivement.

Un frisson me parcourt l'échine en entendant cette voix : une voix qui n'est en aucun cas celle de mon amie. Elle est grave, grinçante et très peu naturelle, comme si quelqu'un utilisait un logiciel pour la modifier.

— J'ai Max, dit la voix, et j'ai l'impression que mon cœur tombe dans mon estomac.

CHAPITRE 22

Pendant une demi-seconde, le monde semble se figer.

J'ai l'impression de flotter, comme si mon corps n'était plus attaché à rien. Mon esprit essaie de bloquer la voix étrange et trop grave pour être naturelle et le silence de mort qui lui fait suite. J'essaie de prétendre que rien de tout cela n'est réel. J'essaie de me faire croire que mon réveil va bientôt se mettre à sonner et me tirer de ce mauvais rêve.

Que tout cela est encore un autre de mes putains de cauchemars.

Mais ça n'en est pas un.

La personne qui m'appelle n'a pas raccroché et quand j'entends un bruit de respiration à l'autre bout du fil, mon instinct prend le dessus. Mon esprit combatif refait surface et je serre le téléphone si fort entre mes doigts que je peux m'estimer chanceuse de ne pas briser l'écran. Je ne sais pas ce qui se passe, mais je ne vais pas laisser quiconque faire de mal à ma meilleure amie.

—Où elle est bordel ? Je crie. Qui êtes-vous ?

Qui que ce soit à l'autre bout du fil, il ignore mes questions.

— Viens, seule, dit la voix en me donnant une adresse au pied de la montagne, à environ trente kilomètres du campus. Viens et tu récupéreras Max.

Sur ces mots, j'entends un petit bruit et le téléphone redevient silencieux. J'appuie sur l'icône pour rappeler Max, mais ça sonne une fois seulement avant de basculer sur sa messagerie. Son téléphone est éteint. Un bruit ressemblant à un sanglot monte dans ma gorge, mais je le repousse férocement et déglutis douloureusement. Je lève les yeux vers les garçons.

— Quelqu'un a enlevé Max.

Leurs visages sont aussi choqués que je le suis.

— C'est quoi encore ce bordel ? souffle Elias.

Ma voix monte dans les aigus, enflant et devenant plus rude à mesure que la réalité de la situation s'impose à mon esprit.

— Ils l'ont kidnappée, bordel. Et ils veulent me voir, quelque part dans les montagnes. Seule.

La colère brouille mes pensées et mon esprit tourne à plein régime. J'essaie de me calmer en respirant doucement, pour m'éclaircir les idées et être capable de réfléchir correctement, mais je n'y arrive pas tant la peur et la colère court-circuitent toute réflexion.

Est-ce que c'est Cliff qui est derrière tout ça ?
Aaron ?
Est-ce qu'Aaron a la rage d'avoir été utilisé ? Lui a-t-il fait du mal pour se venger ? Ou était-il de mèche avec Cliff depuis le début ?

—Je vais les défoncer, qui que ce soit, lâché-je. Je vais tous les buter. Mon estomac est un nœud géant et je me lève brusquement du canapé. Il faut que je la trouve. Tout de suite. Je n'ai jamais eu d'amies auparavant, pas comme elle, et je ne laisserai personne lui faire de mal.

— Soph. La voix de Declan me parvient comme étouffée. Nous devons...

Je n'entends pas le reste de sa phrase. Je l'écoute à peine. Ma vision est floue, mais je cligne des yeux pour repousser la panique qui monte en moi.

— J'y vais, dis-je en me dirigeant vers la porte. Je ne vais pas perdre une seconde de plus. Je ne vais pas laisser, je ne sais quel *monstre*...

— Pas moyen, non. Gray me barre le passage en bloquant la porte de son corps.

— Quoi ?

— Hors de question que tu y ailles toute seule. Sa voix est dure et j'y entends une inflexion inédite.

— Mais ils ont dit que je devais venir seule...

— Et moi je dis que c'est hors de question. Je ne vais pas te laisser te jeter dans la gueule du loup comme ça, répète-t-il. *Nous*, ne te laisserons pas.

Elias et Declan se mettent à ses côtés, formant un mur devant moi.

— C'est un piège, Blue, dit Elias d'une voix calme. Tu ne le vois pas ? Ils veulent te piéger et ils utilisent Max pour t'appâter.

Ça devrait me terroriser, mais pourtant je n'ai pas peur. Tout ce à quoi j'arrive à penser sur le moment, c'est à Max et à ce que je vais devoir faire pour la tirer de là avant qu'ils n'aient le temps de lui faire quoi que ce soit.

Mon téléphone vibre dans ma poche et je jette un œil au message. L'expéditeur est Max et je prie de tout cœur pour lire des mots du genre. *Non, c'est une blague, je vais bien, je suis en sécurité dans ma chambre.*

Mais quand je lis le message, je sais qu'il ne vient pas d'elle. Il vient de son ravisseur.

C'est réel.

Sans un mot, je montre le téléphone aux garçons. Le message est court et concis. Il indique des coordonnées GPS et une heure, suivis par un simple avertissement. *Ne sois pas en retard.*

Gray fourre ses mains dans ses poches.

— On a deux heures. Le trajet va nous prendre au moins trente minutes. Nous devons trouver un plan. Il se tourne vers moi. Nous venons avec toi, que tu le veuilles ou non. Tu ne nous feras pas changer d'avis, Moineau. Nous resterons hors de vue, mais tu as besoin de renforts.

— D'accord.

Je hoche la tête, je vais céder à leurs demandes. Je déteste l'idée de mettre les Pêcheurs en danger, mais je sais aussi que c'est plus intelligent d'accepter leur aide, plutôt que de vouloir tout régler par moi-même. Si Max est en danger, être plusieurs à tenter de la sauver ne peut être qu'un plus.

Merde. J'ai dit à Gray qu'il devait me prouver qu'il était de mon côté, mais je n'aurais jamais imaginé que ce serait de cette manière qu'il s'y prendrait.

Les minutes suivantes, les Pêcheurs et moi discutons à voix basses et stressées, les têtes penchées les unes contre les autres. Alors que nous mettons progressivement un plan sur pied, j'essaie de ne pas trop penser à ce que le ravisseur de Max pourrait bien être en train de lui faire.

Max, je t'en prie. Survis à tout ça !

Tout le monde reste silencieux sur le trajet qui nous mène au point de rendez-vous.

Qu'y aurait-il à dire de toute manière ? Ma

meilleure amie vient juste de se faire kidnapper et je ne sais même pas si elle est toujours en vie. Je fais confiance aux Pécheurs pour garantir ma sécurité, mais je ne fais pas confiance à la personne qui détient Max. je devine à la façon dont les garçons me regardent qu'ils sont inquiets, eux aussi. La tension dans leurs corps parle pour eux et me fait dire qu'ils n'aiment pas du tout cette situation, mais moi, je n'ai pas peur pour moi-même.

J'ai peur pour Max.

Et si on arrivait trop tard ? Si celui qui l'a kidnappée n'avait plus la patience d'attendre ? Qu'il ne respectait pas sa part du marché ?

J'essaie de ne pas y penser. La peur m'embrume le cerveau et j'ai besoin de toute la force et de la concentration possible. J'ai passé les vingt dernières minutes à me désensibiliser, à m'endurcir pour pouvoir encaisser ce à quoi je vais devoir faire face, mais les nœuds dans mon estomac se resserrent encore d'un cran quand je vois les arbres immenses qui nous surplombent et les ténèbres menaçantes qui nous attendent.

Si quelque chose devait lui arriver, je ne me le pardonnerais jamais.

Non. Je ne laisserai rien de mal lui arriver.

Bien trop vite, nous nous arrêtons sur le côté d'une route à double sens. Gray coupe le moteur et la voiture est plongée dans le silence si particulier qu'on ne trouve qu'en pleine forêt, loin de la ville, des lumières et du bruit. Je peux entendre mon cœur battre dans mes oreilles, alors que j'ouvre la porte, posant le pied sur le sol dur et froid.

Il fait bien plus froid au pied de la montagne que dans la vallée où se trouve le campus d'Hawthorne. Je repousse l'envie de serrer ma veste large autour de moi. Le bout de mes doigts commence déjà à s'engourdir, mais ce n'est pas le froid qui en est la cause, je le sais.

Avant que je puisse m'éloigner de la voiture et pénétrer dans les bois sombres, Gray me tire vers lui et plaque un baiser brutal sur mes lèvres.

Quand nous nous séparons, il prend mon visage entre ses mains.

— Ne joue pas à l'héroïne, murmure-t-il d'une voix étranglée. Ne fais rien de trop risqué. J'ai failli te perdre de trop nombreuses fois déjà et je ne supporterai pas que ça se reproduise à nouveau.

Il m'embrasse une fois de plus, comme s'il cherchait à m'arracher une promesse et à la seconde où il me relâche, Declan me fait tourner vers lui et m'embrasse à son tour. Ses mains remontent le long de mes bras, caressant la peau sensible derrière mes oreilles.

Quand il se recule, ses yeux sont noirs dans la lumière faiblarde de la lune.

— Tu sais qu'on est avec toi, Soph, ok ?

Je hoche la tête, ne me faisant pas assez confiance pour prononcer le moindre mot. Je ne sais pas pourquoi, mais j'ai l'impression que nous nous disons adieu. Je sens que si je pénètre dans cette forêt, je n'en ressortirai plus. J'essaie de me convaincre que ce n'est qu'une prémonition sans fondement.

La tension me rend trop nerveuse.

— Je n'ai pas la moindre envie de gagner mon pari de te voir dans un combat, me dit Elias quand c'est son tour et même s'il tente de garder un ton léger, sa voix se brise d'une façon qui me serre le cœur.

— T'es bien d'accord avec ça ? Hein, Blue ?

Ses bras s'enroulent autour de moi, m'attirant contre lui. Son baiser est doux, profond, intense, rien à voir avec sa légèreté habituelle. Quand nos corps se collent l'un contre l'autre, je sens son souffle sur mon oreille.

Puis nous nous séparons une fois encore et je sens le froid de l'air montagnard sur ma peau, après la chaleur de son corps.

— On est derrière toi, dit-il doucement. Tout va bien se passer.

Je hoche la tête, me détournant d'eux, avant d'avoir la tentation de revenir me cacher dans la voiture comme une lâche. C'est ma faute tout ça, et c'est moi qui dois donc arranger les choses. Je n'aurais jamais dû laisser Max partir retrouver Aaron comme ça, après qu'il ait compris qu'elle m'avait révélé le secret qu'il lui avait dit sur Cliff. J'aurais dû savoir qu'on ne pouvait pas faire confiance à un Saint.

Mon cœur fait un bruit sourd dans ma poitrine alors que je m'enfonce dans la forêt. Les garçons me suivent de près, cachés dans les ombres. Si bien cachés, que si nous n'en avions pas discuté ensemble auparavant, je n'aurais jamais su qu'ils étaient derrière moi.

J'inspire brusquement, allumant la petite lampe de poche que j'ai récupérée sous mon évier. Chaque chambre universitaire en possède une en cas de coupure de courant et je n'aurais jamais pensé devoir l'utiliser un jour.

Mais pourtant, je me retrouve à devoir le faire, pensé-je amèrement, à utiliser ma petite lampe de poche, au beau milieu des bois, en pleine nuit, à la recherche de ma meilleure amie qui vient de se faire kidnapper.

Quelques minutes passent. Je n'entends plus aucun signe des hommes qui me suivent, mais je sais qu'ils sont là. Ils ne me laisseraient pas affronter ça toute seule et même si une part de moi déteste ça, une autre part de moi adore.

Le petit chemin sur lequel je marchais s'arrête abruptement.

Un peu plus haut, le faisceau de ma lampe illumine

des cheveux noirs détachés, un corps est affalé vers l'avant, attaché à un arbre par des cordes.

Max.

Oh, merde. Mon estomac se retourne et je manque de faire tomber ma lampe de poche. *Merde, merde, merde.*

— Non, murmuré-je. Une prière inaudible dans les ténèbres. Sois en vie, je t'en prie. Oh putain, non.

Mon cœur bat frénétiquement, alors que je me précipite vers elle. Quelqu'un l'a attachée à cet arbre avec des cordes épaisses pour l'empêcher de bouger. Je ne sais pas si elle était consciente ou non quand ça s'est produit, mais d'après les griffures et les multiples petites coupures que je vois sur sa peau mate, je sais qu'elle ne s'est pas laissé faire.

Son corps est refroidi par l'air de la montagne, mais elle est vivante. Merci mon dieu. Elle grogne et bouge un peu, alors que je tire sur les cordes qui la retiennent, cherchant à la détacher.

Des feuilles bruissent à ma droite.

Une brindille se brise.

Mon cœur se bloque dans ma gorge et je tourne vivement la tête. Je m'attends à voir l'un des garçons s'approcher de moi, même s'ils étaient censés rester cachés mais à la place, je me retrouve en face d'un masque d'Halloween sinistre, il brille dans la lumière de ma lampe de poche et me fait méchamment flipper.

Je réalise presque trop tard que la personne en face de moi tient une branche épaisse et la lève...

Merde.

La branche me frappe avec un bruit sourd, déclenchant un flot de douleur, alors que je titube vers l'arrière. Le monde se met à tourner autour de moi et j'ai du mal à m'orienter.

J'entends un bruit de sifflement dans l'air et je réalise que mon agresseur est sur le point de me frapper à nouveau. J'évite à l'instinct, mais avant que la branche ait pu m'atteindre une nouvelle fois, Elias sort de nulle part et attrape mon agresseur au niveau de la taille. Ils s'écrasent tous les deux lourdement au sol, cherchant à reprendre le contrôle de la branche. Je ne sais pas qui est caché sous ce masque, mais il se révèle être un farouche combattant. Elias parvient tout de même à plaquer son avant-bras sur la gorge de son adversaire le faisant tousser et suffoquer. Il lui arrache la branche des mains et ils se relèvent tous les deux.

Il faut que j'aille aider Max. C'est la seule chose à laquelle j'arrive à penser, un mantra qui tourne en boucle dans ma tête, alors que l'adrénaline coule à flots dans mon corps. Aider Max.

— Soph ! Tu vas bien ? Un bras puissant s'enroule autour de ma taille, m'aidant à garder l'équilibre, alors que mes oreilles sonnent et que ma tête pulse de douleur.

— Ouais, aide-moi. Mes jambes flanchent sous moi, alors que j'essaie de garder mon équilibre, titubant vers Max. Gray est déjà auprès d'elle, en train de s'attaquer aux cordes.

— Merde ! crie soudain Elias, fils de pute.

Il essaie de tacler son adversaire pour lui faire perdre l'équilibre, mais ce dernier évite l'attaque et disparaît dans les ténèbres. Je vois Elias hésiter à prendre mon agresseur en chasse, mais son instinct protecteur gagne la bataille. Il se retourne vers nous, juste au moment où les cordes retenant Max lâchent enfin.

— C'est bon, je l'ai, lance Gray. Il l'attrape dans ses bras lorsqu'elle bascule vers l'avant.

Ses yeux papillotent, ils sont vitreux, confus et je sens mon cœur se serrer dans ma poitrine. *Bordel de merde. Tout ça, c'est ma faute.* Peu importe qui s'en sont pris à elle, ils l'ont fait pour m'atteindre, moi.

— Tout va bien, Max, lui dis-je la gorge serrée. Je titube en quittant les bras fermes de Declan. Tu es en sécurité avec nous maintenant. Tu peux marcher ? Il faut qu'on se barre d'ici au plus...

Un grand bruit de souffle, comme un violent coup de vent dans les branches, me coupe la parole, alors qu'un mur de feu prend vie autour de nous.

— Merde ! La voix d'Elias s'élève au-dessus du bruit.

Une autre zone de broussailles s'embrase à côté de nous, les flammes sont si vives et si puissantes que je sais qu'elles doivent être aidées par un accélérateur de feu.

— Max ! Aidez-la ! Je hurle, me dirigeant vers l'arbre où elle se trouve. Elle est à peine debout, soutenue par Gray.

— C'est bon, je l'ai, hurle-t-il en retour en faisant de grands gestes du bras pour me dire de reculer. Sortez de là ! Partez !

Les flammes se rapprochent dangereusement de l'arbre, dessinant un cercle grossier d'un diamètre assez large. À chaque fois qu'un buisson ou que des branches basses d'un arbre prennent feu, le cercle se referme de plus en plus, nous emprisonnant à l'intérieur.

J'hésite, mais je vois que Gray est déjà en train de tirer Max loin de l'arbre. J'ai toujours la tête qui tourne à cause du coup de tout à l'heure et je sais que je ne lui serai pas d'une grande aide. Elias s'avance pour l'aider et ça suffit à me rassurer. Je me retourne et cours pour traverser le seul endroit qui ne soit pas encore bloqué par les flammes.

La lumière aveuglante des flammes rend par contraste les ténèbres environnantes encore plus sombres. Je ne sais pas où se trouve Declan et la chaleur du feu me pique la peau et me donne l'impression qu'elle est trop tendue. Je me lance d'un bond dans l'ouverture et des flammèches se tendent vers moi, comme si le feu cherchait à m'engloutir.

Je sens l'odeur âcre des cheveux et des vêtements brûlés, mais je parviens tout de même à traverser, j'enlève rapidement ma veste et l'utilise pour essayer d'étouffer le feu. J'entends un juron de l'autre côté du mur de flammes, mais le feu est hors de contrôle désormais et je n'arrive pas à distinguer quoi que ce soit à travers la fumée et la lumière orange des flammes.

Je lève les bras encore une fois, essayant d'étouffer le feu, quand j'aperçois un mouvement du coin de l'œil.

Cette fois, l'attaquant masqué me frappe l'arrière du crâne avec une grosse branche.

Et tout devient noir.

CHAPITRE 23

Je flotte entre la conscience et l'inconscience, tout ce qui se trouve autour de moi est flou, indistinct. C'est le même genre de sensations étranges que pendant mes crises, comme si mon esprit s'enroulait sur lui-même et que tout tournoyait autour de moi.

Ma tête pulse douloureusement et j'essaie tant bien que mal de reprendre conscience, de retrouver une vision claire et l'usage de mon corps et de mon cerveau. L'adrénaline coule toujours à flots dans mes veines, parcourant mon corps tout entier et perçant des pointes de clarté dans le brouillard envahissant mon cerveau.

Max.

Le feu.

Les Pêcheurs.

Merde, non !

L'air autour de moi est silencieux et sombre. Je

n'entends plus les flammes et lorsque mes paupières se rouvrent péniblement, je ne vois aucune lumière orangée. Seulement la pâle lueur des étoiles et de la lune sur les arbres autour de moi.

Mais le feu brûle toujours... quelque part. Je dois retourner auprès de mes amis. Ils étaient piégés par les flammes, par un feu qui s'élevait jusqu'au ciel nocturne.

Et moi ? Où suis-je ?

Je serre les dents, repoussant les ténèbres brumeuses de mon cerveau, je cligne des yeux, pour les forcer à rester ouverts cette fois. Alors que je commence à me repérer un peu mieux, mon rythme cardiaque s'accélère d'un coup et mon estomac se tord.

Je suis en train d'être traînée sur le sol de la forêt, mon corps s'accroche aux branches, aux cailloux et aux ronces. La personne qui me tire n'a pas une immense force physique. Je l'entends souffler sous l'effort que ça représente. Elle me tire par les chevilles et m'entraîne de plus en plus loin de Max et des garçons.

Non. Non, pas moyen !

La rage et la panique montent soudain en moi. Tendant les bras à l'aveugle, j'essaie de me saisir des poignets de mon agresseur, espérant le faire tomber à son tour. Mes ongles sont cassés et mes doigts sont abîmés d'avoir lutté pour défaire les cordes solides attachant Max, mais je parviens tout de même à planter ce qui me reste d'ongles dans sa chair et écorcher profondément la peau de mon adversaire. Un cri de douleur fuse dans la nuit : il est aigu, féminin.

Mon agresseur est une femme ?

Mais de qui peut-il bien s'agir ?

Sa prise faiblit un instant, me laissant une petite ouverture. Je n'ai que quelques secondes pour m'enfuir, pour retourner vers Max et les garçons. Je me remets debout péniblement, les arbres tournant autour de moi et je commence à courir dans le noir, mais elle est plus rapide et m'attrape par les cheveux, me tirant violemment en arrière.

C'est à mon tour de crier, alors qu'elle me tire vers elle et essaie de me maîtriser à nouveau, son masque se relevant juste assez, pour que j'aperçoive ses cheveux, collés à son cou par la sueur.

Pendant une seconde, je m'imagine voir le visage de Cliff sous ce masque, un sourire mauvais et provoquant. Mais je sais que ce n'est pas lui : ce con n'a pas une voix si féminine. Cependant, quelque chose dans cette vision, qui fait ressurgir tous les souvenirs de son agression, réveille quelque chose de primal en moi.

C'est ce même instinct qui m'a poussé à le combattre la nuit où il a essayé de me violer. Il prend vie en moi, emplissant chacune de mes cellules d'une terreur et d'une force animales.

Mes membres bougent comme si j'étais possédée, je donne des coups de pieds, des coups de poings, mes ongles griffent tout ce qu'ils peuvent. La moindre parcelle de mon corps se transforme en arme et je dirige toute mon énergie vers un seul objectif : me tirer de là. Blesser cette personne en premier, ne pas lui laisser le temps de me faire du mal.

Ça avait été suffisant pour arrêter Cliff dans cette ruelle, la dernière fois. Ça avait été suffisant pour me donner un avantage sur lui, pour le faire tomber au sol et me permettre de le dominer.

Mais cette fois, ce n'est pas Cliff en face de moi. Elle est peut-être plus petite que lui, d'une taille similaire à la mienne, mais contrairement à lui, elle n'abandonne pas. Il y a quelque chose de sauvage en elle, quelque chose d'aussi vicieux et incontrôlé que ce qui m'habite. Contrairement à Cliff, cette fille est un adversaire à ma hauteur.

Nous tombons lourdement au sol, j'atterris sur son dos, la plaquant contre le sol de la forêt. Je plante un coude dans son épaule et tire de manière désordonnée pour essayer de lui enlever son masque, arrachant les élastiques qui le maintiennent en place. Avec un grognement, je le lui enlève et la fait rouler sans ménagement sur le dos.

Je vois soudain son visage et je fais un bond en arrière, sous le choc.

C'est quoi ce bordel ?
Reagan.

Mais qu'est-ce qu'elle fout ici ?

Mon premier instinct est de chercher si Caitlin ne se trouve pas dans les parages. Je m'attends presque à ce qu'elle sorte de l'ombre des arbres, un sourire triomphant sur le visage. Mais non, aucun signe de cette pouffiasse. Elle n'est pas ici.

Il y a seulement… Reagan.

Elle me lance un sourire mauvais, ses lèvres retroussées à peine visibles dans la lumière de la lune. Ses cheveux sombres sont collés à son front par la sueur en grosses mèches et du sang a coulé du coin de sa bouche et s'est étalé sur sa joue. Elle a presque l'air contente, comme si j'avais réagi tout à fait comme elle s'y attendait.

J'ai l'impression que mon cerveau est sens dessus dessous. Pendant une fraction de seconde, je me demande même si le coup que j'ai reçu sur la tête plus tôt ne me fait pas halluciner. Peut-être est-ce vraiment Cliff que je plaque par terre, ou Caitlin ou… quelqu'un d'autre. Quelqu'un dont la présence serait *logique*.

Rapide comme l'éclair, Reagan bouge. Elle utilise ma demi-seconde d'effarement pour nous retourner, donnant un grand coup de hanche pour me déséquilibrer. Ma tête heurte violemment le sol et elle plaque sa main sur ma bouche et mon nez, avec une puissance qui semble bien trop grande pour un corps comme le sien. Je hurle contre sa main. Je la mords et nous retourne une fois de plus.

Je reprends le dessus.

Puis c'est elle.

Nos corps roulent l'un sur l'autre, luttant sur le sol de la forêt, une danse folle de coups de poings et de pieds.

Pourquoi t'as pas de bite, merde ? Je lui donne un grand coup de genou dans l'entre-jambe, priant pour que ce coup stupide soit aussi efficace sur elle qu'il a pu l'être sur Cliff.

Quelque chose de chaud coule sur mon visage : son sang, coulant de son nez et se mêlant à mes nombreuses petites blessures ouvertes et cuisantes. Trois secondes plus tard, je la plaque au sol à nouveau, m'asseyant sur elle de tout mon poids. Je la maîtrise, étalant son sang partout sur son visage alors que je lui fais ce qu'elle a tenté de ma faire plus tôt, plaquant ma main contre sa bouche et son nez de toutes mes forces, essayant de lui couper la respiration pendant quelques secondes, le temps de m'échapper.

Mais je ne m'étais pas trompée plus tôt. Cette fille se bat comme moi : de tout son être.

Avec une force qu'elle ne devrait pas posséder, elle me donne un coup de poing dans l'estomac, si fort, qu'il me coupe la respiration. Elle se jette sur moi et cette fois, au lieu de plaquer sa main sur ma bouche, elle enroule ses mains autour de ma gorge.

Son regard sauvage et possédé me glace jusqu'à la moelle.

Elle veut me tuer.

— Tu as toujours fait cette erreur, souffle-t-elle en serrant encore un peu plus. J'essaie désespérément de respirer, mais j'étouffe, ma gorge se resserre, mes poumons brûlent. C'est pour ça que tu n'as jamais pu me battre. Tu laisses toujours beaucoup trop d'ouvertures...

Elle continue à parler, d'une voix aiguë et essoufflée. Mais je l'entends de moins en moins et mes paupières se ferment inexorablement. Mes ongles griffent frénétiquement ses mains, mais j'ai de moins en moins de forces.

Pour la deuxième fois de la soirée, les ténèbres m'engloutissent.

CHAPITRE 24

Mon réveil n'est ni lent, ni doux. Mon esprit bascule brutalement de l'inconscience à la conscience, comme un élastique qui claque, tous les détails de la soirée me revenant pêle-mêle en mémoire.

J'imagine que je devrais m'estimer heureuse d'avoir gardé tous mes souvenirs cette fois-ci, mais sur le moment, j'ai du mal à ressentir un quelconque sentiment de gratitude.

Ma tête pulse de douleur et je sens la bosse à l'arrière de mon crâne, à l'endroit où j'ai été frappée avec une branche de la taille d'une batte de baseball. Elle pulse en rythme avec mon cœur, rapidement et de manière désordonnée.

Je ne me trouve plus à l'extérieur désormais. Un silence étrange m'enveloppe et alors que mes yeux s'habituent progressivement à l'obscurité, je réalise que la pièce au sol bétonné froid dans laquelle je me trouve est sans fenêtre. Je suis attachée sur une chaise, mais j'arrive à ne pas céder à la panique. J'inspire un grand coup et ma gorge me brûle. J'ai des difficultés à déglutir et je suis secouée par une quinte de toux quand j'inspire amplement, comme si mon corps devait se réhabituer à accepter l'oxygène.

J'arrive pas à croire que cette salope m'ait étouffée.

Lorsque ma vision s'éclaircit complètement, je réalise que Reagan se trouve elle aussi dans la pièce. Elle est assise dans un coin de la pièce faiblement éclairée et m'observe d'un regard fixe, obsessionnel, comme un prédateur ou un animal sauvage.

Reagan.

Putain de bordel de merde !

Pendant tout ce temps, je croyais que c'était Cliff ou Caitlin. Peut-être même Aaron. Je n'ai pas pensé une seconde que ce puisse être Reagan. Elle n'a jamais fait partie de ma liste de suspects. Elle était seulement *là*, une potiche, toujours à suivre Caitlin.

Mais elle n'est manifestement pas si potiche que ça finalement. Je suis presque sûre que c'est elle qui a manigancé toute cette histoire : le kidnapping, le fait de retenir Max en otage pour m'attirer dans ses griffes.

Et il semblerait bien qu'elle soit folle. Folle furieuse même.

Mes muscles hurlent de douleur quand j'essaie de

bouger pour refaire circuler le sang dans mes membres raides et froids.

Reagan bouge, fixant le moindre de mes mouvements, alors que je me trémousse sur la chaise sur laquelle je suis attachée. Quand son regard remonte vers mon visage, je sens mon estomac se serrer violemment quand nos yeux se rencontrent.

— Où sont-ils ? demandé-je, la voix rauque.

Elle sait très bien de qui je parle : Max, Elias, Declan et Gray.

Merde. Mon cœur se met à palpiter douloureusement quand je pense à eux. Sont-ils en sécurité ? Sont-ils blessés ? Ont-ils survécu au feu que Reagan a allumé ? Est-elle retournée leur régler leur compte après m'avoir assommée ?

Où sont-ils ?

Si elle croit qu'elle pourra s'en tirer comme ça, elle se fourre le doigt dans l'œil. Cette pensée me remplit d'une fureur vengeresse, mais ne fait pas grand-chose pour apaiser la peur sous-jacente. Si elle leur a fait le moindre mal, je lui ferai payer, mais ça ne réparera pas les dommages causés à mon cœur.

Reagan se contente de hausser les épaules. Elle ne semble pas s'en soucier le moins du monde. Je serre les dents en me demandant si cela signifie qu'ils vont bien ou au contraire, qu'ils sont morts.

Peut-être ne sait-elle tout simplement pas où ils se

trouvent. Peut-être n'est-elle même pas retournée vers le feu, car elle était trop occupée à me combattre, puis à me traîner jusqu'ici, quel que soit cet étrange endroit.

Ça me redonne une lueur d'espoir. Les Pécheurs sont intelligents. Ils sont coriaces, et Max l'est également. Ce sont des survivants. Ils ont dû réussir à échapper au feu, j'en suis certaine.

Je m'autorise à penser qu'ils vont bien tous les quatre. J'ai *besoin* d'y croire pour le moment, sinon, je n'arriverai plus à penser à autre chose. Et pour le moment, je dois me concentrer, je dois comprendre...

— C'était toi, dis-je soudain. La prise de conscience s'imposant à mon esprit avec la puissance d'une boule de démolition. C'était toi à la fête de fin de semestre.

Elle sourit.

— Tu m'as poussée dans les escaliers, coassé-je. Je sais soudain avec certitude que c'est vrai. Je ne me souviens toujours pas avoir vu son visage, mais je sais que c'est elle.

Et qu'a-t-elle fait d'autre ? Était-ce elle qui conduisait la voiture qui a failli m'écraser ? Bordel. Pendant tout ce temps, la plus grande menace n'était pas ce con de Cliff, mais bien Reagan, qui pour je ne sais quelle raison, semble déterminée à me tuer.

— Qu'est-ce que tu me veux ? demandé-je soudain.

Je n'en ai pas la moindre idée. Du fric ? Je n'en ai pas, mis à part les quelques billets qui me restent de ce que j'ai gagné contre Gray le semestre dernier, mais j'imagine que cette somme est ridicule par rapport à ce qui se trouve sur la carte de crédit où son cher papa lui verse son argent de poche. *Du pouvoir ? Je ne sais même pas ce que ça fait d'en posséder.* L'acceptation dans un certain cercle social ? Elle pourrait trouver ça facilement ailleurs. Des peintures, qui doivent valoir moins d'une centaine de dollars ?

Je n'ai *rien* qui puisse l'intéresser. *Rien.*

— Je ne peux pas te laisser lui faire du mal, non, c'est impossible, dit-elle enfin. Sa voix est simple, directe et elle ne me quitte pas du regard. Il y a quelque chose d'étrange dans la façon dont elle prononce le mot *lui.*

C'est quoi encore ce bordel ? Faire du mal à qui ?

La panique commence à monter en moi, lentement, mais sûrement. Si je ne me casse pas d'ici très vite, elle va faire quelque chose de terrible. Elle pourrait probablement me tuer. Je ne sais pas. Elle semble clairement dérangée et si j'ai raison concernant ce qu'il s'est passé plus tôt dans la soirée et aussi à la fête étudiante, ce ne sera pas la première fois qu'elle essaiera. Pourquoi n'essaie-t-elle pas maintenant d'ailleurs, alors que je suis à sa merci, attachée à cette putain de chaise ?

C'est un vrai miracle que je sois toujours en vie.

— Pourquoi on est ici ? demandé-je. C'est quoi cet endroit ?

La pièce est vide, les murs sont en ciment et une simple ampoule pend du plafond. On dirait une cave en construction ou un truc du genre, mais ça ne répond pas à la question principale. Dans la maison de qui nous trouvons-nous actuellement ?

Elle rit et je répète ma question en élevant la voix.

— On est où bordel, Reagan ?

Je tire sur mes liens, le cœur battant à tout rompre. Je commence à perdre mon sang-froid, je déteste être attachée et j'ai l'impression que mes nerfs sont en train de prendre feu.

Concentre-toi. Concentre-toi, Sophie, Bordel.

— Tu ne te souviens pas ? Reagan incline la tête sur le côté, sa voix douce et féminine s'insinue dans mes oreilles et infecte mon cerveau comme un poison. Nous sommes là où vont les vilaines filles, Sophie.

Elle s'avance de quelques pas vers moi et je peux voir les traces de mes coups sur elle. Un œil au beurre noir est en train de se former sur un côté de son visage et elle est couverte de petites coupures, là où mes ongles se sont enfoncés dans sa chair et où les cailloux et les branches l'ont lacérée, quand nous avons roulé au sol. Ses blessures ont été nettoyées par contre, le sang a été essuyé et il ne reste que les petites égratignures et les hématomes bleuissant. J'imagine que j'ai une tout autre tête. Je suis probablement toujours sanguinolente et dans un sale état.

— Qu'est-ce que tu racontes encore, bordel ? craché-je.

Elle baisse la voix et plisse un peu les yeux.

— Tu devrais le savoir pourtant. Tu étais une *très vilaine fille*. Tu as passé beaucoup plus de temps ici que moi.

Plus de temps qu'elle ? Sommes-nous déjà venues ici toutes les deux ?

— Je ne vois pas du tout de quoi tu parles, insisté-je, les dents serrées. La douleur pulsatile sous mon crâne s'intensifie et j'ai l'impression que quelqu'un essaie de m'arracher un bout de cerveau.

Mon regard parcourt la pièce, cherchant des indices, quelque chose. *N'importe quoi.*

Tu as passé beaucoup plus de temps ici que moi.

Ses mots se répètent en boucle dans mon esprit, alors que je regarde autour de moi. Puis, mon attention est capturée par une fissure dans le mur, de quelques mètres de haut et de seulement quelques centimètres de large. Il y a quelque chose dans la façon dont les ombres s'accrochent à cet endroit, quelque chose dans la manière dont le béton prend des teintes noirâtres qui tirent vers le violet et le bleu foncé. Tout ça me rappelle quelque chose, que je devrais pouvoir reconnaître, quelque chose dont j'essaie de me souvenir…

Puis, tout me revient d'un coup. Mes peintures.

Les motifs. Les tourbillons de couleurs, d'ombres et d'obscurité.

Je connais cet endroit.

Oh, merde.

Mon estomac se noue et mes yeux écarquillés se reportent sur Reagan. Des tonnes de souvenirs depuis longtemps enfouis remontent en grosses bulles sous mon crâne, menaçant de le faire exploser. Menaçant de me faire perdre la raison.

Je connais cet endroit.

De l'autre côté de la pièce, une porte s'ouvre soudain en raclant contre le sol. Ses charnières grincent un peu et Reagan lève immédiatement la tête vers le bruit. L'expression de haine qu'arborait jusque-là son visage, se transforme instantanément en quelque chose de plus doux. Quelque chose de soumis, en recherche d'affection. Ce changement si soudain dans son attitude me donne la chair de poule et mon corps entier frissonne, alors que les souvenirs fracturés qui envahissent mon esprit recommencent peu à peu à faire sens.

Reagan recule d'un pas, laissant la place à l'homme qui vient d'entrer. Il se place face à moi.

Je lève la tête vers lui, plantant mes yeux dans ses beaux yeux bleus et découvrant son beau visage. Ses cheveux aux mèches rousses et grisonnantes par endroits sont parfaitement bien coiffés. *Il est beau comme une star de cinéma.* C'est ce que j'avais pensé de lui quand je l'avais vu à mon exposition, lorsqu'il discutait avec Cliff, dans un coin de la salle.

Mais aujourd'hui, je ne vois pas une star de cinéma en face de moi.

Je vois un monstre.

Alan Montgomery baisse les yeux sur moi, les mains dans le dos et une expression impénétrable plaquée sur le visage.

— Bonjour, Sabrina.

L'histoire se terminera dans *Amour pécheur*, le dernier livre de la série *Hawthorne Université* !

AUTRES OUVRAGES PAR EVA
ASHWOOD

L'Élite obscure
Rois cruels
Impitoyables chevaliers
Féroce reine

Hawthorne Université
Promesse cruelle
Confiance détruite
Amour pécheur

Printed by Amazon Italia Logistica S.r.l.
Torrazza Piemonte (TO), Italy